221b

日本《推理事典》编辑委员会 著　赵滢 译

推理事典

文化发展出版社
Cultural Development Press
·北京·

前言

“Mystery”一词原本是神秘、不可思议的意思，后引申为“描写发生不可思议事件的作品”，也就是推理小说或相关题材的作品。一般来说，在这类作品中会发生不可思议的案件，有令人跃跃欲试的谜题，然后由侦探出面解开谜题（偶尔也可以不用解开）。当然，只要是不可思议的事件，谜题能解开，也可以不是触犯法律的事件，解谜的人也可以不是侦探。

推理小说的有趣之处在于它有很多流派。光是那些奇思妙想的谜题本身就令人兴奋不已。有逻辑性地、公平地将这些充满魅力的谜题一点一点解开的过程，也不失为一种享受。还有人觉得那些与谜题扯上关系的人的内心想法很有趣或不可思议。总而言之，最关键的还是富有魅力、神秘的谜题。

推理小说在其悠久的历史中，积累了无数充满魅力的谜题和使谜题成立的诡计，以及在背后支撑推理小说一路发展的种种规定。我们可以将这个丰饶的世界比喻成原始森林。

在这片浩瀚无际的原始森林中玩耍是一件很享受的事，但如果你想自己创作包含推理要素的游戏剧本，就如同是在原始森林中另辟蹊径，可谓寸步难行。重视构思是这类作品的宿命，所以推理小说的世界中也存在撞题材的问题。具体怎么才算撞题材因人而异，总之了解已经出现过的题材没有损失。但要想了解推理世界这片原始森林中都沉睡着怎样的题材，实在是一项相当辛苦的工作。

本书就是为那些在原始森林中披荆斩棘的人准备的“地图”，通过不同的章节和项目，将宏大的推理世界分门别类。如果您对哪部分感兴趣，还可以通过参考文献和专题更加深入地了解。

希望本书能以朋友的身份帮您在有着庞大积累、充满魅力的推理小说世界中自由自在并愉快地徜徉、探险。

本书概要

本书为了能帮助您创作，将推理小说中的关键词分类为“Genre”（流派）、“Situation”（类型）、“Trick”（诡计）、“Character”（人物）、“Gadget”（道具）、“Theory”（理论）六个章节。每个章节的每个项目，都会以能帮助创作为前提，对创作有魅力的推理作品所必需的定律和理论，以及让故事富有真实感的现实知识进行归纳。**虽然已经尽可能小心处理了，但在解说这些知识点的过程中难免会涉及剧透，关于这一点还请提前知晓。**另外，各章节末和专题中提到的读物均在卷末的文献一览中有记录。

接下来，先针对各章节的内容进行说明。

流派（Genre）（第1章）

以被公认为全世界第一本推理小说的埃德加·爱伦·坡的《莫格街杀人案》为开端，到问世后获得全世界人们喜爱的，阿瑟·柯南·道尔的“夏洛克·福尔摩斯系列”，推理小说经历了漫长的历史，最终进化出各种各样的流派。

继承以福尔摩斯为首的神探衣钵、重视推理智斗的“本格派”；与之相对的，重新审视智斗规则而诞生的“变格派”；随着社会的发展，相较于神探的活跃，人们开始追求写实，从而出现的“硬汉派”和“社会派”；采访现实中的警察和司法组织而撰写出故事的“警察派”和“法庭派”；等等，各种各样的流派层出不穷。

技术和知识的进步也会对推理小说的流派造成很大影响。

心理学和犯罪侧写技术的进步，催生出了“异常心理犯罪”这一流派。“惊险悬疑”小说拍成惊险悬疑电影，因而广为人知。在现代日本，漫画和游戏也成了孕育各类新兴推理的母体。

这一章节除了会总结各流派的内容和看点，还会针对创作各流派作品时的要点和需要注意之处进行讲解。

类型（Situation）（第2章）

阿加莎·克里斯蒂的作品《无人生还》中，在被困孤岛上的人们中间发生了连环杀人案。这种嫌疑人被限定在固定空间内的模式，在推理小说中被称为“孤岛模式”。

本章节会针对以孤岛模式为首的谜团、事件会在怎样的状况和局面下发生进行分类。

推理小说还有个别名 Detective Novel，日语中被翻译为侦探小说或推理小说。从名字上就能看出，侦探与犯罪对峙是推理小说的基本形式。长时间以来，推理小说的“关键谜团是在怎样的局面下发生”和“发生了怎样的犯罪”是画等号的。在本章节，除了“杀人案”和“恐吓案”，还会总结通过这类案件能创作什么样的推理小说，以及在现实世界中会怎样处理。

当然，除了推理小说中能用到的案件类型、需要由侦探来破解的事件和罪案，本章节还收录了多种以“日常推理”为首的非案件的情况。

诡计(Trick)(第3章)

全世界第一本推理小说《莫格街杀人案》讲述的是一宗密室杀人案及破案手法。在推理小说中，不可思议的谜题与解决谜题的过程密不可分。作者会采用什么样的诡计给读者出谜题，这才是推理小说的原点。甚至可以说，推理小说的历史就是诡计的历史。

推理小说中的诡计，首先绝不能让读者察觉，但又必须在经过说明之后让读者接受。为此，必须在作品中把构成诡计的事实一一阐明，同时，还不能让读者发现真正的诡计。

看到却察觉不到。也就是说，诡计就是制造盲点。盲点的种类多种多样。乍看之下这是一宗不可能实现的犯罪，但盲点或许就存在于物理陷阱之中。读者的先入为主也是盲点。可以在文章的文体本身上做手脚，如此一来就能编织出有盲点的叙述性诡计。

在推理小说漫长的历史中，无数诡计被创造出来，后续作者以其为基础，创作出了更加出色、更加意外、更加精致的诡计。尤其是“本格推理”，在这一流派中，别出心裁的诡计才是小说的心脏，除了要求富有创造力，创作时还有很多需要注意的点。

本章节会将诸多诡计进行分类，针对基本的使用方法和推理小说的历史进行系统的解说。

人物(Character)(第4章)

如果说，在推理小说中编织充满魅力的谜题的精致诡计是纬线，人物角色就是重要的经线。

角色存在的意义在于角色本身的魅力。

《莫格街杀人案》中登场的全世界最早出现的神探奥古斯特·杜宾，其非同寻常的推理能力和个性十足的做派，俘获了大批读者。继承其衣钵的夏洛克·福尔摩斯更是家喻户晓。古怪的“神探”这一角色的发现，或者说是发明，才是创造出推理小说，并使其得到长足发展的原动力。

就像夏洛克·福尔摩斯有华生和莫里亚蒂教授，神探都有自己的伙伴和对手。

随着推理小说日臻成熟，出现了无数侦探的变体。不去现场就能解决案件的“安乐椅侦探”和“少年侦探”，或是不同于神探华丽的推理，作风老派，注重脚踏实地去调查的“刑警”或“警官”等。

这些角色的魅力自然不能单独拿出来讲，结合故事和编排，如果是推理小说的话，就是结合诡计去讲，就能将其衬托得更加耀眼。例如，要想展现神探的风采，就需要足以体现其实力的奇怪的、充满谜团的事件。从这个观点出发，也可以把角色看成推动故事或中心思想的道具。

本书会将推理小说中登场的具有代表性的角色分门别类，探寻塑造这些角色的同时，总结在创作时让其登场的时机。

道具(Gadget)(第5章)

这里的道具是指在作品中登场的各式各样的小配件。推理小说中经常会用到的就是“指纹”和“遗书”等。

这些道具一出场就能体现出推理小说的特质。例如，被害人死时留下凶手的情报——“死亡信息”(Dying Message)，只要出现就能让作品散发出浓浓的推理气息。

这些小配件当然不只是登场那么简单，基本都是作为诡计或误导（Mislead）的其中一环出现在故事中。刚刚提到的死亡信息，大多是不明所以，或是与真相大相径庭的内容。因此，道具是编排上的重要零件。

道具还能收到衬托角色的效果。莫里斯·勒布朗笔下的怪盗亚森·罗平，在实施盗窃前，会给对方送去预告信。预告信，正是凸显他胆大包天的性格和神乎其神的变装、潜入能力的最好的道具，这一手法被以江户川乱步的怪人二十面相为首的大部分怪盗角色争相效仿。

即便是在推理小说的世界中，道具也会受到时代的强烈影响。例如，“电话”这个道具，只有固定电话的时代、普遍有移动电话的时代、可以轻松连接网络的智能手机的现在，其意义和使用方法会随着时代的发展而变化，所以一定要注意。

在道具这个章节中，除了罗列在推理小说中登场的具有代表性的道具之外，还会总结各个类型的创作中，道具在哪里使用和需要注意的点。

理论（Theory）（第6章）

本书的前言中提到，推理小说的重点是充满魅力的谜题。那什么样的谜题才是“有魅力的”呢？

大部分作家最先想到的就是谜题越不可思议就越有趣吧。相对来说，在作品中呈现不可思议的谜题很简单，而能否用大家都可以接受的方法解决那个不可思议的谜题就是另外一个问题了。强行解决只会让读者失望。那么什么才是大家能接受的解决方法呢？为此需要什么样的规则？经过长时间的讨论，“公平原则”的概念就此诞生。而且还诞生了“诺克斯十诫”和“范·达因二十则”等具体的规则，这些规则会告诉我们什么样的结局是强行解释，什么样的结局才是最理想的。

除了增加神秘色彩，有些理论还会让推理变得有趣。例如，按照童谣或古老的民间传说的内容实施的杀人——“比拟杀人”等，会给案件中的谜题增添来自古代的宿命感和令人毛骨悚然的氛围。

这些理论体现了创造出它们的作家和评论家的价值观，浓缩了从推理小说上感觉到的魅力。本书总结了各种类型理论的内容和创造背景。相信通过这些分析，会对创造出有自己风格的理论有所帮助。

众所周知，因每个人的看法不同，所处的时代不同，推理小说的魅力也是不同的。因此，理论往往伴随着很多争议和反驳。本书并不是在否定那些没有按照特定理论的规则去做的作品。

归纳与演绎

归纳与演绎不属于本书的章节划分范畴，但各章节中偶尔会提到**归纳与演绎**的术语，所以在这里提前进行说明。

归纳与演绎原本是逻辑学术语，是为了推导出结论的方法论。

这种方法同样也适用于推理小说中的结论，也就是推导出事实真相的推理，即归纳推理和演绎推理。

所谓演绎，就是从原理出发，根据理论得出结论的方法。以三段论为例。用推理小说的语言来说就是“从以下证据可以判断凶手是左撇子”“靠近现场的人之中只有一个左撇子”“因此，他就是凶手”，像这样的推理法就称为“演绎推理”。

即便每个原理、理论都是那么理所当然，让人欣然接受，当它们组合在一起的时候，就会推导出有悖于常识、令人震惊的结论。这种震惊就是推理小说的谜题的魅力之一，以夏洛克·福尔摩斯为首，通过逻辑性的推理找出真相是神探的模式之一。

所谓归纳，就是通过调查无数事例，从中抽取共通的要素，推导出一般原理。

通过脚踏实地的调查，收集目击者的证词，就是比较典型的归纳推理。

乍看之下如此普通的调查工作并不适合放在神探身上，但就算是夏洛克·福尔摩斯，也曾分析伦敦所有地区的泥土，应用分析得出的知识，从现场发现的泥点，推理出了令人震惊的真相。

近年来为人们所熟知的犯罪心理侧写技术也属于归纳推理。将收集到的各类犯罪者的心理数据进行归纳整理，根据事件相关的情报，推测犯人的性格和行动规律。

归纳与演绎不是单独存在的，而是要结合起来使用的。演绎的前提大多是通过归纳得来的，演绎的结果，也就是得到的结论是否正确，需要通过归纳来验证。

归纳推理和演绎推理也是一样，要想使用演绎推理得出结论，所需要用到的线索和事实都要通过归纳推理来得到。

目 录

第1章

流派

推理小说

Mystery Novel

- 谜团与神秘
- 推理、侦探小说
- 推理小说简史

“Mystery”与“推理小说”

“Mystery”一词源自希腊语“Mysteria”，意思是神秘的仪式、神秘的教义。到了中世纪，指神主动除去其隐秘性，揭示其真实性的神的启示。

现代英语中的“Mystery”一般指秘密、神秘的意思。但一说 Mystery 小说，几乎会默认为推理、侦探小说的意思。因为侦探在作品中遇到并解决的事件才是真正充满谜团的神秘事件。由于词源的关系，外星人或超能力题材的作品偶尔也会被分类到“Mystery”一栏，但本章节不会对这类作品进行说明。

广义的 Mystery 小说的范围比推理小说要广泛。本书提到的推理小说的分支流派将包含以下几类：

◎**本格派**：描写神探解开事件谜团的主流推理小说。

◎**惊险悬疑派**：着重描写陷入异常事件、状况的主人公的恐惧和焦躁情绪的故事。

◎**倒叙**：以罪犯的视角描写整件事情的始末。

◎**异常心理犯罪**：描写精神病患者犯下的异常罪案。

◎**硬汉派**：通过调查案件，描写身为侦探的主人公坚忍不拔精神的故事。

◎**社会派**：选择有社会性的话题，以此反映社会现实的推理小说。

◎**警察、法庭推理**：通过警察查案、法庭审判等手段令案件显得更加贴近现实。

◎**历史推理**：解开历史上某个时代的谜团的推理小说。

“推理小说”现如今已经成了这些小的分支流派的统称。虽说推理小说的核心是解开罪案中的谜题，但从广义上来说，只要有解谜的内容，什么样的作品都可以称为推理小说。

推理小说简史

普遍认为，美国作家埃德加·爱伦·坡的《莫格街杀人案》(1841 年）是史上第一本推理小说。当时已经有包括骑士道、冒险小说和犯罪实录等在内的诸多小说类型，坡将哥特小说和幻想小说中常出现的超自然谜题换成可以通过科学、逻辑解释的谜题，并将解谜的过程写成故事的“推理小说”这一类型加入其中。在那之后，英国的阿瑟·柯南·道尔的“夏洛克·福尔摩斯系列”、法国的莫里斯·勒布朗的“亚森·罗平系列”等优秀作品普及开来，这一系统在第一次世界大战之后被阿加莎·克里斯蒂、约翰·迪克森·卡尔等作家继承。就这样，逐渐发展成一大类型的推理小说到了今天，虽然中间发生了诸多变化，但依然延续了下来。

在日本，第一次世界人战结束后，《新青年》等杂志刊登了很多国外作品的翻译版，再加上江户川乱步、小酒井不木、甲贺三郎等人创作的推理作品，人们才渐渐发现推理小说的有趣之处。战后，横沟正史、高木彬光、山田风太郎等人创作的长篇本格推理小说获得了很大成功，就此，日本掀起了一场推理小说热潮。

其他形式的推理作品

总的来说，推理不单单只存在于小说的世界中，电视剧有“神探可伦坡”系列、“古畑任三郎”系列等；漫画有《名侦探柯南》；还有早年的《波多比亚连续杀人事件》、“刑警 J. B. 哈罗德事件簿”系列，近年的“逆转裁判”系列为代表的耳熟能详的游戏。

尤其是以游戏为载体的推理作品，玩家可以扮演侦探参与解谜的过程，不同的行动会对事件的展开产生不同的影响，能够身临其境地体验通过其他形式无法体验到的紧迫感。还有“最终幻想”系列，最终 Boss 和事件的真相总是出人意料，从广义上来说，这类游戏也可以称为推理作品。

本格推理

Traditional Mystery

- 侦探与犯人
- 诡计
- 解谜小说

本格推理的诞生

本格推理，一般指侦探遭遇“密室杀人”一类的神秘案件，经过一番调查最终阐明真相，以解谜为主要着眼点的推理小说。而说到密室杀人，要想让密室成立，就必定存在凶手设计的诡计这个前提，侦探收集线索、推进推理进度、最终向登场人物和读者揭开“杀人犯”的真实身份，是本格推理的标准流程。为了与“硬汉推理小说”等流派做出区分，有的时候也会称本格推理为“Puzzler”。

被称为第一本本格推理小说的埃德加·爱伦·坡的《莫格街杀人案》，描写了一起发生在巴黎某个建筑物中的杀人案。尸体被塞在暖炉的烟囱里，以人类的力量根本不可能做到，而且案发现场是一个任何人都无法进出的密室。警方找到业余侦探奥古斯特·杜宾，他以现场留下的证据和报纸上的新闻为线索推理出了凶手的真实身份。凶手居然是……

经历了继承这种解谜风格的阿瑟·柯南·道尔和莫里斯·勒布朗创作的短篇推理小说时代，阿加莎·克里斯蒂、埃勒里·奎因、约翰·迪克森·卡尔等作家接连创作了多部长篇本格推理小说，被后世称为“本格推理的黄金时代”。

经过漫长的岁月，本格推理在风格越发精练的同时不断扩张，魅力十足又古怪不已的“神探”层出不穷，从未见过的出乎意料的诡计接连被发明出来，准备“给读者的挑战”等设计，使用各种手段让读者乐在其中。

日本的本格推理

本格推理在欧美舞台走向衰落，“硬汉小说”和“冒险、间谍小说”逐渐成为主流。而战后的日本对表达方式的限制放宽，长篇本格推理小说反而越发蓬勃。其中影响尤其广泛的就是横沟正史的“金田一耕助”系列。有戴着白色橡胶面具的男人（《犬神家族》）、吊死在梅树上的振袖少女（《狱门岛》）等具有视觉冲击性的画面，有猎奇凶案和神探的精彩推理，以及把嫌疑人聚集到一起，从中找出真凶的本格推理模式，因横沟推理的出现而固定了下来。

渐渐地，那样的画面不再只是给读者带来恐怖和震惊，而是解谜故事的一个组成部分。能否很好地利用这一点成了本格推理小说成功与否的关键。例如，故事中发生了密室杀人案，任何一个读者都能想到，其中肯定存在某种诡计；但就跟魔术一样，在谜底揭晓前读者始终会觉得很神奇。无论到了哪个时代，故事的表现力都是最重要的。

“新本格推理”的兴起

战后，本格推理小说作品有所增加，而实际上有很长一段时间，只要提起“推理”，人们首先想到的还是松本清张的“社会派推理”和西村京太郎的“旅情推理”，或是《周二悬疑剧场》那样的推理剧。针对这一情况，重回那个有着优良传统、充满蛊惑性谜团和逻辑性推理的本格推理的风潮自 1987 年开始显现苗头——也就是**新本格**运动。掀起这场运动的绫辻行人的《十角馆事件》，相较于故事的写实性，更注重本格推理小说的逻辑性和游戏性，内容包括神探快刀斩乱麻的推理、“孤岛模式”密室杀人和错综复杂的连环杀人案、神秘的宅邸、无头尸体、“来自凶手的预告信”等故布疑阵的舞台和道具，并采用了大胆、脱离现实的诡计。随着京极夏彦的“京极堂”系列、森博嗣的“S&M”系列等广受欢迎的作品接连问世，以《金田一少年事件簿》为首的漫画、以《恐怖惊魂夜》为首的游戏等作品横跨各类媒体平台，扩大了影响力，为当今的推理时代奠定了基础。

003 Thriller, Suspense

惊险悬疑

Thriller, Suspense

- 充满刺激的娱乐
- 非日常事件
- 从危机中逃脱

丰富多彩的"惊险悬疑"的世界

"**惊险小说**"实际上是一个非常丰富多彩的流派。"异常心理＋惊险"是异常心理惊险小说，"政治＋惊险"就是政治谋略小说，"科技＋惊险"就是围绕各种新式武器的军事冒险小说。有的时候人们会称法庭小说为"法庭惊险小说"，称医学推理小说为"医学惊险小说"。

总的来说，"让人后背发凉、带有娱乐性质的小说"都可以归类为"惊险小说"，推理小说也是"惊险小说"的一个种类。近几年以《冲出地狱海》的作者克莱夫·卡斯勒、《第一滴血》的作者戴维·默莱尔为中心成立了国际惊险小说作家协会。协会成员除了推理小说作家，还有冒险小说和恐怖小说作家，可谓人才济济。默莱尔等人精心挑选集结而成的《惊险小说名作百篇》囊括了古今中外的名作，从古典文学莎士比亚的《麦克白》到丹·布朗的传奇推理小说《达·芬奇密码》，其多样性令人赞叹。

悬疑＝从危机中逃脱

"惊险"和"悬疑"这两个词经常成双成对地出现，单独以流派来说，**悬疑**比"惊险"更容易理解。简单来说，有"过着普通日子的主人公被卷入非日常的事件中，凭借自己的力量脱离危机"这个固定模式的故事就是"悬疑小说"。接下来依次列举悬疑小说中的"危机"。

◎**时限**：例如，必须在规定的时间内证明自己的清白或抓住罪犯并解决案件。除此之外，常见的还有“在回乡的长途车出发前”“在无辜的朋友被执行死刑前”等设定。

◎**逃脱**：想办法逃出监禁自己的封闭空间，包括电梯、电话亭、临时厕所、被妄想驱使的人独自居住的房子、被劫持的地铁或公交车等。

◎**逃亡**：躲避想要杀自己或要加害于自己的人。比如，因主人公目击犯案过程，想要灭口的罪犯；杀错目标的杀手；不答应离婚的丈夫；确信主人公有嫌疑的刑警；等等。

◎**追踪与夺回**：发生绑架一类的案件，找出罪犯并将人质救出来。比如，从逃跑的绑匪手上救回孩子；别人误将主人公装着用来自杀的毒药的调料瓶带走，需要将其取回；找出放着重要秘密的小猪存钱罐；等等。

◎**疑惑**：为了消除身边的不安或对身边的人的怀疑，主人公想要解开谜题。比如，丈夫是想自杀吗；妻子是不是被别的什么人代替了；杀死父亲的人是不是母亲；等等。

普通人的奋斗

悬疑小说的另外一个特征就是主人公都是普通人。他们均与罪案无缘，既不是警察也不是神探，被卷入连做梦都不会梦到的危机中后拼命想要逃脱。

以威廉·艾利希的《幻影女子》为例。

男子与妻子发生激烈争吵后夺门而出，当晚偶然邂逅一名年轻女子，与其共度了一晚。当男子再次回到家，发现妻子已经遇害。

能证明男子案发时并不在现场的人只有“那个女人”，而男子根本不记得那个女人长什么样子，只知道她戴着一顶风格独特的帽子。

夫妻吵架、碰到关心自己的人却没有问对方姓名和联系方式，这样的状况在现实中也经常遇到。这个时候加入“杀人案”和“不在场证明”，一场悬疑剧就这样诞生了。

再举个例子，销售人员必须在第二天早晨将新商品的样本送到买家手上，样本却被偷了。商品的找寻和夺回，再加上时限要素，工作中有可能会遇到的问题也可以制造悬念。

倒叙推理

Inverted Detective Story

- 犯案过程
- 演绎推理
- 残局

凶手讲述的"本格推理"

一般的本格推理，是以调查人员的视角讲述破案过程，**倒叙推理**则是以罪犯的视角为主视角。顾名思义，倒叙就是"倒过来讲的推理"，因为是按照时间顺序将整件事的前因后果呈现在读者面前，更加自然，所以是更容易理解推理小说这一类型特点的叙事方法。

以罪犯的视角为主视角时，会先从制订计划开始，然后做各种准备，最后实施犯罪。罪犯、动机、犯案手法，读者都已经知道了，所以乐趣不在解谜。侦探和警察如何破解缜密的犯罪计划成了主要的阅读乐趣。罪犯在哪里疏忽了，侦探在哪里又是怎样发现、看破罪犯的疏忽的。本格推理是从结果（案件）推测原因（罪犯和犯案手法），也就是用与归纳推理相对的演绎推理的思维方式去思考。假设本格推理是智力题，倒叙推理就是一盘将棋的残局。

普遍认为，理查德・奥斯汀・弗里曼 1910 年发表的《布罗茨基命案》是世界上第一篇倒叙推理小说。作为与"夏洛克・福尔摩斯"同一个年代的推理小说，由罪犯讲述整个犯案过程和看破罪行的神探桑戴克博士的科学调查都给人耳目一新的感觉。自那之后，直到现代，有很多推理作家都在写倒叙推理小说。不过，这种形式之所以深入人心，还是因为电视剧《神探可伦坡》。不修边幅的刑警可伦坡，坚持不懈地揭发缜密的犯罪计划的故事得到了很多人的喜爱，日本甚至拍摄了倒叙推理电视剧"古畑任三郎"系列。

《飞行疑案》

接下来，以倒叙推理名作弗里曼·威尔斯·克罗夫茨的《飞行疑案》为例，来看一下故事是怎么展开的。故事从富商安德鲁·克劳瑟在飞机上猝死开始。

❶克劳瑟的侄子查尔斯的工厂因经营不善面临破产。向安德鲁借钱遭拒后，查尔斯萌生了杀死安德鲁，继承他的遗产来拯救自己工厂的想法。

➡

❷费尽心思在叔叔的常备药里下毒，计算好他吃药的时间后，查尔斯就去旅行了。在逗留的酒店里得知叔叔的死讯，以此制造不在场证明。

➡

❸在旅行的目的地接到叔叔的讣告电报，他知道计划成功了。

➡

❹法兰奇督察来访。因为计划很完美，查尔斯一点也不慌张。但就在这时，一个使查尔斯资金上出现更大缺口的人物登场。查尔斯在完美犯罪后做了一项多余的“工作”。

➡

❺因做了这项多余的“工作”，查尔斯被捕。法兰奇督察想要破解的自然是查尔斯的完美犯罪——克劳瑟被杀案。查尔斯最后受到了法律的制裁。

这样的叙事方式被后来的《神探可伦坡》继承。这部作品奠定了倒叙推理小说的基本模式，有必要记下来。

倒叙推理的变形

打破已经确立的基本模式是推理小说的常规操作。倒叙推理同样可以重新编排。

例如，以共犯的视角讲述事件来龙去脉的手法。因为就算共犯把犯罪计划的要点说出来，依然能将“主犯具体是如何实施犯罪的”设为谜题。还可以把罪犯写下的犯罪计划书放在作品的开头，先给读者留下计划是多么完美的印象，而实际操作时的误差将成为破案的关键。

关键在于“倒叙推理”是“本格推理”的一种。同样是罪犯制订的缜密计划，侦探将其破解。只是改变讲述方式，布局和兴趣点就会发生巨大的变化。

005 Strange Taste

变格侦探小说与“奇妙之味”

Strange Taste

- 非本格推理小说
- 江户川乱步
- 离奇性与意外性

与“本格”相对的“变格”

变格侦探小说与本格侦探小说相对，是战前提倡的流派。与以解谜为兴趣所在的“本格”不同，“变格”是以其他元素为兴趣所在的侦探小说的总称，包括悬疑小说、间谍小说、冒险小说、硬汉小说、犯罪小说，甚至是恐怖小说和科幻小说在内，都可以称为“变格”侦探小说。讲述劳动者凄惨遭遇的工人文学、治愈疑难杂症的医学奇谈、近未来乌托邦小说，这些都属于变格侦探小说的范畴。

不过当时很多人都把侦探小说看成“享受犯罪的低俗书籍”，连江户川乱步的著作在书店里都会被放在书架最高那层，据说穿着学生服的少年往上伸手的话，大人就会瞪眼呢。

奇妙之味

战争结束后不久，博览国外短篇推理小说的江户川乱步将那些给自己留下特殊印象的作品称作“**奇妙之味**”。

不具备优秀的推理元素，与自己所认为的“开端的离奇性”和“结尾的意外性”不同特质的短篇作品，既可以看成本格也可以看作变格，这种特质也是江户川乱步选择英美短篇小说 TOP10 时的重要参考条件之一。以道尔的《红发会》和切斯特顿的《奇怪的脚步声》为例，乱步也曾列举过下列范例。

◎罪行被神探识破，诈骗犯厚颜无耻地装糊涂，像没事人一样继续犯案。

◎抢走老太太的房子和财产，还将其监禁起来的无赖青年把老太太照顾得无微不至。

◎被报社记者抓获的连环杀人犯一边说着“连我自己都不知道为什么要这么做”，一边将记者变成了下一个被害人。

乱步认为“奇妙之味”是意外性的一种，并不是在罪犯使用诡计等方面的创意，而是在思维或想法的常识之间发生“错位”而产生的意外性，给作品赋予了某种难以用语言形容的奇妙的趣味。

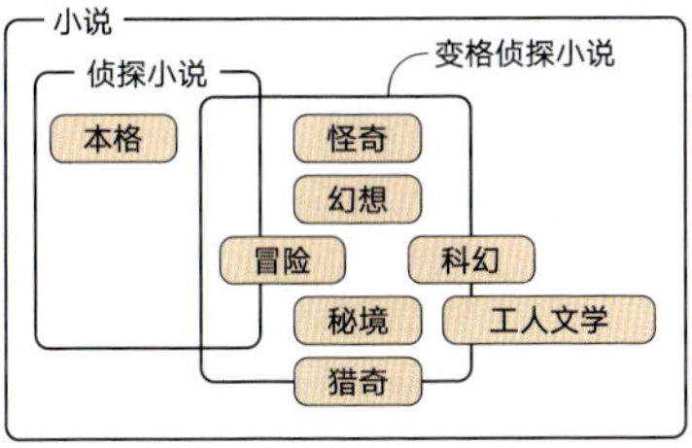

变格侦探小说的分类

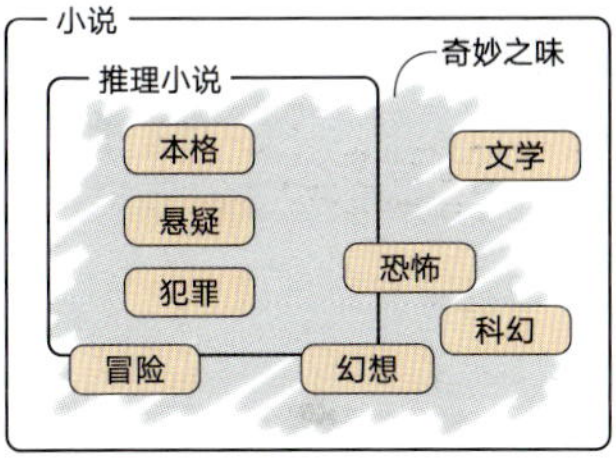

“奇妙之味”的分类

异色作家

很难就作品风格进行分类的作家则被称为**异色作家**。这个称呼取自早川书房的“异色作家短篇集”系列，该系列收录了推理小说和恐怖、空想、科幻边界线之上的作家和其他富有个性的作家的作品，可谓国外变格侦探小说和“奇妙之味”推理小说的展览馆。以下是收录在该系列中，描写人类思想、情感、常识之间的“错位”的作品的梗概。

◎遭遇随机伤人事件的少女希望能继续得到同学们的关注，而成了模仿犯。

◎为了拿回被风吹走的纸条，男子爬出高层建筑物的窗户，由于同事的疏忽被关在窗外，陷入绝境。

◎推理小说迷想要查出莎士比亚的《麦克白》里的真凶。

从一个小想法出发，一点一点勾勒出人类心中的“奇妙”，数不胜数的作品中散发着与“解谜”“犯罪调查”不同的，属于推理小说的奇妙之味。

第1章 006 Psycho Mystery

异常心理犯罪

Psycho Mystery

- 精神病患者
- 猎奇犯罪者
- 心理分析

“异常心理犯罪”的诞生

异常心理犯罪是推理小说的一个流派，故事的核心是“患有精神疾病的罪犯做出的异常举动”和“用心理学和行为科学的分析方法（Psychoanalysis），从犯罪痕迹推理罪犯特征的手法”。

从广义上来说，只要主线是使用行动分析学的手法追缉罪犯的作品，都可以称为异常心理犯罪。最近，凡是主人公有人格障碍的作品都会被归为异常心理犯罪这一大流派，根据剧情的展开，再区分是恐怖、悬疑还是推理等小的分类。当然还存在大量界限并不清晰的作品。

普遍认为，**异常心理犯罪**这个词最初出现在小说界，是在美国小说家罗伯特·布洛克在 1959 年发表的《惊魂记》这部作品中。作者以美国猎奇杀人狂爱德华·西奥多·盖恩（艾德·盖恩）自 1947 年至 1954 年所犯下的真实罪行为原型，创作了这篇异常心理惊险悬疑小说。作品出版后第二年，1960 年 6 月，阿尔弗雷德·希区柯克导演将其搬上大荧幕，影片一经上映反响强烈。之后，“异常心理犯罪”这个词才广为人知。

该电影在美国上映之后，同年 4 月，早川书房以《疯子》为标题在日本出版了该作品。9 月，电影在日本上映，同样获得大量人气。

日本就此掀起一股“异常心理犯罪 × 悬疑”“异常心理犯罪 × 推理”的热潮。

在此之前，日本并没有“异常心理犯罪”这个词，一般都会用“**猎奇**”来形容类似的情况。一提起日本的猎奇推理小说，最先想到的肯定是江户川乱步和横沟正史。江户川被誉为日本推理小说的先驱，横沟身为“日本版惊魂记”《八墓村》的作者而为人们所熟知。

Psychopath（异常心理）

“Psychopath”是医学名词，在心理学或医学心理学中指精神病态，在日语中特指“社会病态”，现在被视为反社会型人格障碍（APD）或其特征之一。但FBI等机构的犯罪学中并不是这样分类的。

例如，前FBI侦查员罗伯特·K.雷斯勒就将以杀人为目的的精神病态连环杀人犯命名为“Serial Killer”（连环杀手），与普通杀人犯做了区分。

有人格障碍的人没有良心和罪恶感，谎话连篇，以自我为中心，但大部分都是智商高、能言善辩、容易博得他人好感的类型，有的时候会从搜查人员眼皮子底下溜走，继续犯罪。先天性人格障碍患者通过环境等因素改善病情的可能性很低，一经发现，警方应迅速将其逮捕。

下方是心理学诊断现场会用到的人格障碍诊断表。

该表格是《精神疾病的诊断和统计手册第四版（DSM-Ⅳ）》中的精神病态诊断标准表的修改版，能更加准确地筛查出有人格障碍的人。各项有三个标准，不符合是0分，部分符合是1分，完全符合是2分。

该表只是参考，具体的情况需要结合专家的诊断，请不要用来作为自己或身边的人是否为人格障碍者的评判标准。

人格障碍诊断表修改版

1. 能说会道 / 表面上富有魅力	11. 行为放纵
2. 夸大的自我价值观	12. 年幼时做出过有问题的举动
3. 喜欢追求刺激 / 容易感到无聊	13. 现实 / 缺少长期目标
4. 会说些病态的谎言	14. 冲动
5. 有诈骗倾向 / 喜欢操控（操控他人）	15. 不负责任
6. 不会受到良心的谴责 / 缺乏罪恶感	16. 不会为自己的行为负责
7. 情感淡泊	17. 有多段婚史
8. 冷淡，欠缺共情能力	18. 不良少年
9. 过着寄生式生活	19. 取消假释
10. 无法控制自己的行为	20. 有各种各样的犯罪经历

硬汉推理

Hardboiled

- 文风简洁
- 令人印象深刻的台词
- 故事发生在肮脏的城市

什么是Hardboiled(硬汉)

关于“**Hardboiled**“(硬汉)一词的由来，普遍认为是因为军中的魔鬼教官把白色衣领比喻成“煮老的鸡蛋”(Hardboiled Egg)的蛋清。还有一个说法，是源自小说家欧内斯特·米勒尔·海明威的文风。某个评论家将他那满篇皆是独特简短句式的文章比喻为“激烈(hard)沸腾(boiled)的气泡”，自此，人们便如此称呼不掺杂私人感情、文风简洁的故事了。

随着时代的变迁，硬汉推理的文风也发生了改变。现在，具备英雄形象和舞台背景等要素和氛围的作品才是“Hardboiled”(硬汉)。

严格来说，“Hardboiled”(硬汉)被划分为推理小说，但并非小说特有的类型，甚至都算不上一个流派。这就是所谓的“硬汉笔触”。

接着再来深入了解一下硬汉推理吧。

主人公是私家侦探，不贪恋权势，也不屈服于暴力，所以总是被孤立，但他并不为此感到痛苦。他有自己的原则和逻辑。故事的舞台基本是大城市，事件的开端可以是寻找失踪的人，或是处理常见的纠纷。在使用贴近现实的手法调查现实中有可能会发生的事件的过程中，主人公遇到了各色各样的人(并不是所有人物都与事件有关)。渐渐地，主人公发现正在调查的事件远比自己想象的要严重……

这里提到的只是有硬汉推理“气氛”的其中一个例子。

本格推理重视“规则”，硬汉推理则重视“舞台效果”，也就是“氛围感”。这种氛围感同时也反映了硬汉推理诞生的二十世纪三十年代——还残存着第一次世界大战创伤的那个时代的真实情况。

英雄的台词=爵士乐的即兴表演

要想烘托出硬汉推理的气氛，尤为重要的因素之一就是身为主人公的侦探和登场人物之间的“对话”，也就是“台词”。

平静地将憋在心里的事和想法对着自己追击的罪犯、喜欢的女人或已经离开人世的好友吐露，台词即便与主线无关，也会在这个场景中散发光芒，给读者留下深刻的印象。就像是一场爵士乐的即兴表演。

◎为了你，我不想被人当作傻子。——萨姆・斯佩德

◎很简单。——迈克・汉默

◎好吧，特里，现在喝螺丝起子还太早了点儿。——菲利普・马洛

◎我是侦探——我已经看穿了一切。——无名探员（Continenfal Op）

硬汉所在的“城市”

如果英雄是“行走于肮脏城市中的孤高骑士”，那么硬汉推理就是在讲述发生在那座城市里的种种故事。“肮脏的城市”并不是指各种罪案横行的不法地带，而是有表面和阴暗面的现实中的城市。

接下来通过地图看一下硬汉推理的舞台——美国的城市吧。

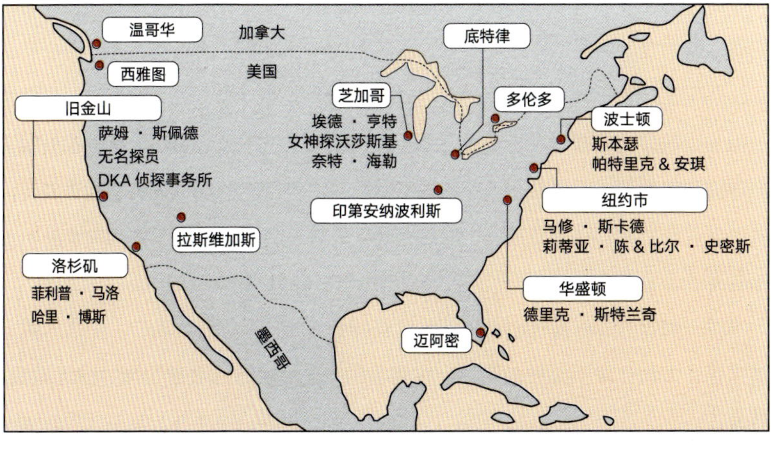

社会派推理

Mystery of Social Realism

- 社会问题
- 当下的热门话题
- 对社会情况的描写

社会派推理的定义

顾名思义，**社会派推理**就是以某个特定的时代为舞台，将社会制度的矛盾、公害、重大事故、读职案件等深刻的社会问题拿来做故事的主要背景或是故事中事件的开端，将事件和事件中的犯罪诡计放大，对其进行细致描写的推理作品。

挑选有社会性的题材，把它细致地描写出来，这是自推理小说刚刚兴起便实行的一贯做法，没有必要特别强调。

但在二十世纪五十年代后期的日本，松本清张、水上勉等坚持创作纯文学的实力派作家，写了大量无论是以推理小说来说，还是以社会派小说来说都相当优秀的作品，令该类作品繁荣一时，甚至成了推理小说的主流。

像这样的流派之所以会在当时成立并得到支持，是因为日本彼时正处于以国民收入倍增计划为代表的经济高速增长期，急速变化带来的不良后果使得人们内心产生不安，社会问题一度受到高度关注。

因此，社会派推理在二十世纪五十年代后期至六十年代前期非常流行，掀起了推理小说的空前热潮，但随着新人作家粗制滥造，连具体的诡计和谜团都几乎没有，就连风俗小说都打着“社会派推理”的名号刊行的情况泛滥，到六十年代中期基本上就彻底衰退了。

不过，优秀的本格推理小说依然保留着社会性的描写，直到现在，由高村薰、宫部美雪等实力派作家执笔的带有社会性描写的推理小说依然会被归为“社会派推理”的范畴。

《饥饿海峡》对社会情况的描写

社会派推理的代表作之一，水上勉的《饥饿海峡》一书，细致地描写了五艘国铁青函渡船接连沉没、1954 年导致 1400 多人牺牲的“洞爷丸台风”及其引起的灾害、烧毁町内 80% 房屋的北海道岩内大火等事件，以及歧视农村、女性卖淫等问题。

小说的时代设定在 1947 年，也就是日本国内物资严重不足，社会动荡不安的年代，更加强调了当时的悲惨状况。作品发表时，故事中的舞台龟户等红灯区因 1958 年颁布的《卖淫防止法》正式被取缔，与卖淫相关的问题，尤其是贩卖人口的勾当被彻底根除。这部作品发表时，人们对于当时的记忆还很鲜明。故事以悲惨的海难为开头，舞台辗转于北海道、青森、东京、舞鹤，淡然地讲述了那个时代背景下的种种社会问题。

从社会情况看社会派推理的兴衰

大部分社会派推理作品发表的时间点，都是针对“当下的热门话题”，也就是社会上发生了重大事件或事故，又或者是欲要提及某个问题时。七十年代以后，以宫部美雪的《火车》（1992 年）为首，“当下热门话题”对故事的展开起到重要作用的作品不在少数。不过自社会派推理诞生至今，可以称为重大事件的也就是学园纷争和新左翼过激派引发的种种事件，或许是因为这些事件发生的时间和流派的衰退期刚好重叠，很少有人在作品中提及，就只有高村薰的《马克斯之山》提到了。

刊行年份	作品名	当年发生的事件
1958	松本清张《点与线》	《卖淫防止法》实施。红灯区被取缔
1959	水上勉《雾与影》	熊本大学医学部公开发表引发水俣病的物质
1960	黑岩重吾《不道德的手术刀》	针对“安保条约”修订引发的反政府 / 反美运动激化
1961	松本清张《砂器》	丰田 Publica 上市。汽车开始普及
1963	水上勉《饥饿海峡》	发生鹤见事故。客运列车连续撞击脱轨的货运列车
1992	宫部美雪《火车》	此时泡沫经济崩盘明朗化
1993	高村薰《马克斯之山》	细川内阁成立，也就是所谓的 55 年体制瓦解
1994	内田康夫《沃野的传说》	松本沙林毒气事件。化学武器恐怖袭击与冤案报道

警察小说与法庭推理

Police Procedural, Legal Thriller Novel

- 警察机构的描写
- 刑警
- 检察官与律师

身边的“侦探”

读者之所以喜欢看推理作品，主要是因为自己的生活与犯罪无缘，但依然有很多描写警察在现实生活中惩奸除恶，律师、检察官这些司法工作者在法庭上与罪犯斗智斗勇的故事，分别形成了**警察小说**和**法庭推理**这两个流派。

这两个流派名字的由来并不是表面上那么简单，不是说“主人公是警察”就是警察小说，“舞台设在法庭”就是法庭推理。本格推理也有很多作品是由警察或检察官饰演神探的角色，个性坚韧不屈的刑警或律师担纲主人公的硬汉推理也是同样的道理。

这些被分类到“警察小说”或“法庭推理”的作品都有着明确的特征，那就是调查的方法和主人公们的行动。

警察小说最重要的特征是作品中的调查过程要基于现实。即便舞台是架空的城市，发生的事件有多么异想天开，调查的手段也一定要基于现实才能称为警察小说。

法庭推理的重点则要放在律师与检察官之间的辩论上，例如争论被告有罪或无罪，有罪的话该轻判还是重判。

下列表格列举了警察小说、法庭推理与其他流派的区别。

分类	饰演侦探的人	调查方法
本格推理	有才华的外行	性格独特、重视逻辑、有时很古怪
硬汉推理	私家侦探	行动派、英雄主义
警察小说	警察（大多数时候是多人）	稳健、基于现实的调查手段
法庭推理	律师、检察官、审判员	重视证据、以辩论为重心

审讯室的伙食是猪排饭？

警察小说的看点不仅限于查案的过程。

◎**人际关系**：警察小说跟其他推理小说最大的区别，就是主人公并非单独行动。有的时候是搭档，有的时候是整支队伍一起处理案件，在与队友不和甚至是反目的情况下破案。除了案子，还有其他的故事线。

◎**组织结构**：以日本为舞台时，可以从中了解警视厅的机构、在大范围调查时各地警署与东京警视厅如何联合调查、包括案件特性的担当部署等信息。

◎**调查方法**：可以了解警方如何面对被害人家属、如何收集证据、对嫌疑人的审讯进行到哪一步。

◎**搜查技术**：鉴定、勘查现场、指纹和声音等，调查罪案的技术也是重要的要素。掌握特殊技术的鉴定人员、法医、模拟画像师等都可以扮演神探的角色。

由于是基于现实中警方查案流程去写故事，能很自然地带给读者真实感。“审讯室的伙食真的是炸猪排吗”这个疑问在看警察小说的过程中自然而然就知道了。

法庭推理=辩论引发的逻辑游戏

法庭推理是在知道罪犯身份之后故事才展开，跟其他推理小说相比可以说是大相径庭。罪犯的身份是被告，在法庭上接受审判，追究其罪责的轻重。有的故事很严肃，借由犯罪直击“法律”与“心中的正义”之间的落差，有的则是重点描述检察官和律师围绕被告是否有罪展开辩论，宛如一场由辩论引发的逻辑游戏。

因每个国家的审判制度不同，海外的“法庭推理”作品与日本的有很大差异。而且有的并没有遵循现实中的司法制度。因此，即便是被评价为杰作的法庭推理作品，也会有专家提出异议。

讲求以理服人的辩论作品中，比较有名的就是被拍成电影的剧作《十二怒汉》。被告是被指控谋杀生父的少年，在所有人都认为少年有罪的时候，一名陪审员提出了一个小小的疑问。当初认定被告有罪、想尽快结束讨论的其余十一个人中的一个，在与他展开辩论的过程中，对案发时的状况、凶器、目击者的证词等进行了详细的验证。先不说这样的情况在现实中是否会发生，但这部作品的确是法庭推理的一个好的示例。

犯罪小说

Crime Novel

- 罪犯的故事
- 劫匪小说(Caper Novel)
- 骗局(Con game)

罪案和罪犯同样也是形形色色的

推理小说主要侧重于解决事件，讲述的是站在法律这边的人的故事。与之相对的**犯罪小说**（Crime Novel）这个流派的作品，描写的则是犯罪者的心理和犯案过程。犯罪小说的主人公不是解决事件的侦探，而是罪犯，风格和罪案也是多种多样的。

犯罪小说中主要出现的罪案类型如下表所示。

罪案种类	说明
杀人	因一时冲动杀人，也包括臆想和阴差阳错
欺诈	伪造身份侵占遗产。捏造根本不存在的商业计划从银行骗取大量金钱
诱拐	主要是为了牟利，有的时候会脱离这个宗旨，变成诱拐本身
恐吓	通过掌握重要人物的把柄、劫持大量人质等手段，索取钱财
抢劫	团伙作案，制订计划盗取现金、贵金属、美术品等
私吞	将犯罪者藏起来的非法现金或毒品等物品据为己有
伪造	假币、艺术赝品、有真保证书的人造钻石等

与推理小说相同的地方就是作品中的罪案大多很真实。拿杀人来举例，动机多是出于对上司的不满或是爱情纠葛；一开始只是不良少年吵架，后来逐步升级，直到最后杀了人。这些全都是报纸或新闻上经常能看到的题材，一点也不稀奇。

犯罪小说比推理小说更接近普通的小说。很多作品中都没有真正的谜题，而且作品中的事件不一定都是在最后得到解决。有的主人公会得逞，有的则会失败。

劫匪和骗局(Con game)

在犯罪小说中拥有特殊地位的是描写有组织、有计划的抢劫的**劫匪**，以及描写诈骗情节的**骗局**（Con game）。犯罪小说虽然是个小流派，但更有推理小说的味道。

◎**劫匪**：犯罪的行家里手以制订计划的人为中心，执行抢劫计划。目标是银行、赌场、豪华游轮等。计划周密，成员各司其职，潜入、打开保险柜、确保逃脱路线一气呵成，每个人都会在自己的岗位上施展绝活。在作案的过程中也会与对方斗智斗勇，和冒险小说及倒叙推理都有相似的地方，趣味性很强。

◎**骗局**（Con game）：专业不法团队按照计划犯罪，这一点与劫匪相同。但他们的目标是人，不是直接抢走钱财，而是骗取他人的信任。欺骗目标的技巧跟本格推理的诡计有相通之处。就如同主人公在作品中欺骗肥羊那样，作者也会费尽心机想要欺骗读者。

犯罪小说里的角色

本格推理有神探，犯罪小说也有贯穿整个系列的角色，就是那些犯罪天才，也就是所谓的“犯罪高手”。

例如，莫里斯·勒布朗塑造的亚森·罗平，就是一位拥有盗贼和神探双重身份的英雄。但大多数作家塑造的还是没有侦探要素的强盗、小偷、走私犯、杀手、诈骗犯等以犯罪者为主人公的系列故事。

只不过，因为主人公是犯罪的一方，要想做成一个系列很难。只能一直让主人公得手，即使失败了也要准备好安全的逃生路线。因此，作者必须把角色和事件设定得更加周密。

由派翠西亚·海史密斯的《怒海沉尸》开启的“雷普利”系列是其中的佳作。平凡的美国青年汤姆·雷普利实际上是一个犯罪天才。在雷普利系列的第一个故事中，他杀害富二代朋友，并取而代之获得了他的财产。之后，他又摇身一变，以已死知名画家的身份绘制赝品，甚至接到“让没有前科的老实人杀人”的委托，教唆普通人杀人。即便是在犯罪小说中，雷普利也是拥有独一无二个性的角色。

冒险小说与间谍小说

Adventure Novel, Spy Fiction

- 冒险行
- 跨国阴谋
- 机密情报

冒险小说与间谍小说的历史

冒险小说描写的是登场人物展开的波澜壮阔的冒险。普遍认为，美国作家詹姆斯·费尼莫尔·库柏的小说《最后的莫希干人》是第一部冒险小说。作品讲述了北美殖民地战争期间，两姐妹经历种种困难与司令官父亲团聚的故事。其他比较著名的就是儒勒·凡尔纳的《海底两万里》、罗伯特·路易斯·史蒂文森的《金银岛》等初期作品。冒险的范围非常广泛，除了去秘境或海洋旅行，还有与大都会恶势力之间暗斗或是以战场为舞台的冒险小说。

间谍小说描写的则是不同国家间谍之间的暗斗。它因第一次世界大战后欧洲诸国纷争而兴起，当时有大量间谍小说问世。例如，“夏洛克·福尔摩斯”系列的其中几部作品就可以视为间谍小说。之后，间谍小说成为单独一个流派而繁荣起来的其中一个原因，就是第二次世界大战后的“冷战”。当时，主要冲突形式不再是直接交火，而是转为国家策划的情报战和在发展中国家打响的代理人战争。CIA（美国中央情报局）、苏联 KGB（国家安全委员会）、SIS（英国秘密情报局，别名 MI6）等都在暗中活动，以这些组织为题材的间谍小说有很多。其中的代表作，就是以 MI6 的间谍为主人公的伊恩·弗莱明的“詹姆斯·邦德”系列。“冷战”结束后，间谍小说式微，美国“9·11 事件”发生之后，国际形势迎来了新的局面，人们对间谍小说也有了新的认识。

冒险小说和间谍小说属于传统推理小说的范畴。

冒险小说的架构

冒险小说的主要架构大致分为两类：委托型和被卷入型。

◎**委托型**：接受顾客的委托或接到组织下达的命令踏上冒险之旅。自己设定目标开启冒险也包含在内。例如，加文·莱尔的《午夜迷藏》中，身为代理人的主人公接受委托，从法国警察和刺客手里保护被追杀的企业家，将其送往目的地。

◎**被卷入型**：并非职业冒险家的人被卷入某个事件中，不得不踏上冒险之旅。讲述飞机紧急在安第斯山脉迫降，机组成员及乘客经受大自然考验的同时，用自制的武器与军队战斗的作品，戴斯蒙德·巴格利的《高耸的城堡》就是很好的例子。

在这个基础上，冒险小说还有接到任务配送某个货物或资料的配送型；被某人追杀逃到安全地点的逃亡之旅型；反过来追查叛徒或罪犯的追踪型；为了寻求藏于秘境之地的宝藏的探索型；等等，延展空间很大。故事的舞台也是多种多样，可以是海洋、山脉、密林、孤岛这类荒野，也可以是都市、山村、军事基地这类人造场所。无论是怎样的环境和设定，最终主人公都要跨越难关进行冒险。

间谍小说的架构

间谍小说的架构基本上是身为间谍的主角接到组织上级的命令，完成任务，或者是已经脱离组织的前间谍被卷入某个阴谋之中。命令可以是暗杀敌对组织成员、获得机密情报、营救或秘密保护要员，还有一种情况就是潜伏在某个组织，掌握该组织的内情的双重间谍。例如，约翰·勒卡雷的《柏林谍影》就讲述了隶属英国秘密情报局的主人公装作遭到情报局的追杀，潜入敌对组织的故事。

除了描写职业间谍所引发的国家级阴谋的作品之外，还有普通市民被卷入跨国阴谋或与恐怖组织展开对抗、暗中在公司组织内部活动的商业间谍的作品。

历史推理

Historical Whodunnit

- 历史小说
- 历史上的谜团
- 历史人物

两种手法

“历史推理”这个流派可以大致分为两种类型：一种是以历史上的某个时期为舞台的推理作品，故事自然是发生在过去；另一种是解决历史上的“谜团”，这类故事大多发生在现代。

前者的代表作是翁贝托·埃科的《玫瑰的名字》，故事以中世纪意大利的修道院为舞台，将当时天主教教义的争论与杀人事件这个主题联系到了一起。要想忠实构筑这种类型的推理小说，除了要熟知那个时代的历史，还需要广泛的知识面，包括当时的风俗、习惯、文化等。为此，作者要付出很多努力。当然也可以像历史剧一样，适当无视史实，利用那个时代的氛围构筑小说的世界，但这样会导致脱离历史本身的趣味性。还有一个稍微省力的方法，那就是尽量压缩舞台的范围和登场人物的数量。刚刚提到的《玫瑰的名字》就选择了修道院这一无论是地理上还是思想上都封闭的空间。

后者的代表作是丹·布朗的《天使与魔鬼》和《达·芬奇密码》这一系列的作品。以隐藏在《最后的晚餐》等美术作品中的密码为开端，主人公一行开始探寻历史上的“秘密”，过程中又与秘密结社发生了冲突，从内容上来看更接近间谍小说。如果是以这个主题制作推理游戏，“谜团”和“解谜方式”的趣味性尤为重要。

让谜团变得有趣的就是意外性。直接无视历史和地理常识，谜团越是天马行空，观众就越兴奋。如果这个谜团不只是存在于过去，还影响了现代社会，效果会更佳。

然后是解开谜团的关键，与历史结合得越紧密就越有趣。将那个时代某个场所特有的现象设定为解开谜团的关键，把存在于两个时代之间的、社会和思想上的差异变成盲点。在解开谜团的过程中，将历史本身的乐趣与故事的趣味性重叠，这就是一部真正的历史推理作品。

这两种类型并非绝对对立，例如埃勒里・奎因的《哲瑞・雷恩的最后一案》中，通过现代发生的杀人案揭示了威廉・莎士比亚之死的主要原因。还有高田崇史的“QED”系列等，都是将历史上的谜团与发生在现代的“事件”完美结合的作品。

真实存在的历史之“谜”

让历史上的“谜团”在作品中登场，更好的方法自然是从史实中取材。使用真实的历史谜团，思考新的解释，或以其为原型创作出架空的事件。

以下是经常被拿来使用的具有代表性的历史之谜和假说。

◎以色列失落的十个支派。
◎拿撒勒人耶稣之墓的位置。
◎达・芬奇的画作《蒙娜丽莎》中隐藏的密码。
◎连环杀手“开膛手杰克”的真实身份。
◎约翰・F. 肯尼迪总统暗杀事件的真相。
◎本能寺之变的真相。

英美作家的作品与天主教相关联的谜题居多。这是建立在文化背景基础上的意外性，与天主教相关的新的事实很有可能给现代欧美社会带来巨大影响，是很适合拿来杜撰的题材。

实际上，从 1947 年至 1956 年，人们在以色列发掘出了被称为“死海古卷”的文献，对早期基督教相关通解造成了影响，还传出了“死海古卷中有一些情报威胁到了现代基督教，为了隐瞒这件事，梵蒂冈禁止公开上面的内容”这样的阴谋论。这样的谜团就非常适合用来做题材。

在日本，作家大多拿历史上的著名人物的生死做文章。尤其是最终不幸亡故的人实际上并没有死，而是改名换姓继续活动的传说自古就受到人们欢迎。

夏洛克·福尔摩斯

Sherlock Holmes

- 侦探顾问
- 正典与仿作
- 独立流派

" Elementary, my dear Watson. "（这是常识，我亲爱的华生。）

1887 年圣诞节，《比顿圣诞年刊》上发表了一篇名为《血字的研究》的长篇小说。作者的名字是阿瑟·柯南·道尔。本职是医生的他立志成为一名作家，向杂志等刊物投稿小说。道尔参考埃德加·爱伦·坡创造的业余侦探奥古斯特·杜宾和埃米尔·加博里奥笔下的侦探勒考克先生，以自己在爱丁堡医科大学求学时教过自己的老师约瑟夫·贝尔博士为原型，创造出了夏洛克·福尔摩斯这一角色。贝尔博士有着优秀的观察能力，偶尔会表演说中初次见面的患者的性格和近况这项特技。

《血字的研究》并没有得到很高的评价。接下来的长篇《四签名》虽然得到了广泛好评，可最初想写历史小说的道尔并不打算继续写福尔摩斯。情况在他写完《波西米亚丑闻》，于《海滨》杂志上连载福尔摩斯短篇开始发生转变。《福尔摩斯探案集》和《福尔摩斯回忆录》中收录的短篇受到人们的欢迎，道尔一跃成为畅销作家。

已经厌烦继续写福尔摩斯的道尔，在《海滨》杂志 1893 年 12 月刊上连载的《最后一案》中原本已经把福尔摩斯杀死了，但由于读者的怨声载道和经济方面的因素，又让福尔摩斯活了过来。

道尔不仅写下了被读者们称为“正典”的 4 篇长篇、56 篇短篇福尔摩斯故事，开辟了新的大众文学流派——“侦探小说”，作品中侦探的推理方式、第一人称的手记形式更是成为后人模仿的对象。

福尔摩斯死而复生

夏洛克·福尔摩斯在商业方面的成功促使了仿作的出现。在报纸和杂志上陆续登场的奥希兹女男爵笔下的“角落里的老人”和理查德·奥斯汀·弗里曼创作的约翰·桑代克医生等侦探都被称为“福尔摩斯的对手”。其中反响最大的是 1891 年 11 月发表的《和夏洛克·福尔摩斯的一晚》这篇匿名发表的小说。《波西米亚丑闻》仅发表数月，其他作家创作的福尔摩斯故事就出现了。

福尔摩斯的戏仿作品大多为滑稽的短篇，从道尔还在世时起就有大量这类作品问世。这期间最有名的就是莫里斯·勒布朗的《亚森·罗平智斗福尔摩斯》。道尔于 1930 年去世后，忠实模仿“正典”的仿作开始经由实力派推理作家的手陆续问世。

这个时代的推理作家大部分都是福尔摩斯的忠实读者，会去写仿作正是热爱作品的证明。并非出自道尔之笔的福尔摩斯故事大致分为以下三类。

◎**仿作**：以同样是由约翰·H. 华生医生执笔，但因某些原因没有发表的手记形式创作的作品。因内容精良，忠实“正典”中的设定，再加上文风和氛围模仿得很像，广受好评。

◎**戏仿**：不拘泥于华生手记的形式，围绕福尔摩斯或周边人物创作的作品。很多内容与“正典”之间存在矛盾。从广义上来说，让作者柯南·道尔担任侦探的作品也包含在内。

◎**恶搞**：把福尔摩斯故事改编成滑稽戏。就连文豪马克·吐温也创作了一篇名为《大错特错侦探小说》的作品，自导自演的神秘侦探“皮可洛克·福尔摩斯”在该作中登场。

横跨流派的“夏洛克·福尔摩斯”

虽然偶尔会因著作权与道尔的遗族发生摩擦，但直到现在，新的福尔摩斯故事依然层出不穷。2011 年 11 月，英国著名编剧安东尼·霍洛维茨出版发行了柯南·道尔产权会认证的续作《丝之屋》。续作作家笔下的福尔摩斯故事不一定非得是推理，也可以是科幻或爱情故事，甚至可以是克苏鲁神话。

如今，“夏洛克·福尔摩斯”已经成了一个单独的文学流派。

专题 术语与推理

正如本书所呈现的那样，推理小说中存在大量术语。肯定有很多人认为，以奥古斯特·杜宾系列、夏洛克·福尔摩斯系列为首的海外推理小说中的术语必定都是源自海外吧，而实际上，有很多看起来像是翻译过来的词汇都是日本独有的。

其中具有代表性的就是“诡计”（Trick）。这个用来形容推理小说中掩盖罪行的专业术语实际上是日本独有的说法。“Trick”这个词本身还有魔术中的机关的意思，所以也可以直接说“罪犯在这里用到的机关是……”但其实 Trick 的词意中并不包含推理小说中的专业术语“诡计”的意思。当然，也没有“密室诡计”“叙述性诡计”这类“某某诡计”的词组和用法。普遍认为，“诡计”的用法是江户川乱步传播并固定下来的。

“怪盗”也是日本独有的术语。莫里斯·勒布朗创作的亚森·罗平在自报家门时原本说的是“绅士大盗”，南洋一郎将其翻译为“绅士怪盗”，自此“怪盗”一词在日本流行开来。近几年也会用“Phantom Thief”这个术语来表示该意，但这是日本动漫中登场的怪盗角色反向输出到美国的结果。

而且“怪盗”与“神探”这对组合也可以说是日本独有的术语。有很多可以用来形容优秀和伟大侦探的词汇，但没有哪个词能像“神探”一样，可以如此简短地形容“推理小说中会出现的、拥有出类拔萃推理能力的福尔摩斯那样的侦探”。

将汉字重新组合就能轻易创造出新的单词，这可以说是日语的一个优势。

“罪犯在犯案前发来了预告”“犯下罪行之后宣告是自己做的”等行为在日语中直接写作“犯罪预告”“犯罪声明”这样的复合词，就可以一目了然。以《无人生还》《主教杀人事件》为首，英美也有很多改编自童谣和传说的推理小说，但能用简简单单的一个术语——“比拟杀人”来形容该类作品的正是日语。而在英美就只有“以童谣等为题材创作的推理小说”这样的说法。而之所以会想到用“比拟”这个词，应该是因为它在日本人的审美意识中占据了很大的位置吧。

如今本格推理在英美已经落伍了，在日本却是如日中天，具备出类拔萃推理能力的“神探”解决“不可能犯罪”或“比拟犯罪”，和“怪盗”展开战斗的推理小说之所以能够通过各种各样的戏仿存活到现在，或许正是这些充满魅力的独特术语的功劳。

第2章 类型

杀人案

Murder

- 杀人犯
- 他杀尸体
- 杀人动机

在开始调查杀人案之前

杀人指无论出于何种理由，所有使他人生命活动停止的行为。而**杀人案**，根据2010年发行的警察白皮书中所述，指“某人为他人所杀”的案件。凶手被划分为刑事犯中的重犯，在日本，该类案件由刑事课搜查一课或强行犯系负责侦办。

杀人案的调查工作，除了当场逮捕，一般在刚发生时不会作为杀人案展开调查。首先，刑警在接到报案后赶到现场。遗体会暂时被当作**非正常死亡尸体**（被诊断为并非死于疾病的尸体）处理。监察医会在现场对尸体进行简单的检查，确定死因。这一步称为**初步鉴定**。初步鉴定无法得知死因的话，会由法医对尸体进行司法解剖，查明死因。按照规定，凡是怀疑有犯罪可能性的尸体都应该接受司法解剖，但眼下因为能够担任司法解剖工作的法医和预算不足，真正接受司法解剖的情况极少。

初步鉴定或司法解剖的结果断定是他杀的话，才会组建专案调查组，展开调查。一般会在遗体发现现场的辖区警署成立专案调查组，如果案件发生在东京，则会听从警视厅的指挥，如果是发生在其他道府县，就在当地警署的指挥下展开调查。杀人案的调查期限各不相同，说得极端一点，法律追诉时效就是查案的期限。但警察并没有足够的人手和预算去查明整件事情的真相，所以必须在合理利用有限的预算和人手的情况下进行调查，有的时候甚至只会在资料上写“会处理”三个字。随着2010年4月修改后的“行政诉讼法”的颁布，杀人案的追诉时效被废止了。

推理小说的热门主题

杀人案是推理作品最受欢迎的主题，甚至有人说，小说中没有杀人案就不能称为推理小说。这么说或许有些偏激，但在营造紧张感这方面，的确没有什么事能超越登场人物接连死亡这样的情节，《○○杀人事件》依然是推理小说标题的主流。但随着这类主题的作品的增加，一般的案件已经不会令读者感到惊讶了。推理小说作家必须绞尽脑汁，构思现实中不可能发生的离奇事件或超乎想象的意外。

讲述10名男女受邀来到某座孤岛之上，接连像童谣中唱的那样被杀的阿加莎·克里斯蒂的《无人生还》；20个人几乎在同一时间分别在两座不同的古堡里遭到杀害的二阶堂黎人的《恐怖的人狼城》。类似这样的大量杀人事件，都是能吸引读者眼球的杀人案的类型。大量杀人事件还可以加入“为了杀其中某个人而牵连了很多人”、颠倒手段和目的、为了做实验等需要大量尸体一类的动机。

除此之外，还有“看似是一桩杀人案，实际上并没有发生”的类型。例如，为了确认某人是不是真的死了的医生或监察医给出假报告，为了揭露某个人的过去而装死、促使其坦白，等等。

现实中的杀人案

现实中很少会发生有着精彩绝伦犯罪诡计的杀人案，或是与世家历史有关的动机复杂的杀人案。基本上是为了骗保一类以金钱为目的的杀人，或是出于怨恨而杀人。这类案件都是一时冲动酿成的悲剧，会留下很多证据，几乎不需要神探登场。如果是谋杀，除了极个别能将证据彻底消灭的凶手，实际上，外行几乎不可能逃得过现代科学搜查这张法网。

现实中很难找到推理小说中设计出来的适合杀人的场所，也几乎不存在能完美执行计划的凶手。小说中省略的细节也存在着无数不确定因素。例如，很多作品中都会出现这样的情节，大多数跟同伙决裂然后被捕的共犯都不会乖乖招供，始终与警方周旋，而实际上这是很困难的一件事。近年来，日本的逮捕率虽然有所下降，但统计资料显示，认定为杀人案的案件数本身也在下降。具体怎么看待这一现象，就是仁者见仁智者见智的问题了。

连环杀人案

Serial Murder

- 连环杀人案与大量杀人案
- 连环杀手
- 开膛手杰克

连环杀人案与大量杀人案的区别

同一个人隔一段时间杀害超过两个人就是**连环杀人案**；同时杀害多人则是**大量杀人案**。美国将蛰伏起来，每隔一段时间就会出来杀人，且死于同一人之手超过两个人的案件定义为连环杀人案，并将以杀人为目的、有精神障碍的独自作案的凶手称为连环杀手。在一天之内杀害四个以上陌生人的案件则是大量杀人案。而在日本，这两种情况都被认定为**无差别杀人案**。

日本有名的连环杀人案要数共出现四名被害人的爱犬家连环杀人案。有名的大量杀人案就是发生在 1938 年 5 月 21 日，杀害 30 个（包括自杀的凶手共 31 人）邻居的津山案，以横沟正史的《八墓村》为首的多部小说和电影都是以该事件为题材改编的。韩国也发生过类似的惨案，1982 年 4 月 26 日到第二天的 27 日，禹范坤在这段时间内前前后后杀害了 55 人（具体人数众说纷纭）。

津山案与禹范坤事件的共同点就是都发生在偏远山村这一封闭的环境下，而且二人最先做的就是切断与邻村或外界的联络手段。一般来说，在开始屠杀前肯定会有人逃脱并报警，凶手在下杀手前就会被阻止，但这两起案件同时满足了前述两个条件，这才得以顺利实施。

大部分人的犯罪动机都是出于现实利益或私人恩怨，而大量杀人均不是出于这类原因。实施大量杀人计划是一件极其困难的事，就算成功杀了人，最后也无法逃脱警方的追捕。即便如此困难依然想要实施的凶手大多是受挫的精英，或是对社会、对全人类心怀不满或憎恨，并逐渐将这类情绪转变为杀意的人。

连环杀人案的动机大多是出于金钱和复仇等目的。与普通的杀人案构造基本相同，通过追查人际关系和资金流向就能查明真相。除此之外，还有人是为了通过杀人而获得性方面的满足，不停犯案，这类案件就不适合用前述手段进行调查了。为此，应用了心理学、概率论、统计学，能够分析出凶手的性格、预测其行动的“犯罪心理侧写”技术诞生了。

连环杀人案中，经常同时发生诱拐或监禁。具有满足性欲之后再将被害人杀害的性癖的人容易产生这样的倾向。这样的杀人犯大多会将遗体埋在自认为属于自己的领地中，所以从凶手家里挖到大量白骨并不是什么稀罕事。

虚构的连环杀人案

推理作品中的连环杀人案和大量杀人案都有各自的魅力。其中一个魅力就是能看到更加难以实现的犯罪。杀的人越多就越难逃脱法网，所有人都想知道是怎样的诡计让其得以实现。另外一个魅力就是动机。连环杀人案实施起来困难重重，要做的准备太多，如果不是一时冲动或自暴自弃，又会是出于怎样的动机呢？解释动机的过程就是魅力所在。

实施如此困难的犯罪，凶手的动机已经超出了一般人心中对利益得失的衡量标准，这样的角色也充满魅力。在大多数游戏中，都会把连环杀人犯设定成最终 Boss，其作用是通过提示玩家或主角团有可能会成为连环杀人犯的目标来提高紧张感。但如果凶手是在游戏或小说的后半程突然登场的无关人员就显得无趣了，所以最好由最初登场的主要人物来担任这个角色。只不过这样的话，登场人物死得越多，就越容易猜到凶手的身份。如何克服这个难题就是诡计最精彩的地方。

现实与小说、游戏中都存在的最有名的连环杀手，恐怕就是十九世纪让整个伦敦陷入恐慌的开膛手杰克（Jack the Ripper）了吧。至今没人知道前后至少残忍杀害了5名女性，还给报社送去充满挑衅意味的书信的杰克究竟是谁，引得人们产生了无数猜想，而该事件也成了小说的绝佳题材。

事件发生在1888年的伦敦，与夏洛克·福尔摩斯的活跃期重叠。闻名遐迩的侦探与恶名昭彰的连环杀人犯相遇的可能性给作家们带来很多灵感，多部二人对决的作品应运而生。

孤岛模式

Closed Circle of Suspects

- 暴风雨孤岛
- 暴风雪山庄
- 排除法

什么是孤岛模式

孤岛模式（Closed Circle of Suspects）直译过来就是“被封闭的环”，引申为因罪犯故意为之或天灾导致与外界往来或联系的手段断绝的状态。

例如，遭台风袭击的孤岛上发生杀人案。海上狂风巨浪，无法乘船逃离。无线设备这个唯一可以与外界联络的手段遭到破坏，无法报警求助。破坏无线设备的人就藏在岛上的某处，但找遍了所有地方也没有发现可疑人物，凶手毫无疑问就在自己人中间——这样的状况就称为孤岛模式。

“暴风雨孤岛”

舞台不仅限于孤岛。被暴风雪封闭的山庄、行驶中的列车、出入口被封锁的建筑物等，状况多种多样。而且不一定是连环杀人案。可以只杀一个人，也可以杀死所有人。

制造孤岛模式的原因分为两种。一种是为了实施计划有意制造出这样的状况。另外一种就是天灾，罪犯原本并没有这样的打算，结果天气突变，营造出了这样的环境。后者属于连罪犯都没料到的意外。

“暴风雪山庄”

孤岛模式的魅力

人们越来越喜欢孤岛模式的本格推理。因为外人无法进入，真凶被限定在一定范围内，可以根据所有人的证词推断出犯案时间和地点，构筑缜密的推理。这种环境对罪犯也相当有利，因为没人能用科学搜查的手段去验证，所以可以使用的诡计也变多了。

孤岛模式的另外一个魅力就是充满悬疑气氛。阿加莎·克里斯蒂的《无人生还》中被邀请到孤岛上的 10 名男女接连被杀。活到最后的那个人肯定是凶手这一设定将紧张感一点一点拉高。每次有人被杀，餐桌上的印第安人偶也会遭到破坏，这个设计也增添了恐怖效果。

除了杀人，其他要素也可以提升悬疑气氛。埃勒里 · 奎因的《暹罗连体人之谜》中，从山脚开始燃烧的森林大火往山上席卷，人们被一点一点逼上山顶。侦探除了要跟罪犯斗智斗勇，还不得不跟灾害打攻防战。

如果到最后，孤岛上的所有人都被杀了，那么大屠杀的动机是什么？其中人们看不到的谜团也是其魅力所在。

现代孤岛模式

暴风雪山庄、暴风雨孤岛这类经典舞台虽然有魅力，但同样的设定会让读者感到厌倦。正因为经典，才更需要绞尽脑汁去思考如何创新。

冈岛二人的《然后，门被关上了》中，母亲为了给被杀害的女儿报仇，将所有有嫌疑的人关在核战避难所里寻找真凶。石持浅海的《爱尔兰的蔷薇》中，因为被害人是恐怖分子，恐怖组织的伙伴不想让警方介入。这些作品的作者为了让发生事件的舞台变成孤岛模式就花了很多心思。

九十年代后期开始流行多人同时收到陌生活动策划者的邀请来到某地后，被强制参加关乎生死的杀人游戏的作品。其中比较有名的是改编自高见广春的同名小说、由深作欣二导演的电影《大逃杀》。

以上作品其实都更接近恐怖或悬疑，不过，也有米泽穗信的《算计》那样的本格推理佳作。

无名尸体

Unidentified Body

- 查出身份
- 有无罪案的可能性
- 科学搜查

被害人是谁?

无名尸体指虽然被发现了，却不明身份的尸体。

这样的尸体被发现后，警方会先确定死因，判断有无罪案的可能性的同时，为了查明遗体的身份展开搜查。

像日本这样的近代国家，很少会出现身份不明的尸体，因此，警方发现尸体后马上就会怀疑是否为罪案，首先想到的就是他杀或遗弃尸体。如果是杀人案，一种情况是发现尸体的地方就是案发现场，另外一种就是杀人犯为了“毁尸灭迹”将尸体丢弃。杀人案在“某人被杀”这一物证，即被害人的遗体被发现后才会成立，所以藏尸就等同于将事件掩藏了起来。即便是意外、过失致人死亡或普通的病死，有些人也会出于骗取养老金一类的理由想要隐瞒该人物已经死亡的事实。

识别身份

能帮助确定遗体身份的东西包括随身物品、服装服饰、长相、指纹、掌纹、齿型、DNA、骨骼等。其中指纹、掌纹和 DNA 能直接帮助识别个人身份。只要有本人的血液或毛发就能进行 DNA 比对，即便找不到本人，只要能找到直系亲属就能通过 DNA 鉴定推断是否存在血缘关系。

随身物品和服装有可能被凶手丢弃、被野兽拖走或是被雨水冲刷损坏，但只要有一些残留物就能通过复原技术帮助确认身份。要是有银行卡、身份证、手机等能显示身份的东西是最理想的，如果没有的话，也可以通过服装的纤维残片确定颜色和材质，从而推断人物死亡时所着服装等信息。

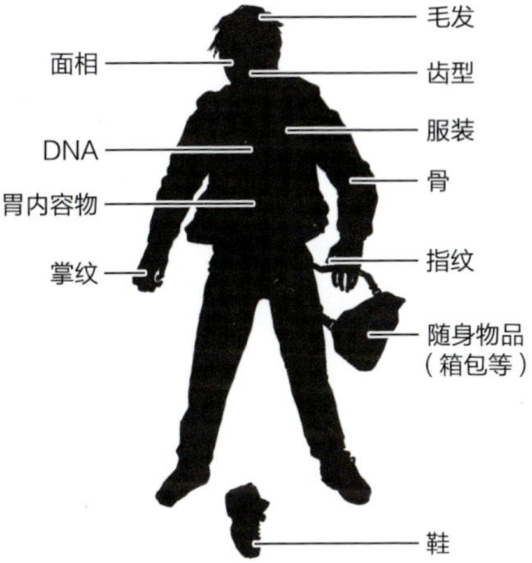

齿型是比较古老的识别遗体的手段，通过牙齿的状态可以判断出死者的年龄和性别，除此之外，还可以与牙科的病例或牙X光片进行对照从而确定死者身份。在日本国内，大部分人看过牙医，所以只要掌握死者生前大概的生活范围，就能通过治疗记录或牙齿排列确定身份。

最近的例子就是在2011年3月的东日本大地震中，为了通过齿型确认震灾遇难者的身份，政府动员了大批牙医。

法医人类学学者

即便是遗体身上的肉腐烂，甚至已经化为白骨，也就是遗体损伤非常严重的情况下，尸骨依然会成为重要的线索。从骨骼可以判断出死者的年龄、性别和民族等信息，如果有骨折现象，也可以从骨折的状态推测出死者死亡时的状态。而实际上，在考古学或人类学现场，只要有尸骨，就能结合挖掘现场周边的状况推测及鉴定出几百年甚至是几万年前的状况。

如果发现了头盖骨，可以尝试修复容貌。根据民族和年龄想象肉会在骨骼上如何生长，用黏土或CG还原死者生前的长相。

美国热播电视剧《识骨寻踪》系列讲述了专门鉴定遗迹出土尸骨的女性法医人类学博士坦普瑞·布雷恩娜，与FBI探员瑟雷·布斯和杰斐逊协会法医学实验室的伙伴们一起，通过在损毁严重、普通的尸检方法根本无从下手的尸骨上寻找线索破案的故事。在该作中，能从聚集在尸体上的昆虫（苍蝇幼虫）和附着的微生物入手，查出线索的生物学家哈金斯博士和专门负责复原遗骸的CG艺术家安琪拉的表现也很出彩。

盗窃案

Theft

- 小偷、窃贼
- 赃物买卖
- 创意

偷盗

盗窃是未经他人许可或承诺夺取他人财物的偷盗行为的一种，指在不被对方发现的情况下抢夺财物。被发现后强行抢夺则属于抢劫。刑法中有盗窃罪这一罪名，如果是多人有计划地大规模实施盗窃，则将该组织称为盗窃团伙。

2010 年发行的警察白皮书所示，盗窃案占所有案件的 70% 至 80%。在日本，警察内部负责侦办该类案件的是刑事课搜查三课或盗窃犯系。

根据盗窃案发生的场所，可将盗窃大致分为三种。第一种，偷取钱包一类随身财产，多是**小偷**所为。其中在电车里实施扒窃的人被称为**扒手**。第二种，到别人家里或领地内盗窃财产，这种情况一般都是**盗贼**所为。第三种，是放在房屋外或路上的车、自动贩卖机等遭遇抢劫，也包括直接盗取交通工具的行为。

追查职业盗窃犯时，首先要分析作案手法的共同点。需要练习的小偷自不必说，生物都有这样的倾向，无论方法多简单，只要成功一次，就会每次都想用同样的方法去做这件事。为此，调查作案手法和过去的犯罪记录就能锁定罪犯的情况并不罕见。如果通过作案手法无法锁定嫌疑人，那么很可能是初犯。

另外一个线索就是赃物的买卖渠道。偷来的东西需要换成现金，而正经的店铺是不会收购明显的赃物的。因此，只要调查能将赃物换成现金的渠道，就能追查到犯人。推理作品中偶尔就会出现专门收赃物的“黑市掮客”和“买赃人”。

从窃贼到怪盗

自古以来，人们就称呼以偷窃为生的人为“窃贼”。日本史上最有名的窃贼就要数石川五右卫门和鼠小僧次郎吉了。鼠小僧次郎吉因劫富济贫而被称为“义贼”。在虚构的世界中登场的是更加华丽的“怪盗”们。怪盗一词源自对亚森·罗平的台词“gentleman-cambrioleur”（直译是强盗绅士）的翻译——怪盗绅士，从这层意义上来说，“怪盗”属于日本特有的词语。

怪盗们学习亚森·罗平，不单单偷东西，还会提前将“预告信”送到报社或当局昭告天下，然后在严密的警戒下华丽地完成盗窃，也就是表演型盗窃。而且不负“怪盗绅士”之名，除了偷东西以外不会伤害任何人，要是遇到陷入不幸的女孩儿还会伸出援手，诸如此类富有绅士风度的举动是其特征。

偷盗故事多是短篇？

从杜撰的角度来说，要想让以盗窃案为题材的推理作品成立是一件非常简单的事。拿杀人案为例，要有被害人、罪犯，罪犯还要有动机，以及围绕在两者之间的复杂的人际关系，无论再怎么精简，要素依然很多，如此一来篇幅自然就长了。因此，杀人案大多适合长篇，相对地，盗窃案更适合简洁的短篇。

只需要思考“怎么偷”这一个简单问题的作品被称为“One Idea Story”，该类作品的数量有很多。

实际上是因为以盗窃案为题材的小说作品给人留下深刻印象的短篇比较多。

古典推理小说中有以下案例。

◎夏洛克·福尔摩斯系列《六座拿破仑半身像》《海军协定》等。

◎赫尔克里·波洛系列《“西方之星”历险记》《潜艇图纸失窃案》《百万美元证券失窃案》等。

◎布朗神父系列《飞星宝钻》。

◎马普尔小姐系列《金锭》。

诱拐案

Kidnapping

- 生意
- 赎金
- 诱拐与绑架

诱拐与惊险

诱拐案指出于某种目的剥夺他人自由，而这一行为并非最终目的，而是手段，通过这一手段而实施的所有犯罪都属于诱拐案。

诱拐原本的目的是要赎金。第二次世界大战之后的日本，诱拐犯成功逃脱的案例只有8例，顺利拿到赎金的一例都没有，诱拐变成了一项不划算的买卖。若是想让这类事件在推理作品中登场，就需要有自信推翻这个统计数据的高智商罪犯，或是连这个统计数据都不知道的被逼入绝境的罪犯。不过如果故事的舞台不是日本，状况就不同了。在局势动荡、治安不好的国家，黑手党或恐怖组织势力强大，诱拐俨然成了一门生意，据说世界各国加起来每年有将近400亿日元的利润。

推理游戏中出现诱拐情节时的特征就是罪犯和被害人会长时间接触。对被害人来说是诱拐，对罪犯来说是从警方手中逃亡这一极限状态下，相处几个小时甚至是几天，想法会发生不同程度的变化。诱拐犯和被害人成为朋友也是有可能的。这样的情况不是只会发生在杜撰的故事中，现实中的的确确存在处于这种极限状态下对罪犯产生亲近感，最后帮助罪犯逃脱，妨碍警方追捕的被害人，而这种心理就是大名鼎鼎的**斯德哥尔摩综合征**。

而且，并不是只有被害人会产生这种心理上的依赖。跟罪犯交涉的人也会产生各种各样的心理变化。有的诱拐犯其实是为了帮助被害人，或者被害人本人从最初就希望被诱拐的情况也是存在的。

总之，能够讲述在瞬息万变的极限状态下产生紧密人际关系的故事，是诱拐案的优点。

诱拐与绑架

说起诱拐，首先想到的就是被害人被绑架了，其实在法律上这是两项罪名，分别是“诱拐罪”和“绑架罪”。

◎**诱拐**：通过诱惑或谎言等手段控制他人的行为。

◎**绑架**：通过暴力或威胁等强硬手段控制他人的行为。

一般人会将这两种罪行都称为诱拐。

调查以赎金为目的的诱拐案

警方一旦知道发生了以赎金为目的的诱拐案后，会立即展开调查。也可以由侦探、朋友或家人采取同样的行动展开调查，不过这里先以警方的调查流程为例简单介绍一下。

警方确定案件发生后，首先会间接与被害人进行接触。这项工作要秘密进行，巧妙地不让其他人察觉。这样才能防止罪犯得知警察介入而伤害人质。

接下来，警方会等待罪犯主动接触被害人身边的人。到这一步，警方主要的工作是监听和电话定位追踪、分析恐吓信等。现代的以赎金为目的的诱拐案，通过电话定位追踪确认嫌犯的位置有着非常重要的作用。通过电话与歹徒交涉的工作由受过专业训练的警官冒充家人等相关人员来完成。

如果通过定位追踪等手段没能逮捕歹徒，警方就会尝试在歹徒前来领取赎金的时候将其逮捕。不过罪犯也很清楚拿赎金的时候会有危险。这个时候就需要绞尽脑汁，指示对方按照自己设计好的机关或诡计交赎金。最近还会利用金融机构的空头账户等手段，这种情况逮捕的机会就是在歹徒取现金的时候了。

如果没能在歹徒拿赎金的时候将其逮捕，调查的方针就要改成优先保障人质安全。在确保人质安全后再对歹徒进行抓捕。

恐吓案

Blackmail

- 敲诈与强制
- 有计划的暴力行为
- 恐吓的目的

什么是恐吓案

恐吓案指通过暴力或犯罪等手段进行警告和恫吓，从而获得某种利益的行为。一般的恐吓行为在日本的法律中被细分为恐吓罪、敲诈罪与强制罪。提出要伤害对方进行威胁属于恐吓行为，进而索取钱财属于**敲诈行为**，而让对方做某事属于**强制行为**。更简单一点来说，“我要杀了你”是恐吓；“不想死，就把钱交出来”是敲诈；“不想死，让你干什么就干什么”是强制。必须记住的是，即便没有索要钱财或强制对方做什么，单单是恐吓就已经触犯了法律。在日本，恐吓罪原本由刑事课搜查四课（专门负责处理暴力团伙相关案件，也就是暴力团对策课）和生活安全科负责侦办。现在这类工作统一由组织犯罪对策课处理。

从担当部署上就可以看出，恐吓案往往是有计划性的暴力行为，而且多数与犯罪组织有关联。这也说明处理恐吓罪要冒的风险很高。恐吓是违法行为，原本是只要报警就能解决的问题，要想让被害人不报警接受恐吓，就必须掌握其不能让警察知道的隐情，让对方因为害怕而不敢报警。

搞到这类不能让警察知道的情报，尤其是与犯罪有关的情报，然后使用暴力威慑给对方施压是犯罪团伙、暴力团伙的惯用伎俩。

如今颁布了暴力团对策法（防止暴力团员做出不当行为等相关法律），明目张胆地恐吓很容易引起警方的注意。小心不要涉及犯罪的同时，收集遭到恐吓的证据然后报警就能解决大多数恐吓行为。

推理作品中的恐吓

推理作品中的恐吓大致分为两种用法。一种是事件的背景。登场人物受到某人的恐吓这一事实可以是事件本身，也可以是动机的一部分。现实中也经常会发生受到暴力团伙恐吓的情况，恐吓能为作品带来真实感。另外一种是恐吓本身是构成诡计的一环。恐吓行为或恐吓的内容中隐藏着各种各样的误导信息，而那正是事件中被掩盖起来的真相。会用到恐吓的诡计可以分为以下三类。

◎**恐吓的内容**：被害人的弱点本身就是诡计。每个人的人生和性格都不尽相同，一般无法想象的弱点被人当成敲诈勒索的理由也是有可能的。如果能想到这种出乎意料的弱点，外人根本不理解为什么会因为这种事而受到恐吓，如此一来就能收到误导效果了。为达到这个效果，就要好好利用被害人与读者价值观上的差异。也可以将被害人设定为会被常人认为无所谓的事感到非常耻辱，不想暴露这样的过去的性格。

◎**强制的内容**：每个恐吓犯的性格也不同，也有各种各样的隐情。有的人不要钱，而是要求对方做一些莫名其妙的举动。只要能想到合理的理由也是一种不错的诡计。

◎**恐吓事件本身就是误导**：看起来是在恐吓，实际上只是一个骗局，或是被害人其实是加害者的诡计。

恐吓的派生

除了恐吓行为本身是诡计之外，还有派生出来的诡计。就是人际关系的逆转。例如，原本是站在侦探这一边的好人角色，在受到罪犯的恐吓后站到了敌人那边，这个角色成了罪犯的帮凶，证词也变得不可信了。像这样的恐吓可以作为将现有证据和人际关系全盘推翻的手段。

诈骗案

Swindle

- 高智商罪犯
- 大费周章的谎言
- 作品的娱乐性

警察术语中的“诈骗”

诈骗指通过欺骗他人获取利益的行为，可以大致分为骗取财物和为了隐瞒某些对自己不利的事实而欺骗他人两种情况。根据 2010 年发行的《警察白皮书》所述，诈骗案指被分类在刑事犯中的高智商罪犯的“诈骗罪”。警察内部负责侦办该类案件的是刑事课搜查二课或高智商罪犯系。私吞、伪造、贪污、渎职等也属于高智商犯罪。

诈骗大致分为以公司为对象的经济诈骗和以个人为对象的诈骗两种。经济诈骗形式包括虚假房产买卖、虚假商品、虚假收购、虚假开发、虚假宗教、虚假票据、多层次直销、M 资金等，有的时候国家都会成为这类诈骗的对象。个人诈骗形式包括传销、仙人跳、碰瓷、骗婚、以虚假价格出售山林土地等。

诈骗还催生了造假证等专业造假职业。与原件别无二致、带水印的伪造文件是各类诈骗手段所必需的武器。

诈骗同时也是智慧的较量，根据所处状况，骗人的功夫有时候也能成为助力。例如，在战场上，诈骗就是计策、诈术，如果能成功欺骗敌军，就会受到嘉奖和好评。在有些传说和神话中，诈骗高手被塑造成英雄。据说在现代的监狱中，所有人都厌恶那些对女性或儿童等弱者行使暴力的罪犯，对高智商罪犯的诈骗高手的评价相对较高。话虽如此，会产生这样的印象也是受到虚构作品的影响，现实中的诈骗可没有那么浪漫。职业罪犯并不是站在对等的立场上进行智慧的较量，欺负那些信息闭塞、知识匮乏的弱者才是诈骗的基础。被害人蒙受的损失和悲惨遭遇有的时候甚至远远超越了暴力事件。

现实中的诈骗案

所谓撒的谎越离谱越有人信，现实中就发生过这种离谱的诈骗案。谎称自己掌握着驻日盟军总司令部麦克阿瑟留下的巨额资金的 M 资金诈骗案就是例子。只要稍稍动动脑子就知道这件事不可信，但因为金额庞大，对方又说得有鼻子有眼儿的，反而容易上当。类似的情况还有传销，规模做得越大，就越容易让人产生“这么多人都在做，不可能是假的”这种心理。甚至出现了因大部分人口都加入传销组织，导致规模过于庞大，引发严重的经济危机，国家发布紧急事态宣言的情况。这也是撒的谎越离谱越有人信的案例之一。

虚构作品中的诈骗行为

虚构作品中的诈骗除了谋取直接利益，还用来隐瞒或获取情报。例如，为了伪装成完全不同的罪案，欺骗大众隐瞒特定情报；为了洗清冤屈或得到弹劾巨恶的证据，通过诈骗手段获取对方的信任从而收集情报；等等。通过讲述这样的诈骗过程，能让诈骗犯展现出超越盗贼的魅力，还可以提高作品的娱乐性。

以下列举几部描写这类诈骗案的古典推理小说的代表作品。

◎夏洛克·福尔摩斯系列《红发会》《三个同姓人》《证券经纪人的书记员》。

◎赫尔克里·波洛系列《达文海姆先生失踪案》《斯廷法利斯湖的怪鸟》。

◎马普尔小姐系列《动机与机会》《小木屋事件》。

电影有《骗中骗》这部古典名作。近年来讲述诈骗高手的电影有《猫鼠游戏》《非常嫌疑犯》《十一罗汉》等。《猫鼠游戏》正如标题所示，讲述的是天才诈骗犯和追查他的探员的故事，本作以真实事件改编。在《非常嫌疑犯》中，神秘人物凯撒·索泽成了贯穿全片的关键人物，出人意料的真相从全员恶人的登场人物上演的相互欺骗、错综复杂的关系中渐渐浮出水面。《十一罗汉》讲述了诈骗团伙计划抢劫大赌场的故事，从智斗这个侧面上演了一场诈骗大战。

失踪案

Missing Person

- 是生？是死？
- 架空的失踪
- 宣告死亡

不明生死的人

失踪案在推理作品中往往与杀人案同时出现。

某个白天，他或她没有任何征兆地消失了——去哪儿了呢？失踪案发生后，可以在不同阶段加入针对被害人的各种谜团。例如，"失踪的人活着还是死了？""是自己走的，还是被什么人带走的？""如果还活着，现在在哪儿生活呢？"等，使得解谜时的辩论变得更加错综复杂。

以女学生失踪案为主题的警察小说名作、赫拉利·瓦渥的《最后的衣着》，里面没有神探，描写的就是警官们脚踏实地的搜查过程，但因为讨论的过程非常细致，所以这是一部兼备搜查小说和讨论型推理小说趣味性的作品。在普遍认为受其影响的柯林·德克斯特的《最后的衣着》中，针对"失踪的少女究竟是生是死"这个问题的讨论几乎已经到了偏执的地步，是能够让人充分体会到推理辩论乐趣的一部作品。

作者们偶尔还会使用故意安排全篇都在搜寻的失踪者在最后登场这样的编剧上的技巧。宫部美雪的《火车》中，全篇以负责追查的刑警（当时已停职）的视角，从不同的角度讲述了误入信用卡破产这条不归路后失踪的女性的人生，而失踪的女主角只在文库版的最后两页才现身。但因为在搜寻的过程中已经将她的人生明明白白地呈现在了读者面前，最后的轻描淡写反而让人回味无穷。还有像描写少女失踪案的桐野夏生的《柔嫩的脸颊》那样，反复围绕案件讨论或假设，但最终仍真相不明的作品。

不存在失踪者

或许是因为相较于杀人案，杜撰不需要尸体也不需要杀人时留下痕迹的失踪案更简单，有的作品使用了“本以为失踪的人实际上根本不存在”这个诡计。吉尔伯特·基思·切斯特顿的《魔书风波》中，找到心灵学教授，希望其调查受到诅咒的书的委托人在神奇的状况下失踪了的案件。实际上这个案件是教授秘书的恶作剧，委托人也是秘书乔装的。柯南·道尔的《身份案》中，不想让女儿结婚的继父乔装打扮接近女儿，在马上就要步入婚姻殿堂的时候，上演了一场“未婚夫神秘失踪”的把戏。继父的目的是不想因为女儿嫁人而导致由自己管理的信托财产缩减，他的自私激怒了夏洛克·福尔摩斯。这种“根本不存在什么失踪的被害人”的设计在推理作品中能收到奇效。

无论动机是玩笑还是确有其事，要想让架空的失踪案成立，很多作品都采用了“一人分饰两角”的手法，其中也有像艾伦·亚历山大·米尔恩的《红屋之谜》那样，讲述本以为已经失踪的嫌疑人实际上是已经死亡的被害人乔装打扮的，这类复杂的作品。雷蒙德·钱德勒在《简单的谋杀艺术》中彻底批判了这部作品，站在作者的角度，应该引以为戒。

失踪者被认定为死亡时

在日本，如果很长一段时间无法确认失踪者的生死，在法律上就可以认定其死亡，这被称为**宣告死亡**。除在灾害中失踪（特别失踪）等特殊情况外，七年以后就可以申请认定，办理解除婚姻关系及继承手续。死亡认定也可以作为开启新案件的契机。例如，米泽穗信的《算计》中，女主角千反田爱瑠的舅舅即将被宣告死亡这件事成为重新调查过去案件的契机。欧美作品中大部分会让失踪者的婚姻关系暂时维持一段时间，理查德·奥斯汀·弗里曼的倒叙推理小说《波特马克先生的疏忽》中，把勒索自己的人的尸体处理得过于完美的凶手，得知自己暗恋的女性已经偷偷跟那个勒索自己的人结婚了，也就是说，凶手走进了只要不能证明那个人已经死亡，自己就无法跟暗恋的女性结婚这个死胡同里。

消失诡计

Disappearing Trick

- 心理盲点
- 不足之处
- 错觉

心理盲点与分析性推理

消失诡计是自古就有的谜题。在推理小说这一体裁的鼻祖埃德加·爱伦·坡的《失窃的信》这部短篇作品中，某大臣将一封政治意义重大的信藏了起来，警察对官邸进行了彻底搜查也没有找到。其实，那名大臣早就料到警察会搜查，所以将计就计，根本没把信藏起来，就只是放在了信袋里。

怪盗藏起偷来的宝石，国际间谍隐藏获取的机密情报，欲跨越国境的走私犯夹藏违法物品。出人意料的藏匿地点这一主题随着时代的变迁而不断发生改变，无一例外都是利用了“不可能藏在那里”这个先入为主的观念，属于心理诡计的一种。

消失诡计有时候会成为推理分析的突破口。侦探观察案发现场的某样东西进行推理。反过来，本应存在的东西却不在了这类不利线索往往会成为锁定罪犯的逻辑性线索。

消失诡计不仅限于用在“如何作案”上。假设被害人是个烟鬼，他身上有烟。如果只是这样的话，读者不会觉得有任何可疑。而侦探就会想到“为什么没有打火机”，进而得到“是不是凶手出于某种目的带走了”这个推理结果。

埃勒里·奎因的《西班牙披肩之谜》中，被害人头戴帽子，身披斗篷，衣服却不知去向。侦探想到了五个凶手把被害人脱光的理由，最后锁定了嫌疑人。正是“本应存在的东西”这个线索刺激了侦探的想象力。

不同类型的消失诡计

以下是根据使用消失诡计的理由整理出的具有代表性的例子。

分类		解说
带走	偷走	对罪犯来说有价值，所以偷走了
	隐藏线索	能显示与被害人之间的关系或是能作为识破犯案手法的线索进而锁定嫌疑人的物品
	隐藏信息	为了隐瞒受害人身份等信息
	第三者	被不知道物品重要性的第三者带走了
一开始就不存在	丢失	受害人去案发现场前弄丢了，或者交给某人，或者被什么人抢走了
	误会	目击者误以为东西在那里
	骗局	目击者欺骗了侦探
还在	加工	破坏或使其变形，令人一眼看不出是什么
	心理盲点	受害人吞到腹中等情况

消失的错觉

到这里为止，消失的都是些小物件。而实际上，大量作品中消失的都是**绝对不可能实现**的，令人难以置信的庞然大物。柯南·道尔的《消失的特别列车》中消失的是列车，埃勒里·奎因的《上帝之灯》中消失的则是房子。

魔术师大卫·科波菲尔让自由女神像消失的新闻轰动一时。不过魔术和推理小说还是有差别的。在泡坂妻夫的《消失的砂蛾家》中，一个晚上的时间，整栋木制房子都消失了。真相是，所有目击者都被下了安眠药，以为醒来是第二天，实际上是第三天才醒来。犯人利用这个时间把因火灾烧毁的房子清理干净了。在推理小说中可以像这样，利用目击者在时间上的错觉或认知上的错误，魔术却不行。

除此之外，魔术不需要揭秘，推理小说则必须解谜，必须仅靠解释“如何让物体消失”引人入胜。而更难的是必然性。也就是必须有充分的理由来说明，为什么要大费周章地让巨大物体消失。

失忆

Amnesia

- 健忘的种类
- 帕佩兹环路
- 杏仁核神经环路

“这里是哪里？我是谁？”

虚构作品中的典型性**失忆**，患者基本都会忘记自己的名字和过去等一切记忆，而现实中的失忆其实是阶段性的。首先是“丧失某个特定时期的记忆”。由于喝了太多酒，不记得前一晚是怎么回家的就属于这种。其实是“丧失了到目前为止的所有记忆”。虽然失忆了，但大部分人能够掌握自己、家人和工作等基本情况。像开头说的那样，丧失一切关于自己的记忆叫作**全盘性失忆**，但这种症状极其罕见。

另外还有无法记住新信息的失忆症，被称为**顺行性遗忘症**，患者无法长时间保留记忆，一段时间过后连自己是谁都会忘记。有相对来说很快就会恢复的短暂性失忆，也有症状永远不会消失的类型。后者经常被拿来做创作的题材，电影的代表作是《记忆碎片》，推理小说也经常会采用这样的设定。

记忆障碍中还存在“无法忘记”特定记忆的症状。人类的大脑具备通过遗忘减轻负荷的机能，因此，无法忘记也会被认定为记忆存在障碍。例如，PTSD（创伤后应激障碍）等心理问题，曾经遭受过的重大打击始终挥之不去，不停地在脑中回放。

智力、记忆或认知能力后天低下的痴呆症的并发症也包括记忆障碍。东野圭吾的《红手指》中，痴呆症会引发记忆障碍就是作品的主题之一。以失忆为主题的作品有岛田庄司的《异邦骑士》，故事从“我”的失忆开始。

记忆的构成

现代已知人类的记忆具备**识记、保持、再现**三种机能。识记，用语言等容易记住的形式总结亲身体验的机能。例如，“盘子里有三个苹果，四个橘子”。保持，让识记下来的记忆在大脑中持续显现的能力。不用看着放在盘子里的苹果和橘子也能知道分别有几个。再现，将记住一次的事回想起来的能力，即一周后有人询问时依然能回想起盘子、苹果和橘子的机能。

被识记的记忆会以动作记忆、短时记忆、长时记忆三个阶段被保持下来，分别可以保持数秒到数十秒、数十秒到数分钟、成为半永久性记忆。通过反复保持和再现，记忆会越来越牢固，渐渐从动作记忆转换成长时记忆。

我们的记忆再现的并非当初的体验，每次大脑让某段记忆再现时，都会基于识记的情报，重新构成。用上文的例子继续举例，虽然可以清晰地回想起放在盘子里的苹果和橘子，但每次回想水果的品种和在盘子上的微妙位置等信息时，都是当时重新构成的，这就是为什么每次回忆起某事的时候都会有微妙的不同。

大脑有个部分被称为海马体，研究表明，这样的情景记忆都是通过刺激以海马体为中心的部分形成的，这个过程称为**帕佩兹环路**。为此，海马体一旦受损，就会引发对智力完全没有影响的失忆或顺行性遗忘症。

而与情绪和情感相关的记忆是由以杏仁核为中心的部分制作而成的，这个过程称为**杏仁核神经环路**。为此，即便海马体出现故障，无法记住偶发事件的人，也会根据经验做出恐惧等反应。通常的情景记忆也与情绪相关联，伴随激动的情绪记下来的事更容易转换成难以忘记的长时记忆。反之，不伴有情绪波动的记忆。例如，认为不重要的东西就算临阵磨枪去死记硬背也会很容易忘记。

程序记忆，也就是通过活动身体记住的记忆，由大脑基底核或小脑进行记录，只要记住了就会非常牢固。也有即便患上阿尔茨海默病导致大脑遭受大范围损伤，唯独程序记忆保留下来的情况。这就是为什么“手记得”的记忆一般不会忘。

在创作的时候，以上述记忆的构成为参考，通过选择在识记、保持、再现某个阶段发生障碍，对某个种类的记忆造成影响，就能设计出各种各样的失忆和记忆障碍的情节了。

Mystery Society

推理爱好者协会

Mystery Society

- 推理迷
- 学生侦探
- 同好会活动

一头扎进案件的学生们

推理爱好者协会，顾名思义，就是聚集了一群推理爱好者的团体。推理爱好者协会的成员不仅对古今东西经典的推理作品了如指掌，对现实中的案件也有着旺盛的好奇心，所以让他们拥有积极参与推理作品中发生的案件的动机是一件很简单的事。

大学里的推理爱好者协会，很多都跟早稻田大学的“早稻田推理俱乐部”（WMC）一样，拥有悠久的历史，甚至可以追溯到二十世纪五十年代。从这些有历史的推理爱好者协会走出来的翻译家、编辑等，从事出版、传媒相关工作的前辈不在少数，所以被卷入案件的角色从来都不缺少可以征求意见的人。有这样的前辈角色为中间人，即便是学生也能向那些原本接触不到的人寻求帮助。

这些俱乐部或小组被大致分为公认团体与非公认团体，都有各自需要考虑的优缺点。我们将要素归纳到下表中看一下。

种类	优缺点	说明
公认团体	优点	作为活动据点的活动室能得到来自学校的活动经费
	缺点	为了满足公认资格，需要一定数量的社员和活动成绩
非公认团体	优点	不受学校管制，因为人数少，所有社员都可以在作品中登场，让每个人都有出色的表现
	缺点	没有正式的活动室和活动经费，必须通过其他形式（擅自使用空教室等）确保、维持活动小组的日常需求

推理爱好者协会的活动

除了定期考试、修学旅行等学校组织的活动，大部分推理爱好者协会会定期进行下列活动。通过加入这些活动或背景，就可以把专属“推理爱好者协会”的要素加入剧本。

◎**读书会**：指定作家、作品、流派等主题，大家一起读书然后交换意见。

◎**发行社刊**：发行刊载着成员创作的小说或作品评论等内容的社刊。大学的推理爱好者协会有时会在同人志展销会上贩卖社刊。刊行的频率各不相同，有的只会在每年校庆的时候发行一册。

◎**集训**：大多在夏冬两季休长假时举办。可以在集训期间开办读书会、讨论会等围绕推理作品的活动，也可以只是单纯的集体旅行。

◎**休憩处**：有传统的文科社团或许会有固定的咖啡厅或酒吧等聚会的场所，并会在这些店里留下联络簿，方便联系成员。

社团成员的能力

让以推理爱好者协会成员的身份登场的角色担任业余侦探是一件很简单的事。只是，让缺乏社会经验、在经济上也没有独立的年轻学生，以自己的学识和经验为依据，并具备优秀的推理能力，实在欠缺一些说服力。

不过，精通各类推理小说的推理迷这一要素是他们比警察等专业人员厉害的地方。在角色描写这方面，可以参考在二阶堂黎人的小说中登场的二阶堂兰子（登场时是女高中生）。后来加入一桥大学推理研究会等社团的兰子，偶尔会拿出过去推理作品中的罪案或罪犯形象，与当前发生的案件进行对比。在漫画《金田一少年事件簿》中，主人公金田一就是推理爱好者协会的成员，他还会协助警方办案，但由于作者加入了“继承了著名神探——祖父金田一耕助的能力和名气”这一设定，从而说服了读者。让推理爱好者协会的成员做主人公时，与“少年侦探”一样，无不无视“并非社会人”所带来的制约，对于能否给角色带来厚重感很重要。

日常之谜

Cozy Mystery

- 疑问与奇异现象
- 违和感
- 现实性

从日常生活中琐碎的疑问开始

推理作品中的谜题并不全都是密室杀人或推翻不在场证明这些与犯罪有关的内容，也有以解决隐藏在我们日常生活中的琐碎的疑问和奇异现象，也就是以**日常之谜**为主题的作品。

日常之谜与其他推理作品的主题不同，是所有人都很有可能遭遇的事。推理作家若竹七海在学生时代打工期间，遇到了一个“每周六都会到店里用二十枚五十日元的硬币兑换千元纸钞的客人”，这件事让他产生了疑问：为什么这位客人每周六都来店里兑换纸钞？以这个日常之谜为原型，多名作家发表自己的推理，并通过东京创元社发行了《竞作：二十枚五十日元硬币之谜》选集。

在日常生活中遭遇密室杀人案的可能性极低，而像这样的日常之谜，遭遇的可能性其实很高。例如，小孩子出于好奇心，调查可疑人物之谜等，虽然不是杀人案，但故事依然可以展开。

如果把密室杀人等大费周章的案件比喻成大型魔术，那么日常之谜或许就是使用扑克牌一类小道具的餐桌魔术。不过，是否能够认识到自己遭遇了日常之谜，是另外一个问题。

就像夏洛克·福尔摩斯对华生说的，“你是在看，而不是在观察”。我们身边也存在很多日常之谜，但如果只是在看的话，是发现不了的。

平时多观察身边的事物，如果能从日常这一场景中顺利找到谜题，就推理看看吧。

罪案调查的入口

描写日常之谜的推理作品中不会出现那些神奇的诡计，容易让人感到无趣，所以原本是一个不太受欢迎的流派。直到北村薰和加纳朋子那样的作者出现，推理迷才发现日常之谜的魅力，如今已经有大量该类作品问世。

北村薰和加纳朋子的作品为什么会大受好评？他们的作品中，会在描写充满魅力的女主角和细致日常的过程中遭遇容易忽视的谜题。读者就是被这样的普通日常生活的描写，和不会发生凶杀那样的惨案的展开吸引。北村薰的其中一部分作品被评价为“治愈系推理”。不过大多数这类作品，都是在挖掘隐藏在我们生活中的细小的恶意。

日常之谜也会牵扯到罪案调查。阿加莎·克里斯蒂创作的神探马普尔小姐在推理案件的时候，会拿自己的经验和朋友的性格等情报作为参考，因此，日常之谜有时也会成为调查罪案时的参考资料。

讲述日常之谜的作品大多采取短篇或系列短篇的形式，如果是系列，可以在其中隐藏一个贯穿整个故事的大谜题，结局再揭露一个出人意料的罪案。

作品中的日常之谜

下面连同采用日常之谜的推理作品和其中的谜题进行举例说明。

◎ **《空中飞马》**：北村薰的出道之作。作品中讲述了多个谜题，它们分别是：曾经讨厌织部烧的老师在咖啡厅碰巧遇到的女性往红茶里加了七八勺糖；被偷走的车座椅套；在公园会碰到穿着红衣帽的女子的传闻；一到晚上会消失，隔天早晨又会出现的木马。

◎ **《七岁小孩》**：加纳朋子的出道之作。故事分别由洒在地上的西瓜汁、100 号的图画之谜、被抽出去一张照片的相册、老妇人奇怪的举动、移动的塑料恐龙玩具、白色的蒲公英、增加到四个的花盆这些谜题展开。

◎ **《九英里的步行》**：哈利·凯莫曼的短篇小说。从广义上来说可以算作描写日常之谜的作品。无意中听到“要想在雨中步行九英里，可不是件容易的事”这句话后，主人公开始推理，在推理的过程中解决了某个悬案。

模仿犯

Copycat Crime

- 媒体
- 剧场型犯罪
- 共享罪案信息

模仿犯的诞生

生活在信息化社会的人们有更多的机会看到各类信息和刺激性的新闻，自然也拥有接触到与罪案有关的大量情报的机会。于是，就有了模仿以前案件犯案的**模仿犯**。还有一种情况，就是在看了利用媒体的剧场型犯罪的报道后，突然意识到“原来还能这么干啊”，大多数模仿犯就是这么诞生的。

1984年，自称怪人二十一面相的神秘团伙犯下了“格力高·森永事件”，通过报道得知案件梗概并模仿他们犯案手法的人出现了。作为整件事开端的江崎格力高公司社长绑架案发生之后，紧接着发生了以盈利为目的的绑架案，该案件被媒体报道后进而又引发了新的绑架案。用投了毒的糖果恐吓食品企业的手段也遭到模仿，大大增加了犯罪数量。在中国台湾也发生了类似的案件，媒体报道称该案为“千面人投毒案”。

随着某个犯罪手法诞生并被大量模仿，这个手法就会越来越巧妙，就像通过工作等手段积累经验后就会越来越熟练一样。在利用他人的善意骗钱的短期贷款诈骗手法终于灭绝之后，新的犯罪手法——转账诈骗登场，经过媒体报道，新的犯罪手法纷纷被人们熟知，而不断翻新犯罪手法也是催生模仿犯的犯罪特征。

也有像宫部美雪的《模仿犯》那样，以一起剧场型犯罪——女性连环杀人案推动故事发展，反过来利用罪犯心理的作品。明明没有模仿过去的犯罪手法，却被说成在模仿，凶手就会主动站出来。

网络时代的模仿犯

最初的信息传递手段是欧洲工业革命时确立的新闻报纸，之后过渡到了收音机和电视等媒体。在过去，信息需要通过媒体发布，到了现代，利用网络，不需要通过媒体，个人就能将信息放到网络论坛或写在博客和 SNS（Social Networking Service）上，通过视频网站公开等手段传递信息。在这个网络时代，罪案和事件的消息会急速扩散。只要有移动电话或智能手机等工具就能轻松看到这些消息，信息传递速度之快是以前无法想象的。

以前无法轻易知晓的犯罪手法等信息，现在通过网络也能轻松查到。比如，主张伊斯兰原教旨主义的基地组织在网上发布恐怖分子手册等，眼下超越模仿犯这一领域的活动和犯罪盛行。

情报的获取手段与影响力

模仿犯为了模仿其他人的犯罪手法，必须获取相关情报。通过听或看电视等媒体播报的新闻，不需要做什么就能获取情报，以及主动花时间和精力，甚至是花钱收集情报等，获取情报的手段和方法有很多。获取情报的手段和其影响力如下图所示。

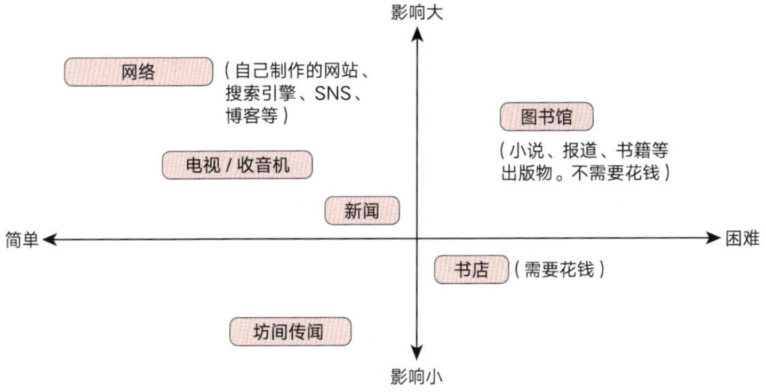

寻找凶器

Howdunnit

- 犯罪证据
- 案发现场
- 科学搜查

寻找凶器与使用它的理由

在伤人案或杀人案中，罪犯使用的凶器是重要的证据，也是犯罪成立的关键。为此，大部分罪犯都会想到把凶器藏起来，尤其是推理作品中的凶手，为了藏匿凶器，想出了各式各样的诡计。

现实中发生案件时，警方一般会到嫌犯家中寻找凶器。案发现场如果是室内，首先会搜查那个房间的垃圾桶、垃圾袋、桌子和衣柜的抽屉。如果没找到，就会揭开榻榻米，拆除地板继续找。阳台、库房等室外场所也不会放过。如果是露天的案发现场，需要搜查的范围就会大大增加。这种时候，警方除了要设想嫌疑人的移动路径，调查一切有可能的落脚点，还要考虑包括偶然或意外在内的所有可能性，进行“地毯式搜索”。所谓地毯式搜索，就像用磙子轧平地面，由多名刑警一齐对每个角落进行搜索。现场在山上也好，路上也好，都需要警察排成一排，对自己触手可及的范围进行搜索，一点一点推进的同时，寻找遗留物或凶器。即便是河川，如果是水深没超过膝盖的附近的小河，就要像疏通沟渠那样进行搜索。如果水比较深，则需要穿上潜水装备，分多次潜下去搜索了。一般河里的水都比较混浊，看不到河底的情况，寻找起来相当困难。

在推理小说的世界里，为了与上述搜查手段相抗衡，有的凶手会使用出人意料的凶器，或是就算看到也不会觉得那是凶器的东西。比较经典的例子就是扎进身体之后会融化的冰刀。因为就算看到地板上有水，也不会想到那就是凶器。要想发现这样的凶器，就需要神探的灵光一闪了。

凶器和非凶器

随着近年科学搜查技术越来越发达，已经可以通过科学的手段判别发现的物品究竟是凶器还是与案件无关的工具了。美国著名的调查机关之一 FBI，成立了各种各样的科学工作组以应对不同的情况。

FISWG（人脸鉴定科学工作组）、SWGANTH（法医人类学科学工作组）、SWGCBRN（化学、生物学、放射能、核恐怖主义研究科学工作组）、SWGDAM（生物技术科学工作组）、SWGDE（数字取证科学工作组）、SWGDOC（文件解析科学工作组。鉴定文件或签名的真伪等）、SWGDOG（警犬等支援科学工作组）、SWGDRUG（法庭药物分析科学工作组）、SWGDVI（死者身份确认科学工作组）、SWGFAST（指纹等痕迹解析科学工作组）、SWGFEX（燃烧、爆炸物研究科学工作组）、SWGGUN（枪支研究科学工作组）、SWGGSR（射击残留物解析科学工作组）等，每个工作组都会聚了各个领域拥有博士学位的专家专门处理罪案。

日本有科学警察研究所，针对生物学、医学、药学、物理学、农学、工学、社会学、教育学、心理学等不同范围的研究对象，设有生物学、物理学、火灾、爆炸、机械、化学、信息科学等研究室。除此之外，还有交通科学研究室及少年、预防犯罪、搜查支援等犯罪行为科学研究室。这些组织会通过活体反应的有无或鲁米诺（血液）反应的有无来判断找到的是工具还是凶器。

DNA鉴定

通过检测出来的血液，可以检验出以最常见的 ABO 型为首的各种血型，确定嫌疑人或被害人的血型，找出犯罪证据。在现代，还会进一步分析 DNA。将血液等体液或皮肤组织的一部分等携带的 DNA 与嫌疑人的体液等携带的 DNA 进行对比，通过远远高于血型的高精确度检验结果来判定是否一致。DNA 类型鉴定也分为几种。单链 DNA 成本低，短时间内就能确定是否与本人一致，被广泛使用。线粒体 DNA 可以用来确认母系血缘关系，Y 染色体单链 DNA 单体型则可以用来确认父系血缘关系。

DNA 鉴定是一项高精确度的重要技术，但并非百分百准确。过去就曾发生过这样的案例，在 DNA 鉴定技术提高后发现，多年前以 DNA 鉴定结果为决定性因素判定有罪的案件其实是冤案。所以，收集其他证据和调查是很重要的。

作案动机

Whydunit

- 犯罪的理由
- 异常的动机
- 逻辑的飞跃

无法理解的杀人动机

以调查凶手身份为主线的作品被称为 Whodunit，以解释密室、不在场证明等犯案手法为焦点的作品被称为 Howdunit，而与之相对的，以案件（或现象）发生的动机为主题的推理作品被称为 Whydunit。解开推理作品中的动机，不只是探寻单纯的“杀人动机”，还包含了作者深挖犯罪行为背后其他因素的巧思，如“为什么要让被害人全裸”“为什么要砍下死者的脑袋”等。这样的作品即便在初期就明确凶手的身份也不会受到影响。爱德华·霍克的《八角房间》中，提出了刺死自己崇拜的同学的青年“为什么跟被害人的尸体一起待了一个晚上”这个谜题，最后揭露了其常人无法理解（对本人来说很合理）的动机。克里斯蒂安娜·布兰德的《谋杀游戏》描写了一起不可思议的杀警案，而凶手的动机很现实，只是为了抢走警察制服用来完成另外一起事件中的诡计。

同样是出人意料的杀人动机，与常人无法理解的动机完全相反的现实动机正在形成一种潮流。常见的动机有想要尸体或尸体上的附属品（想要死者与众不同的服装、想把死者的血当饮料喝、想拿人骨做材料等）。抽象的动机和现实的动机，相较之下或许还是后者更容易拿来创作。“为什么要杀一个将死之人”也是一个很好的设定。绫辻行人的《雾越邸事件》中，凶手出于常人无法理解的动机杀死了原本就已经没有多少时日的美少女；法月纶太郎的《死因之谜》中，马上就要被执行死刑的死囚遭到毒杀。

容易被轻视的"Why"

推理作品中的犯罪动机大多与现实中发生的普通杀人案的动机性质不同，需要留意故事的编排。

现实中的警察或社会派推理小说在调查案件时重视动机，而重视凭证据解决案件的虚构的神探偶尔会无视作案动机。近年的推理小说中，故意把解谜的焦点放在“谁”“如何”上的情况不在少数。例如，森博嗣的《冰冷密室与博士们》中，侦探犀川创平从一开始就宣布要把作案动机从逻辑推理中摘出去。不合理的设定或许会让人觉得粗制滥造，但作为塑造侦探和负责解谜的角色的手段还是非常有效的。

探索更广义的"为什么要那么做"

在以“作案动机”为主题的作品中，除了以无法让人理解的行动理由杀人或伤人，还有范围更广的“作案动机”可选。

推理作家、评论家都筑道夫在评论《黄屋是如何改装的？》中提出，意料之外的凶手和偏重诡计的小说已经走到了尽头，把重点放在动机上，思考让人眼花缭乱的逻辑推理才是现代解谜的生存之道。同样是这本书，值得大书特书的，应该是详细解说“作案动机”主题佳作《夹克和西式套装》里的谜题是如何诞生的那部分内容（《我写推理小说的方法》）。穿着外套的男性为什么会抱着两件夹克走下地铁的台阶——都筑受到自己亲眼所见的画面的启发，进而虚构出谜题的过程令人印象深刻，与其说是富有条理性的逻辑推理，不如说更像是某种逻辑的飞跃赋予了解决方案说服力，是一次罕见的对已发表作品的剖析。

那之后，都筑的这番评论虽然遭到了批判，但用大众无法理解的行动作为谜团的这一主题，被二十世纪八十年代以后的日本“新本格推理”的其中一个流派——“日常之谜”继承。以阐述不停往红茶里放砂糖的少女们的动机的北村薰的《砂糖大战》为首，大量名作诞生，不过也有一些作品因为谜题过于微不足道，导致故事很琐碎，所以在选择谜题的时候要避免这样的情况发生。

怪奇、超自然现象

Occult

- 怪奇要素
- 超常现象
- 真相与背后的真相

从怪奇到推理

被诅咒一族的悲剧、在令人毛骨悚然的宅子里发生的事件、吸血鬼和恶灵、名为人狼的怪物不可能犯下的杀人案等，有很多推理小说都是在发生了怪奇小说中那样的罪案后，故事才逐步展开。这些怪奇现象是吸引读者的要素，大多数时候也是犯罪分子用来掩饰罪行的障眼法。

例如，某人在密室中被杀，登场人物（以及读者）肯定会怀疑凶手用了某种诡计。假设案发的房间有“在这个房间里过夜到早晨就会没命”的诅咒传说的话，登场人物考虑到现场的状况，会认为这不是一起罪案而是受到了诅咒，这也不足为奇。进出密室越是困难，人们就更会倾向于怀疑是不是诅咒。约翰·迪克森·卡尔的《红寡妇血案》中就有一间被诅咒的房子。卡尔是创作密室杀人等不可能犯罪诡计的大师，为了让不可能犯罪诡计自然地出现在作品中，他经常使用怪奇要素。充满怪奇、超自然现象要素的推理小说很适合使用不可能犯罪诡计。

在以我们所生活的现代社会为舞台的推理小说中，侦探或警察不会被犯罪分子的阴谋迷惑，会科学合理地调查案件。而背景为宗教和迷信影响力大的年代，或以陋习根深蒂固的农村为舞台的历史推理小说中，根据剧情需要，有些参与调查的人物就会相信死者是受到诅咒，或死于怪物之手。让被怪奇 / 超自然现象迷惑、迷信的人物以查案人的身份登场，就能让其混淆视听，也可以让其做出某些举动或是给出一些情报用以提示解决事件的线索。

相信超自然现象的登场人物

有怪奇、超自然现象要素的推理小说还有另外一种模式，那就是登场人物是这方面的专家。例如，超常现象研究人员和自称“灵能力者”的人等。作为配角登场时，他们大多会夸大事件的怪奇程度，担任妨碍调查的角色。也有让专家做侦探的情况，由来调查怪奇现象的专家破解事件的诡计。

威廉·霍奇森的古典作品《幽灵侦探》讲述的就是破解灵异案件的侦探的故事，托马斯·卡纳奇遇到了各种各样的怪奇事件，其中有超常现象，也有人故意设计的犯罪诡计。这样的作品让读者在看完整个故事之前无法判断是推理小说还是怪奇小说。

日本作家都筑道夫的《吵闹的恶灵们》中，超自然现象评论家出云耕平遇到的事件也是既有怪奇也有诡计。除此之外，他还创作了在各地遇到怪异现象的现场采访记者“雪崩连太郎系列”、揭露怪奇状况下的不可能诡计的“物部太郎”系列等灵异侦探作品。

推理与怪奇的混合

约翰·迪克森·卡尔的《燃烧的法庭》以猎杀魔女和复活为主题，在合理解决谜题后，又在事件背后揭露了复活的魔女这个充满超自然现象要素的真相。

日本也有类似的作品，就是高木彬光的《大东京四谷怪谈》，在解决谜题后，暗示在事件背后还暗藏着蠢动的恶灵。不过，在续篇《永别了，假面》中，作者又将《大东京四谷怪谈》有着怪奇要素的真相推翻，对所有事情都做出了合理的解释。近年来，二阶堂黎人的“二阶堂兰子系列”、三津田信三的“刀城言耶系列”、小野不由美的《东京异闻》等，不再是暗示鬼怪的存在，而是大大方方地让其登场，不仅保留了推理小说的固有模式，还加入了怪奇、超自然现象、恐怖等因素的作品大量问世。

即便事件刚开始充满超自然现象要素，只要不打破侦探在最后针对事件给出合理说明这一固定模式，就算故事的背景是存在魔法的异世界幻想作品，也可以称为推理小说。

抢劫、掠夺

Robbery

- 不可能的目标
- 缜密的计划
- 大胆的罪行

不是只有《鲁邦三世》

以《鲁邦三世》为首，由头脑清晰的犯罪者制订缜密的计划，做好万全的准备后，带领团队挑战不可能的目标，抢劫现金、贵金属的推理作品不在少数。以抢劫、掠夺为主题的 Caper Novel（劫匪小说）在美国尤其受欢迎。

整体框架依然是犯罪小说，劫匪小说的看点在于“策略的意外性”“计划的理论性”“实施过程与突发事件带来的紧张感”“与目标或警方之间的攻防战”，与倒叙推理有相似之处。

已经问世的作品中，抢劫、掠夺的目标有银行、运钞车、赌场、赛马场等，目的主要是抢劫现金。甚至还有作者想出了袭击印钞厂，想要多少纸币就印多少这个方法。除此之外，还有主犯出于自己的目的，袭击酒窖、豪华客轮、美术馆等设定。

抢劫的手段多种多样，以抢劫银行为例，除了用枪械威胁银行职员，抢劫大量现金这种常见的方法外，还有很多其他方法。

◎**抢劫两分钟**：抢劫手段不变，但限定在两分钟以内。在这个时间范围内尽可能抢更多。（真实事件）

◎**隧道**：在下水道和银行地下之间挖通一条隧道，潜入。（真实事件）

◎**武装破坏金库**：用重型机枪射击，从地下破坏金库，抢夺里面的现金。

◎**抢劫整个银行**：抢走整个临时移动银行。

同样是高智商犯罪团伙，针对目标制订缜密的计划，很容易与“Con game”（骗局）混淆，虽然它们有相似之处，但并不是同一种。

派克的"工作"

说到劫匪小说，理查德·斯塔克的"派克"系列更有名。主人公是罪犯的系列很难维持，虽然主题都是抢劫、掠夺，但故事一直在变。

事件	目标	工作
《大买卖》	小镇	临时封锁小镇，抢劫所有值钱的东西
《背叛的硬币》	酒店	抢劫钱币收藏家展示会
《鹰计划》	空军基地	突破戒备森严的警备，抢劫士兵的军饷
《天使计划》	宗教团体	与内部成员里应外合，抢劫献款
《目标》	赌船	接受来自船外的指示，实施抢劫计划
《防火墙》	别墅	钻电脑防火墙的漏洞，抢劫名画

派克虽然是主人公，但并不是每次都担当同样的职务，会自己制订抢劫计划，也会参与别人的计划。根据"工作"内容，组队的伙伴每次也会变。除了抢劫这个主线，有的时候会在中途追查叛徒、与干扰"工作"的其他犯罪分子战斗、给追杀自己的人设置陷阱等，这些点也值得关注。

冒险小说的展开

要说劫匪小说里的英雄祖先，恐怕要追溯到那些在美国西部袭击列车或马车的盗贼团了。还有就是人如其名的"怪盗绅士"亚森·罗平。

实际上，受到劫匪小说这一模式影响的其他流派的作品也不在少数。

例如，阿利斯泰尔·麦克林的《纳瓦隆大炮》中，英军组建了一支高手云集的精锐小队，他们带着炸毁大炮的任务潜入固若金汤的德军要塞；米迦勒·巴尔-祖海尔的*Enigma*（《谜》）中，法国怪盗"男爵"受到英军威胁，让他夺取德国密码电报机——Enigma，于是"男爵"想出各种各样的奇招与其周旋。这两部冒险小说中充满了劫匪小说的元素，制订"缜密的计划"，做好"万全的准备"去"攻克不可能的目标"。反过来也可以把劫匪小说的背景换成现代都市，当成把犯罪分子描写成英雄的冒险小说来看。

犯罪组织

Crime Organization

- 黑手党
- 贩毒集团
- 秘密结社

团伙作案

犯罪组织是指利用组织的力量实行跨国走私、袭击银行等凭一己之力很难成功的大型非法活动的团体。说到推理作品中的犯罪组织，夏洛克·福尔摩斯的强敌詹姆斯·莫里亚蒂教授建立的组织就很有名。莫里亚蒂只负责制订犯罪计划，其他的事都由组织的成员实行，这是一个保障莫里亚蒂自己绝对不会被抓的完美的组织。

不仅限于推理作品当中，现实社会也存在以犯罪为目的的组织。从只有几个人的街头帮派到黑手党那样的庞大组织，大多数会圈定地盘，操控自己地盘范围内的犯罪行为，靠压榨老百姓度日。

犯罪组织的成员大多来自没有工作的贫困阶层，他们为了生活而犯罪。他们在走上犯罪道路的过程中，与住在附近有着类似经历的犯罪分子共同行动，要不了多久，成员就会慢慢增加，最终形成犯罪组织。找侦探商量家人或朋友经常出入坏人聚集的场所这一设定，经常在需要让担当侦探角色的主人公与事件扯上关系的时候使用。

其中还有特殊的例子，囚犯为了出狱后还能与监狱里的罪犯们共同行动，在监狱内建立组织。据说意大利犯罪组织“卡莫拉”和俄罗斯黑手党的起源“无赖”就属于这样的组织。在美国的监狱里，罪犯会以人种划分为多个小团体，不停发生内部斗争，这些小团体会发展成新的犯罪组织，有的时候甚至会对监狱外的世界造成影响。就像意大利的“科萨·诺斯特拉”（Cosa Nostra）原本是抵抗法国的组织，中国黑社会组织“三合会”原本是“推倒满清政府”为口号的秘密结社，一些犯罪组织的前身就是反政府团体。

日渐庞大的犯罪组织

进入二十世纪，犯罪组织日渐庞大，甚至有的转型成了企业。二十世纪二十年代，美国颁布了全面禁酒令，禁止制造、售卖、运输含酒精的饮料，以科萨·诺斯特拉为首的犯罪组织利用走私和私下酿酒赚到的大量资金迅速成长了起来。禁酒令废止后，犯罪组织又把手伸向了全世界都严格管制的毒品，进一步扩大了规模。

当发达国家的犯罪组织开始做毒品生意，制作毒品的组织也凭借卖毒品的钱发展成了庞大的犯罪组织。中南美的贩毒集团就是其中的代表。

毒品消费国和生产国的犯罪组织联手，促进了犯罪的国际化。随着网络通信和运输手段的发展，犯罪组织之间的交流也越发活跃了。

犯罪组织的规模每年都在扩大，已经成了警察、硬汉、间谍、冒险等多个流派小说中不可或缺的反派角色。下面介绍几个现实中存在并依然在活动的犯罪组织。

◎**科萨·诺斯特拉（黑手党）**：意大利西西里岛的本土犯罪组织，是西西里岛最早抵抗法国支配的组织。作为意大利代表性的犯罪组织，以西西里岛为中心活动。在美国也是有名的意大利移民犯罪组织，在禁酒令期间发展成了足以代表美国的犯罪组织。也叫“黑手党”，但近年有把凡是大型犯罪组织都称作“黑手党”的倾向，为了进行区分，多称其为“科萨·诺斯特拉”。

◎**贩毒集团**：在中南美等地活动的贩毒组织。哥伦比亚的贩毒集团曾经很出名，后来由于政府和美国的管控以及内部斗争而逐渐没落。现在的主流是墨西哥的贩毒集团。

◎**俄罗斯黑手党**：普遍认为，俄罗斯黑手党的前身是沙俄末期在西伯利亚流放地诞生的一个名叫“无赖”的罪犯团体。苏联解体后，该组织吸收已经无处可去的军人和间谍，将活动的舞台搬上了国际。

◎**三合会**：前身是为了推倒清政府而诞生的秘密结社。之后来到香港，成了黑社会的主流。只要有华侨华人的地方就有他们的势力，是个神秘的犯罪组织。

恐怖袭击事件

Terrorism

- 恐怖主义
- 恐吓
- 无差别杀伤

把恐怖当武器的人们

“Terror”（恐怖）原是德语单词，指通过暴力让敌人产生恐惧，后来衍生出了“Terrorism”（恐怖主义）一词，指认为通过暴力让人们陷入恐惧和不安从而达到目的是正当行为的主义。基于恐怖主义的暴力行为称为“恐怖袭击”，因恐怖袭击而引发的案件就是**恐怖袭击事件**。

如果只是通过暴力达成目的，那战争也是如此，恐怖主义与其不同的是，相较于暴力带来的物理伤害，更侧重于对心理造成影响。就算只是受伤，只要能让大部分市民感到恐惧，就有可能让社会陷入混乱或瘫痪，然后以此为筹码让政府等部门接受自己的要求。

在推理作品中描写恐怖袭击事件时，除了事件发生后的惨状，如果能注重因恐怖袭击事件的发生所引起的恐惧与不安，以及对政府失去信任等侧面描写，应该能加深该事件和恐怖袭击的印象。

应对恐怖袭击的方法大致可分为两种。首先是防患于未然的**反恐组织**。收集分析有恐怖袭击苗头的情报，采取对策。例如，制定反恐怖主义法、通过调查检举恐怖主义组织，封锁其资金和活动。

反恐组织没能防患于未然，发生了恐怖袭击事件时需要采取对抗活动，也就是**反恐活动**，目的是将损失控制在最低限度。该活动涉及多方面的工作，包括政府的协调和现场的处理。特殊部队与恐怖组织的武装部队对峙、解救人质、灾害救助也是反恐活动的一环，如果是在游戏里，这样的桥段将是一段精彩的动作戏。

从恐吓到核弹

恐怖袭击事件是以制造恐慌为主要目的，无法预测袭击对象，也就是说，不知道自己什么时候会遭遇袭击这一点，从剧本编排的角度来说是一种优势。这意味着可以在故事中使用绑架、暗杀要人等精密且有限制性的暴力，甚至是更加粗暴、无法控制的暴力。升级到最后就是大范围的无差别杀伤。

近年来，这样的无差别杀伤行为被分成了五种类型，简称 CBRNE。生化武器、放射能这类攻击手段不仅难以控制，对环境也会造成不良影响，一般不会出现在现实中的战场上，但这种不可控放到恐怖主义行为中反而成了有利因素。

作为让主人公产生动机的手段，恐怖分子毫无疑问是优秀的对象。因为向无差别恐怖袭击发起反抗是任何人都会做出的很自然的选择，将恐怖分子设定为应该打倒的“恶”是一件很容易的事。而恐怖分子这边也有自己的动机和主张，可以从多个角度描写社会和人类。

5 种大规模恐怖主义袭击方式

种类	警告标志	说明
Chemical 化学		化学药品 （含剧毒）
Biological 生物		病原性微生物 （病毒、细菌等）
Radio-logical 放射性物质		放射性物质污染
Nuclear 核能		核反应 （核爆炸）
Explosive 爆炸物		爆炸物爆炸

对抗恐怖袭击事件

无差别恐怖袭击是全人类的敌人，任何人都可以成为主人公。对抗恐怖分子的可以是专业人士，也可以是被偶然卷进来的普通市民，小孩子或老人与恐怖分子做斗争的故事也很有趣。

一旦发动就无法控制的无差别恐怖袭击也需要筹措兵器，也需要提前制订计划。写成推理小说的话，可以写怎么调查恐怖袭击的计划、如何从刚开始有苗头就有所察觉或是对抗的过程。

如果是以犯罪为乐的恐怖分子，还会故意留下线索，让主人公猜测下个攻击地点，开启一场毛骨悚然的游戏。

剧场型犯罪

Theatrical Crime

- 媒体
- 手段与目的
- 网络

媒体的利用与曝光

剧场型犯罪有两种含义，都与电视、报纸这些媒体有关。

一种是通过媒体大肆报道，以此来引人注目的犯罪。现场直播胡乱开枪、封闭的案发现场、开车逃亡的场面，因为很多人都会看到，通常短时间就能解决。

另外一种是通过媒体公开犯罪行为或声明，发表自己的主张或作为一种犯罪预告手段，广而告之。这种行为表示犯人有着明确且强烈的想法，事件经过很长时间才会侦破。犯罪分子还会通过调查案件的警察或报道机关、媒体，向知晓事件发展的人们或社会发出挑衅和揶揄的发言等，从这类犯人的身上能隐约看到愉快犯的影子。

剧场型犯罪就是把整个事件当成表演的舞台。犯人是编剧，也是演员，跟与事件有关联的人们，也就是被害人、警察、侦探一样都是登场人物。

此外，还可以根据“犯罪是为达成目的的手段”和“事件本身是手段，其实还有别的目的”区分为两种情况。前者，或是为了抢劫巨款，或是为了复仇，是迄今为止已经重复多次的犯案的延伸。后者，或是为了通过事件揭露隐藏的真相，或是为了从犯罪中得到满足感。

把犯人设定成编剧或演员的剧场型犯罪，俨然已经成了以推理小说为首的诸多作品的主题。

剧场型犯罪的时代性

下面列举的是典型的剧场型犯罪，有真实案件也有虚构作品，通过观察就会发现，被利用的媒体正随着时代不停变化。

◎**开膛手杰克事件**：十九世纪末，报纸肩负着将情报传递给大众的重任。在维多利亚女王当政期间的英国，发生了“开膛手杰克”事件。这是一起凶手以残忍的手段杀死多名妓女的连环杀人案，被害人先是为利刃所杀，接着被开膛破肚，内脏被切下带走。1888 年 9 月 25 日，报社收到一封署名“开膛手杰克”的信件，写信人在信中说自己讨厌妓女，并表明会继续犯罪。该事件被誉为剧场型犯罪的鼻祖。当时警方将好几个人列为嫌疑人，但最终也没能抓到犯人，使之成了一起悬案。现在依然有很多书籍、小说和漫画以推测该案的凶手身份为题材。

◎**怪人二十一面相事件**：以 1984 年江崎格力高公司社长绑架案为开端，格力高、森永制果等 6 家食品公司接连遭到恐吓。犯人将掺有氰化物的点心放到门店等行为引起了社会的恐慌。报社、电视台等媒体都收到了犯罪声明和给警方的挑战书，这是日本史上首次通过报道为一般大众所知的案件，就此，“剧场型犯罪”一词诞生。2000 年 2 月 13 日 0 点，公诉时效到期，依然没有抓到犯人，该案成了一起悬案。受到恐吓的企业将该事件称为“格力高・森永事件”。

◎**《模仿犯》**：宫部美雪的推理小说，描写一起女性连环杀人案。犯人用变声软件给被害人家属和电视台直播节目打去电话，把自己的罪行公之于世。故事的前半部分出现的犯人打来的挑衅电话和被连日报道的犯罪过程等行为就是典型的剧场型犯罪。

◎**“笑脸男”事件**：是改编自士郎正宗的 SF 漫画《攻壳机动队》系列的电视动画《攻壳机动队 STAND ALONE COMPLEX》中的主线剧情。故事的舞台是电脑化和义肢化技术都非常先进的近未来世界，人类的大脑已经与电脑无异，可以通过无线网直接与外界连接。在电视节目直播的过程中，突然插入了某个犯人用手枪威胁某企业社长的影像，但由于犯人覆盖并修改了已经电脑化的人们的记忆，所有看到这一幕的人都不记得犯人的长相了。案子成了无头案，但由于那幅骇人的光景给人们留下了深刻的印象，催生出了大量模仿犯。

专题 Q.E.D.

在推理作品中，身为主人公的神探在给登场人物，或者说给读者解释完真相之后，经常用“Q.E.D.”（证明完毕）来收尾。

“Q.E.D.”是拉丁语“Quod Erat Demonstrandum”中单词的开头字母，意思是“这就是要呈现的一切”。

“Q.E.D.”原本用于数学和哲学论证末尾，其历史久远，可以追溯到古希腊的欧几里得和阿基米德时期（该词是希腊语“hoper edei deixai”翻译过来的拉丁语）。

在中世纪欧洲，拉丁语是圣职者和学者的通用语言。后来受到欧几里得的影响，人们开始约定俗成地把“Quod Erat Demonstrandum”放在论文的末尾。例如，十七世纪荷兰哲学家巴鲁赫·斯宾诺莎的《伦理学》中就用到了这个词。

将这个词应用到推理小说中的人是本格推理小说巨匠埃勒里·奎因。

与作者同名同姓的推理小说家兼侦探埃勒里·奎因是个有些爱卖弄学问的人，经常引用包括巴鲁赫·斯宾诺莎作品在内的古典文学，他会在故事的高潮，也就是解释完事实真相后，加上“Q.E.D.”（证明完毕）。这说明作者奎因坚信，作品中的奎因是基于数学理论而得出结论的。他本人也非常喜欢这个词，1968年刊行的短篇的标题就是*QED: Queen's Experiments in Detection*（《奎因的推理试验》）。

因为奎因而变成推理术语的“Q.E.D.”（证明完毕），被后来的作家广泛使用。

尤其是在对“诺克斯十诫”和“范·达因二十则”这些流派专用术语敏感的日本，多部作品都把“Q.E.D.”加进了标题里。高田崇史的“QED”系列的主人公桑原崇（外号是“阿崇”），是一个在历史和超自然现象方面知识渊博的药剂师，他会在调查杀人案等现实事件之谜的过程中，解开历史上的谜团。该系列属于异色推理作品。还有加藤元浩的漫画《Q.E.D. 证明终了》，作品中担任侦探的是从麻省理工学院毕业、回到日本体验高中生活的天才灯马想，这部漫画于2009年改编成了真人电视剧。

第3章

诡计

密室杀人

Locked Room Murder

- 不可能犯罪
- 钥匙和锁
- 密室讲义

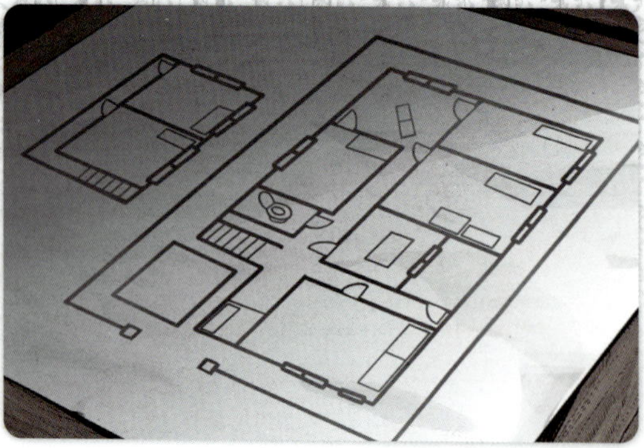

本格推理中的“热门诡计”

所谓**密室**，就是上锁或一直有人看守等状况下，人无法出入的房间。有人在密室中被杀，发现时房间里却没有犯人的踪影，而且所有门窗都锁着——这就是**密室杀人**。

除此之外，怪人二十面相、亚森·罗平等“怪盗”活跃的小说中，怪盗在众目睽睽之下潜入密室状态的房间，盗取物品后如何逃脱是该类作品的主要诡计。

还有雪地、沙滩这类本应留下足迹的地方，在案件发生后只留下了被害人的足迹，也属于一种密室。这种状况会用“雪地密室”等词来形容。

密室杀人因其不可能性，成了本格推理小说初期重要的主题。被誉为第一部本格推理小说的埃德加·爱伦·坡的《莫格街杀人案》讲的就是一起密室杀人案。柯南·道尔也让夏洛克·福尔摩斯挑战了密室杀人。除此之外，埃勒里·奎因、阿加莎·克里斯蒂等推理小说巨匠也纷纷让自己笔下的神探们破解了密室杀人案。写密室最有名的大师就是约翰·迪克森·卡尔了，他创作出了大量密室杀人诡计，对日本的作家也产生了很大的影响。

在日本，以江户川乱步的处女作《D坂杀人事件》为首，横沟正史的《本阵杀人事件》等各种各样的密室推理作品问世。后来，本格推理小说没落，本格推理的“热门诡计”密室杀人也渐渐无人再写。但当本格推理再次流行起来，很快便涌现了大量描写密室杀人的作品。

卡尔的密室讲义

密室之王约翰·迪克森·卡尔借《三口棺材》这部长篇小说中的神探基甸·菲尔博士之口，把古往今来的所有密室诡计进行了分类。下表就是具体的分类。

大类	细分
犯人不在密室中	一连串巧合让案件看起来像谋杀的意外
	在外面逼被害人自杀
	利用藏在室内的某种机关杀死被害人
	伪装成谋杀的自杀
	把已死的被害人移动到密室内并捏造其还活着的假象
	把密室伪装成案发现场，实际的案发现场在密室之外的什么地方
	在被害人活着的时候制造其已经死亡的假象，之后再将其杀害
伪装成从里面反锁	在钥匙插在钥匙孔里时，对钥匙做手脚
	把门的合页拆掉
	在门闩上做手脚
	使用让插销或门扣落锁的机关
	先从外面锁上，在有人发现出事后再伪装成是反锁状态

卡尔的密室讲义对很多作家都造成了影响。克莱顿·劳森的《死亡飞出大礼帽》中，不但引用了卡尔的密室讲义，还加了另外一种情况——“犯人没有离开密室”。日本作家江户川乱步参考卡尔和劳森的密室分类，发表了自己的密室诡计分类。

超越“密室讲义”

卡尔的密室讲义发表后，“密室讲义中没有的新型密室”成了推理小说的一个研究课题。例如，高木彬光就想到了“把被害人运进密室”的逆向密室。通过通信来玩的 RPG 游戏《蓬莱学园的冒险！》中，位于操场中间的女学生在众目睽睽之下惨遭杀害，围绕这起“操场密室杀人事件”展开了推理。时至今日，对巨匠卡尔的遗产的挑战依然在继续。

足迹诡计

Trick of Footprints

- 作案的痕迹
- 鞋印
- 科学搜查

用足迹制造密室

足迹指曾经到过案发现场的人的脚掌或鞋底留下的痕迹。只要有足迹就能作为谁来过、如何移动的证据。在推理小说中则正相反，利用足迹可以完成多种诡计和误导。

古典作品中的足迹诡计大致分为两种。首先是足迹不存在。例如，雪原上发现一具被利器刺死的尸体，现场只有被害人的足迹，这就是密室杀人的一种类型。如果没有足迹，证明是被雪覆盖了，只留下一个人的足迹就成了不解之谜。可以把雪原换成容易留下足迹的泥泞的地方或沙滩等。这种情况就可以考虑是不是“犯人巧妙地将自己的足迹抹除了”“从远处将人杀死”等手段。

另外一种诡计就是“单向足迹”。在案发现场发现了疑似是犯人留下的足迹，但只有离开的没有回来的，或是只有回来的、没有离开的足迹。这种情况很可能是使用了“倒着或踩着被害人的足迹走动以掩饰足迹”这一诡计，但以现代科学搜查的技术手段，这样的诡计可是无法瞒天过海的。

鞋印

在日本的警察术语中会用“下足痕”这个词来专指“**鞋印**”（在英语国家称为“Footwear Mark”），采集鞋印需要用到石膏、橡胶、专用的薄膜等。穿的鞋不同留下的足迹也不同，胶底鞋、运动鞋、安全鞋等，各个厂家制作的鞋底都有着自己独有的**纹路**。而且根据穿鞋的习惯，会留下某一边的磨损比较严重、哪个位置容易受伤、某个地方会凹陷等迹象，只要仔细观察足迹，就会像指纹一样成为锁定某个人的线索。而且鞋里还会留下穿鞋人的脚型（Insole Print），所以鞋子本身也是推断穿鞋人的线索。

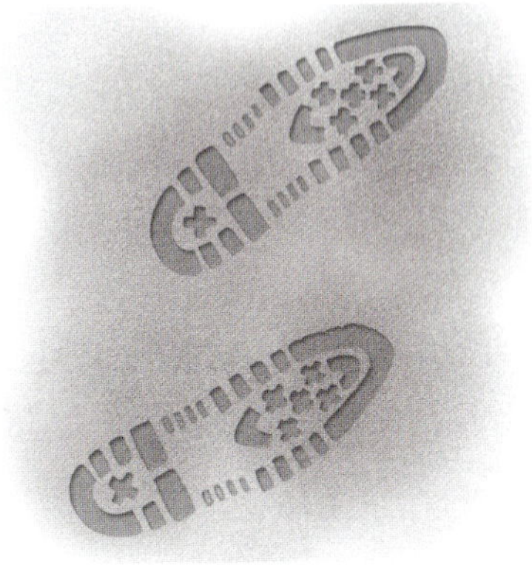

从足迹不仅可以查出鞋的种类，还能了解穿鞋的人的信息。通过足迹的深浅、角度、步幅等数据能够估算出穿鞋人的体重、身高、走路方式；走路的时候是否喝醉、是否受伤，这些都会体现在足迹上。根据采集到的鞋印的状态，甚至可以还原犯人或被害人在现场的一举一动，重组事情的真相。

伪装足迹

既然足迹能成为线索，那么有些犯人就会想到对足迹进行伪装。在作案时穿别人的鞋，就能把嫌疑转移到别人身上，故意穿异性的鞋还能误导警方。假设现场只留下了高跟鞋的足迹，而且有人听到了高跟鞋的声音，一般没人会认为那是男性留下的吧。

话虽如此，像这样的小把戏在现代科学搜查面前只会无所遁形。例如，男性把脚硬塞进小号的女性高跟鞋里，步幅就会呈现不自然的状态，或是不自然的左右摆动令足迹看起来很奇怪。脚被磨破的话，还有可能留下血迹。采集足迹，重组案发时现场的行动，那种不自然就会浮出水面。反之，小脚穿大鞋的话，足迹的凹陷也会不平衡，无法蒙混过关。

利用交通工具制造不在场证明

Alibi by the Transports

- 不在场证明
- 交通工具
- 移动路线

“不在场证明”

不在场证明，利用环境证据证明某个人物在案发时不在犯罪现场，属于间接证据。不在场证明是查案过程中不可避免的要素。在知道作案时间和地点的情况下，只要能证明那个时间段不在现场，无论那个人有多可疑，都证明那个人并没有直接参与犯罪。

想用不在场证明否认自己参与犯罪的人可利用的手段之一，就是交通工具诡计。假设，现在有 A 地点、B 地点和 C 地点，C 地点是案发现场，直接从 A 地点去 C 地点要花 30 分钟。无论那个人有多大的犯罪动机，只要能证明其从 C 地点发生事件的那个瞬间算起 29 分钟前还在 A 地点，即“事件发生的瞬间不在 C 地点”=“无法直接犯罪”。但如果不是直接从 A 地点前往 C 地点，而是经由 B 地点走其他路径 25 分钟就能抵达，即便能证明 29 分钟前位于 A 地点，也可以否定这个不在场证明。为此，对于那些有犯罪动机的嫌疑人，负责调查的人必须调查有没有其他移动路径，能否推翻嫌疑人的不在场证明。

像这样乘坐其他交通工具或走捷径，制造案发时无法赶到或不在案发现场的诡计，相对来说是推理作品中比较古老的方法之一。不光是某人为了隐瞒罪行的时候会用到这个诡计，如果真凶另有其人，那个人也可以利用

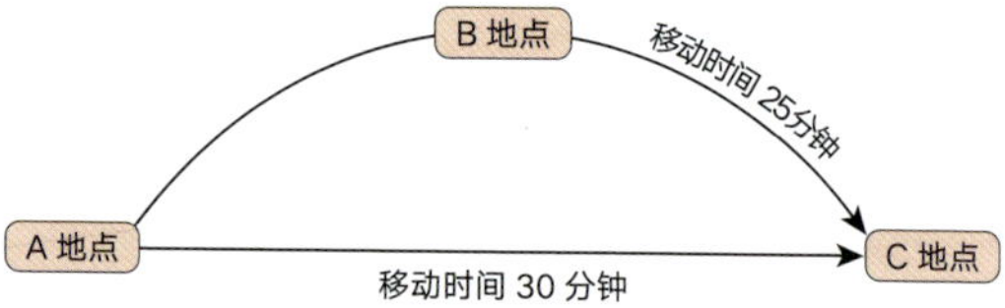

虽然 C 地点发生事件的 29 分钟前身在 A 地点，
但因为经由 B 地点能来得及，所以不在场证明不成立。

这个诡计瞒过读者的眼睛，造成误导。这是一个应用范围很广的手法。

推翻不在场证明的方法

我们以利用交通工具制造不在场证明的典型作品，松本清张的《点与线》来举例。在这部作品中，一对男女死在了福冈市东部的香椎海岸上，凶手利用东京到博多再到札幌几个城市之间交通方式的组合，和每个重要站点的目击情报，构筑了不在场证明。具体的方法是这样的：犯人让认识的人目击被害人男女在东京站乘上寝台特急“朝风”列车，然后让男性直接前往福冈，让女性在途中的热海站下车，在那里逗留一晚后再前往福冈。犯人假装要从上野乘上开往青森的寝台急行列车，让帮手代替自己从车内发电报，自己则从羽田来到千岁机场，乘飞机移动，在小樽乘上之前假装要乘坐的寝台急行列车，朝札幌而去，在那里也制造了目击者。完成这些工作后，再次从千岁机场出发飞往福冈的板付机场，最后在香椎杀死两名被害人后，从福冈到羽田，第三次乘飞机移动。这就是犯人有些复杂的移动轨迹。

事件发生在从东京到九州，以及从东京到北海道之间主要靠国铁长途列车的年代，以男性被害人身上不自然的收据为线索，经过缜密的调查，调查人员才一点一点查明了犯人和被害人的行动轨迹。对现代人来说，坐飞机是非常普遍的情况，调查人员不可能想不到。但在国铁特急列车是真的“特别”快的 1957 年，战后好不容易才刚刚恢复运营的飞机跟国铁特急列车比起来是遥不可及的特殊出行手段。

通过这个例子相信大家都明白了，要想利用交通工具制造不在场证明，必须严格把故事背景设定在特定的时代。当然，只要不是短时间在小范围内移动的话，就无须如此严格，但在使用具体例子的时候，还是要明确时间，否则不在场证明有可能会因为时代背景而不成立。

利用除交通工具以外的方法制造不在场证明

Alibi by Other Means

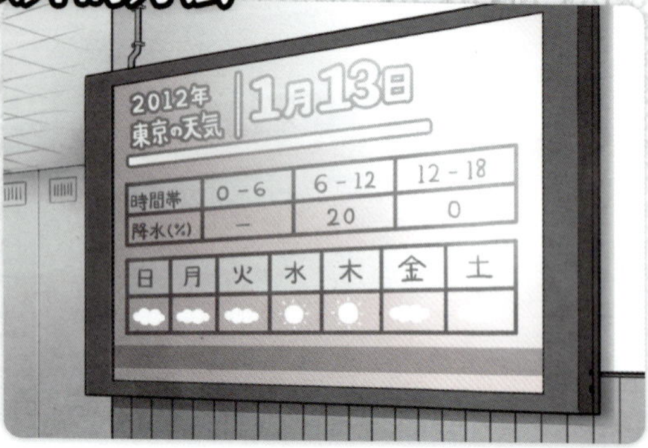

- 案发现场
- 案发时间
- 虚假证词

推定案发现场和推定案发时间有误差

这一节将介绍犯人不利用交通工具（也包括动力雪橇、攀岩、降落伞等所有特殊的移动手段）制造的不在场证明诡计。在举例之前，我们先来思考一下**推定案发现场**和**推定案发时间**这两个概念。只要有其中一项有误差，犯人就能制造不在场证明（“这个时间”不在“这个场所”的证据）。

我们以移动尸体诡计为例，来看一下让推定案发现场产生误差的不在场证明。例如，先在 A 点制造不在场证明，然后杀害被害人，隔一段时间后，再把尸体搬到距离 A 点很远的 B 点，等着被人发现。如果错把 B 点当成案发现场，这段时间在 A 点的犯人就有不在场证明了。

让推定案发时间产生误差的典型，就是对时钟的指针等可以显示时间的东西做手脚，混淆作案时间的诡计。这个方法已经被人用烂了，所以在用的时候需要一些创新。阿加莎·克里斯蒂的《三只瞎老鼠》中，犯人很不自然地把现场的座钟破坏了，而且还把被害人兜里的怀表的指针调了，这么做大概是想让一切看起来更自然。从现场的情况来看，座钟上显示的时间是犯人想要误导别人的障眼法，怀表上显示的时间才是真正的作案时间，实际上正相反。除此之外，还有捏造被害人到某个时间点为止还活着，以此误导真正的死亡时间的例子。还可以用带定时功能的磁带录音机播放被害人的声音和日常的声音，伪装其还活着的假象，并提前制造好自己在这段时间里的不在场证明。

还有通过推迟或提前被害人医学上的推定死亡时间来制造不在场证明的例子。如果能通过特定食物的消化状态判断死亡时间，就可以通过让摄取该食物的时间产生误差，进而让作案时间产生误差。在没有掌握法医学相关知识的人在场的“孤岛模式”下，冰冻尸体或加热尸体调整体温，或是让被害人在死前服用镇痛药阿司匹林，延缓血液的凝固（通过比较细致的解剖就能轻易发现）这类单纯的诡计也很有效。

在案发现场 A 吃了有特征的食物后，
被害人被杀。
在远离现场 A 的场所 B
伪装成被害人，引起别人的注意
跟被害人吃同样的食物。
然后在这里制造不在场证明。
法医根据被害人的胃内容物推定出死亡时间后，
进而做出实际作案的时间肯定在死亡事件之前的判断，
此时距离现场很远的犯人的不在场证明就成立了。

利用食物和乔装的不在场证明诡计的例子

其他还有在进入案发现场的瞬间，趁别人没发现前杀死被害人的快速杀人也是能让作案时间产生误差的诡计。只要提前制造进入案发现场之前的不在场证明，就能完成乍看之下有不在场证明的不可能犯罪。

推定案发现场、推定案发时间没有误差

接下来是推定案发现场、推定案发时间都没有误差的情况。具有代表性的例子就是使用机械装置的远距离杀人。也就是说，犯人在距离案发现场很远的地方也能实施犯罪，自然有不在场证明。只不过，一旦使用远距离操纵装置杀人这件事暴露了，一切就都完了，所以必须在事后把现场伪装成凶手不在现场就无法把人杀死的状态。神探可伦坡系列《杀人游戏》中，犯罪学专业的一对学生搭档用自动手枪和无线电组装而成的机关，射杀了揭发他们作弊的教授，然后巧妙地把装置带离现场，制造了不在场证明。

还有一种比较单纯的方法，就是证人故意做伪证，根据组合的方式也能成为令人印象深刻的不在场证明诡计。坂口安吾的《不连续杀人事件》中，使用了构筑出人意料的共犯关系的手法。让完全意想不到的人物站到犯人那边，做伪证，这样的组合读者很难不吃惊，把这类诡计用到极致的，就是 12 名嫌疑人都是共犯的阿加莎・克里斯蒂的名作《东方快车谋杀案》了吧。

第3章 039 Tricks of Poisoning(Summary)

毒杀诡计(概要)

Tricks of Poisoning(Summary)

- 毒杀的不确定性
- 入手途径
- 毒杀的手段

毒杀者的窘境

毒杀，顾名思义，就是使用“有毒的物质”杀害生物。一般会把毒下在食物中，让被害人吃下，除了饮食，还有毒针一类的工具。乍看之下毒杀不是直接行使暴力，不会受到身体能力的限制，是任何人都能使用的简单杀人法，而实际上还是有一定风险的。约翰·迪克森·卡尔的《绿胶囊之谜》中，神探基甸·菲尔博士进行了一场讲义——“毒杀的三重危险”。三重危险分别是“毒杀的不确定性”“不易藏匿”“入手途径容易暴露”。

◎**毒杀的不确定性**：毒杀与用刀杀人不同，欠缺确定性。如果被害人没有吃下了毒的酒或饭菜，不小心弄洒了也是有可能的。也有出于毒的量不足以致死、目标的身体太强壮等原因，中了毒也没死成的情况。如果使用的是慢性毒药，要等上几个月的时间才能看到效果。

◎**不易藏匿**：毒杀者很难洗清自己的嫌疑。例如，已知受害人是吃了有毒的饭菜后死的，那么首先怀疑的就是做菜的人和接近过饭菜的人，接着就是调查动机。这种情况下很难完全洗清毒杀嫌疑。

◎**入手途径容易暴露**：能用来杀人的有毒物质轻易弄不到。买卖砷、氰化钾等毒药必须有资格证书，还会留下购买记录。能上山采集野生毒草的人也只有那么一小撮。而且谁也不能保证一次就能成功，所以肯定会留下一些以备不时之需，这也会成为证据。

为了避免这三重危险，大多数毒杀者会先用动物或目标以外的人做“毒杀训练”，这一行为本身也存在很大的风险。

毒杀诡计

毒杀诡计无非就是怎么在不被怀疑的情况下让目标吃下有毒物质。只要对方不存疑，下毒这件事本身很简单。关于用什么毒，比较有历史而且使用范围广泛的就是砷。砷无臭无味，症状也与古代的病死很像。在科学搜查技术发达的现代，这个优点就消失了，即便如此，依然有很多案件都用到了砷。

如果对方比较警惕，可以通过吃同样的菜、喝同样的饮料来解除对方的戒心。通过“在自己尝完之后再下毒”“假装喝下”“仅把毒涂在对方的餐具上”“制作有毒的冰”等诡计，就能只让对方吃下有毒物质。还可以提前喝下“解毒剂”，而实际上解毒剂并不是那么有效。

把毒藏在
冰块里
把毒涂在
勺子下面
把毒涂在其中一只杯子上

乌头与河豚毒

最容易入手的有毒物质就是野生的毒草。例如，含有剧毒乌头碱的乌头是毛茛科多年生草本植物，花是漂亮的蓝紫色，也可做观赏用，其毒性自古为人们所熟知。在罗马帝国时代，为了争夺帝位，它就经常被用作暗杀的工具，被称为“继母之毒”。在日本乌头叫“附子”，也是家喻户晓。其毒素会作用于轴突的钠通道，阻碍神经传递，中毒者会因痉挛、麻痹、呼吸困难而死亡。

河豚体内的“河豚毒素”是一种剧毒，其毒性是氰化钾的一千倍，0.01g 就足以致人死亡，所以处理河豚需要考取专业的资格证书。河豚本身也是宠物，市场上可以买得到。其特征是跟乌头一样见效快，不容易被发现。1986 年，在石垣岛发生的某起保险赔偿金杀人案中，凶手用的就是河豚毒素。

毒杀诡计(手段)

Tricks of Poisoning(Method)

- 经口毒、注入毒、吸入毒
- 注意不到的地方
- 现实中的毒杀事件

毒素的入侵路径

“有毒物质”会经过各种各样的路径入侵人体。混在饮食里的毒会经过口腔进入消化器官，被称为**经口毒**。通常情况下，经口毒会先被消化器官吸收，然后通过肝脏进入血管发挥其毒性。

直接注入血管、见效更快的毒被称为**注入毒**。可以用涂了毒的短剑或毒针刺伤对方，把毒素送入血管或肌肉中，也可以让毒虫、毒蛇等“动物毒”通过它们的毒刺或牙齿令毒素经由肌肉流入血管。

以肝脏为首，人体内具备能处理轻微毒素的器官，所以有的经口毒没有注射的效果好。一般比较有效的是静脉注射，但有些毒素反而是肌肉注射的效果更好。除了毒素，还可以注射大量空气到血管中，这样人就会因为血管堵塞或心脏空转而死。

吸入毒是指像毒气、病原菌那样通过呼吸就会进入体内的毒。这些有毒物质会被肺吸收，进入血液。让目标吞下氰化钾是很有效的方法，实际上氰化氢见效也很快。需要注意的是，吞下氰化钾的人呼出的气体也含有毒性。再来说说病原菌，病原菌只要附着到人体上就会立即经由手被运送到口腔、黏膜和伤口这些位置，进而入侵到体内。

还有非常积极地经由皮肤入侵人体的有毒物质。其中具有代表性的就是糜烂性毒剂，无须吸收，通过接触就会导致皮肤溃烂，严重的话会致人死亡。这类有毒物质有的时候还会被细分为**经皮毒**和**接触毒**。希腊神话中的英雄赫拉克勒斯，就是被一件浸了毒的斗篷夺去了生命，故事中说他当时全身像火烧一样疼。从描述来看，也是经皮毒的一种。

从注意不到的地方悄然靠近的威胁

使用非经口毒的毒杀诡计会让人们因“居然用那种东西杀人”所带来的意外性而感到恐惧。例如，大部分死于蜂毒的人是因为疏忽大意，认为只是被蜜蜂刺了一下而已，不会死人，实际上这是相当危险的观念。近年来，随着过敏性休克一词的普及，更多的人开始注意来自蜜蜂的攻击。

尼古丁在家里就能轻松制造出来，它的毒性很强，把它涂在毒针上杀人，能营造真实感。被涂了毒的针刺中不会感觉到疼，也可以应用在“提前把毒针藏在会扎到手的地方或衣服里刺中目标”这类诡计中。

就算搞不到有毒气体或军用毒气也不用担心，因为制造的方法有很多，用到的材料也都是触手可及的东西。很多家庭清洁剂的说明上都写着“不要混合，危险”的字样，因为会生成硫化氢。某些作品中就使用了把人关在厕所一类的密室中，使用这类气体的诡计。

非经口毒毒素的摄入方式，大致可以分为下表中这四种。

方法	概要	毒的种类
接触	皮肤直接接触有毒物质	糜烂性毒气、浸入衣服的毒
吸入	通过口鼻吸入毒气	有毒气体、一氧化碳中毒
注入	将毒素从嘴以外的地方注入体内	注入毒素、毒针、毒剑、毒虫
感染	带有毒性的细菌、微生物等侵入体内	细菌、微生物

比虚构的故事还要可怕的现实中的恐怖袭击、暗杀事件

现实中的毒杀事件正在一步步升级。

1995年的东京地铁沙林毒气事件、1998年的和歌山毒咖喱事件等，现实中发生过多起特大投毒杀人案。

2001年，在“9·11事件”之后发生的炭疽攻击事件中，有人把含有炭疽杆菌的信件寄给多个公共机关，导致5人死亡。据传，发动东京地铁沙林毒气事件的奥姆真理教也曾计划使用炭疽杆菌。

众目睽睽之下的谋杀诡计

Tricks of Murders in Plain Sight

- 在意识的壁垒中
- “空间”与“时间”
- “帝银事件”

远距离，时间差……把不可能变成可能

与暗中犯罪不同，在有人的地方犯罪虽然容易被目击，但只要不引人注目，一般不会遭到怀疑。这个诡计利用了人们先入为主的心理，认为不会有人在众目睽睽之下犯罪，这就要考验作者的能耐了，能不能像欺骗登场人物那样，欺骗读者的眼睛。

要想在众目睽睽之下犯罪，作案时必须让周围的第三者认为，被害人与加害者没有直接接触。当所有人的目光集中在被害人或犯人身上时作案，犯人会把自己伪装成第三者。身边陌生人越多，人类对周围的认知能力就越迟钝。如果都是朋友，回想起所有人的样子并不难，但是在大多数人是陌生人的情况下，人类就会下意识地用自己接受的认知范围组建一个意识组。也就是说，乍看之下，犯人被很多人监视着，而实际上相当于是在意识的壁垒中进行了一次密室内的单独作案。

在众目睽睽之下犯罪，关键是如何驾驭“空间”和“时间”，让其为自己服务。药物是同时控制这两样的最简单的方法之一。如果是立刻见效的毒药，犯人不在场，或并没有参与让被害人服下毒药的过程，就能证明自己与此事无关。如果利用耐酸胶囊或化学反应操控药物发挥药效的时间，还可以扩大调查对象的范围，扰乱搜查。

如果是使用凶器杀人，“让调查人员误认为是另外一种凶器”“作案的瞬间让周围人的意识被别的什么东西吸引”“让他人误认为已经被杀害的被害人还活着”等诡计也经常在作品中被拿来使用。

众目睽睽之下的犯罪示例

以长篇小说《孤岛之鬼》为首，江户川乱步创作了多部以众目睽睽之下的犯罪为主题的推理作品。不仅限于杀人，乱步似乎很喜欢“众目睽睽之下的犯罪”，他在讲谈社的前身、大日本雄辩会发行的杂志《少年俱乐部》上，从 1936 年开始连载的少年向侦探小说《少年侦探团》中，偶尔也会让这样的罪案登场。在这个系列作品中登场的罪犯，与之前面向成人的作品不同，乱步创作了一个像亚森·罗平那样的怪盗——“怪人二十面相”，让其使用乔装等特殊技能表演了众目睽睽之下的犯罪诡计。

与乱步属于同一个年代的英国推理作家中，约翰·迪克森·卡尔尤其擅长不可能犯罪诡计。卡尔发表了多部发生在密室里，包括众目睽睽之下的犯罪等应用了多种诡计的杰作，而乱步把这些作品介绍到了日本。卡尔作品的特征是诡计足够巧妙，尤其是先让人产生“这样的诡计根本不可能实现”的想法，然后再对其可行性进行说明的不可能犯罪诡计，赋予这个诡计说服力的巧妙的情节也广受好评。

“帝银事件”

1948 年 1 月 26 日，帝国银行（现三井住友银行的源头三井银行的前身）丰岛区椎名町支行，发生了一起群体性杀人抢劫事件。当时，偶尔会发生因喝井水而暴发赤痢的疫情，犯人利用这件事做幌子，谎称为了预防赤痢让支行行员和其他工作人员喝下毒药，最终导致 12 人死亡，犯人在偷走 16 万日元现金和一张支票后逃走。那天是星期一，当时是下午三点多，作案地点是位于繁华街道的银行，被害人则是在场的所有人，可以说，这是一起罕见的、在众目睽睽之下实行的群体性杀人奇案。

犯人先是当着所有人的面喝下药物，以此获取信任，接着让所有人喝下两种药物。警方的调查结果显示，只知道众人服下的是某种氰化物，犯人准备两种药物的目的究竟是什么？是为了通过两种药物混合能更加有效地掌控时间？还是为了让所有人在喝下第二种药物前忍受呕吐等不适感？直到现在都无人知晓。

事件发生后，画家平泽贞通被捕，在没有确凿物证的情况下警方就把凶手的帽子扣在了他的头上。最终，被判死刑的平泽贞通在申冤之路的第 37 个年头病死在了监狱里。

藏尸

Concealing of the Body

- 完美犯罪
- 伪装、处理
- 死亡推定时间

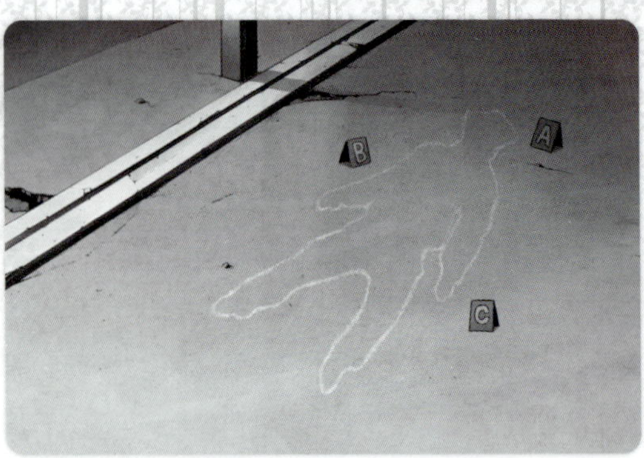

处理尸体吧！

藏尸，就是把尸体藏起来或处理掉。只要尸体不被发现，就不构成杀人案，所以犯人一般都会想到要把尸体藏起来。藏尸的手段和诡计也经常被拿来做推理作品的题材。

藏尸的手段大致分为“藏匿”“伪造”“处理”三类。

“藏匿”最常见，问题是人类的尸体非常重，一个人很难搬运，就算顺利把尸体运到了没人的地方，要想埋一个人还要挖个很大的坑，埋尸的工作也很辛苦，至少要挖一个 2m×1m 的坑，太浅的话会被野狗一类的动物刨出来，所以一定要深。

可以把尸体扔进河川、沼泽或是大海这些不需要挖坑的地方，但人类的身体构造在水中很容易漂起来，尸体还会因为腐烂产生的气体而膨胀，所以必须在尸体上捆绑重物，或是将尸体灌注到水泥里。

埃德加·爱伦·坡的《黑猫》中，凶手把尸体封在了墙里，但墙如果太薄的话很容易就会被发现，所以必须达到建筑物地基的厚度。

恐怖作品中有很多疯狂的手法，例如把遗体做成蜡像或标本保存起来，但现在的话连破坏的工作都不需要做，利用 X 射线就暴露无遗了。

下表中整理了“藏尸”的种类。

种类	说明
藏匿	埋尸、沉尸、弃尸、封在某种材料中、保存起来
伪装	跟别的尸体调换、伪造死因、伪造死者还活着的假象
处理	烧尸、熔解、肢解、吃掉

尸体的伪装

“跟别的尸体调换”是伪装尸体比较流行的手段。正所谓木隐于林，藏尸就该藏在存放尸体的地方或墓地里。被当成另外一个人的尸体焚烧、埋葬就能合法地处理尸体。经常可以看到的还有扔在事故现场，伪装成意外死亡、轧死或坠亡等诡计。只是这种处理方法会因为死后受伤出血量很少等理由，马上被看穿。1949 年发生的真实案件下山事件中，下山国铁总裁被火车轧死，警方在伤口上却没有查到活体反应（结痂等），因此怀疑他是死后才被轧断的。

还有伪造死者还活着的假象，制造时间差的诡计。要注意的是，现在可以通过内脏温度、尸斑、死后僵硬程度等推断死亡时间，所以需要配合使用为尸体保暖或冷却等方法误导死亡推定时间的诡计。

肢解和处理

完美处理尸体是完美犯罪的条件之一。但很难通过烧尸处理掉尸体，汽油并不能轻易把人体彻底烧光。用火葬场的专业设备需要用高温烧 30 分钟以上，除了骨头之外的组织才会被烧光。但骨头还是会留下来，而且只要稍微有一点肉残留在上面，就会暴露。还可以用强酸把尸体溶解，但很难弄到那么大量的药剂，在溶解的过程中还会发出异臭，因此这样的诡计很难有现实感。

要想彻底处理掉尸体，还需要肢解。用菜刀、斧子、锯等工具，沿着关节就能将尸体肢解。不管是搬运也好，卖掉也好，都是肢解之后比较方便。如果是猎奇杀人犯，还会吃掉尸体上的肉或内脏，有的作品中甚至还描写了拿人的骨头去熬拉面汤的情节。

肢解人类的尸体是一件伴随着辛苦的困难行为。这就是为什么在大多数案件中，杀人犯只是将四肢和头从身体上切下来就已经筋疲力尽了。1993 年发生的埼玉爱犬家连续杀人事件中，凶手将尸体完美地藏了起来，为此也被称为“无尸杀人事件”。担心自己诈骗一事曝光，开宠物店的夫妇俩在毒杀被害人后将尸体肢解，把骨头和随身物品放在金属桶里烧光，最后将碎肉和灰烬分别扔进了山林里。犯人用“让尸体变得透明”来形容这一系列行为，他们用同样的手段杀了四个人，因找不到尸体，调查陷入了瓶颈，最后是共犯招供才总算将他们逮捕的。

双胞胎诡计、一人分饰两角

Twins, Double Role

- 制造不在场证明
- 魔术师的机关
- 冒充

什么是双胞胎诡计？

双胞胎诡计，就是利用外表相像的双胞胎（同卵双胞胎），或长相极其相似但没有血缘关系的陌生人，制造不在场证明或混淆视听的诡计。

为了实现诡计，基本会隐瞒双胞胎这个事实，其中一个人在别的地方制造不在场证明的同时，另一个人实施犯罪。例如，被拍成电影的童话《王子与乞丐》，就讲述了长相相似的王子与乞丐互换身份，引发了一连串骚动的故事。

那么，双胞胎诡计真的有效吗？

利用相像的人的确可以制造不在场证明。去找朋友或者常去的店里露面，在不暴露身份的情况下让别人记住自己来过，不在场证明就成立了。再留下吃饭的收据等物证就更完美了。现在越来越多的便利店和银行的 ATM 机等场所都会装设安保摄像头，故意去这类地方被摄像头拍到，也可以作为不在场证明。

只是，如果真的是双胞胎，在现代日本这样户籍制度完善的国家，马上就会暴露，所以必须想办法避免这个问题。

例如，在电影版《圈套》中，就出现了根据村子里的习俗，没能得到户籍的“不存在的双胞胎”。永井大主演的电视剧《变脸师》中，来到天才整形外科诊所的患者通过整形手术交换面孔，一对对疑似双胞胎诞生。除此之外，在 SF 作品中也有使用克隆技术或穿越时间的替换诡计。用“两个自己诡计”来称呼或许更为恰当。

替换魔术

双胞胎诡计应用的是魔术中会用到的替换诡计。例如，被关在其中一个箱子里的魔术师通过瞬间移动，从另外一个箱子里跳出来的魔术，实际上，被关起来的和跳出来的是两个人。被拍成动画的樱庭一树的推理小说*GOSICK*，以二十世纪二十年代欧洲某小国为舞台，故事中就出现了擅长瞬间移动的魔术师。他们为了让魔术成功，隐瞒了自己是双胞胎这一事实。电影《致命魔术》中，使用了将魔术师这一题材扩大的奇妙构思。

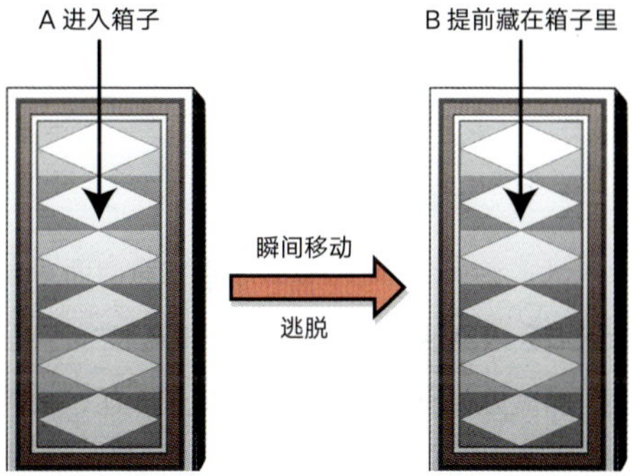

一人分饰两角

与“双胞胎诡计”完全相反的就是一人分饰两角诡计。犯人或是装成被害人，在同一时间段的其他地点，制造被害人还活着的目击证词，或是通过乔装打扮，制造另外一个人物曾在现场出现的假象。

还有比较大费周章的，为了隐瞒被害人已经死亡的事实，犯人花好几年的时间假扮成被害人。阿兰·德龙主演的电影《怒海沉尸》中，男人杀死外表与自己相似的有钱公子哥，想要取而代之谋夺大富豪的家产。

像这样长时间扮演另外一个人的生活非常难，所以犯人必须有强烈的动机。例如，如果是为了金钱，那么金额一定要大。还有无法用金钱来衡量的动机，如比较经典的复仇等。其中还有比较特别的动机——精神不正常。有代表性的例子是希区柯克导演的悬疑电影《惊魂记》，影片中讲述了一个无法接受母亲已死的事实、精神分裂的妈宝男，他分别扮演母亲和自己，不停地杀人。

交换杀人

Murder Exchange

- 不存在人际关系
- 有计划地犯罪
- 杀人网站

交换要杀的对象吧

交换杀人，顾名思义，就是交换要杀的对象，实施杀人计划。通常由两名杀人犯实施。大多数情况下，两名犯人在此之前没有任何关系，至少要以“与被害人素不相识”为前提。

杀人需要有非常强烈的动机才会付诸行动，而交换杀人杀的是与双方都毫无关系的人，所以加害者和被害人之间不存在动机，也不存在人际关系。为此，就算被害人接近加害者，加害者一般也不会感觉到危险，因而会疏忽大意。同时，加害者不在被害人的交友范围内，警方也很难锁定犯人。如果计划成功，就会被当成随机杀人案处理。

只要提前约定好作案时间，双方都能有不在场证明，这也是交换杀人的优点。如图 1、图 2 所示，A 杀人期间，B 去制造不在场证明；同样地，B 杀人期间，A 也会为自己制造不在场证明。

在古典作品中，除了两名犯人一对一交换要杀的对象的例子之外，还有三人以上，按顺序交换杀人的情况，如此一来就更难通过人际关系找到凶手了。缺点就是容易出现差错或有人临阵退缩。

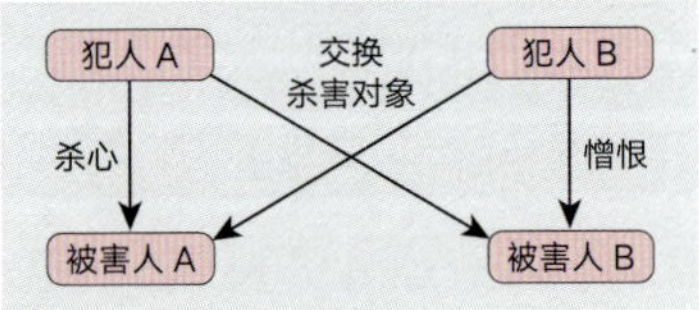

图 1 交换杀人

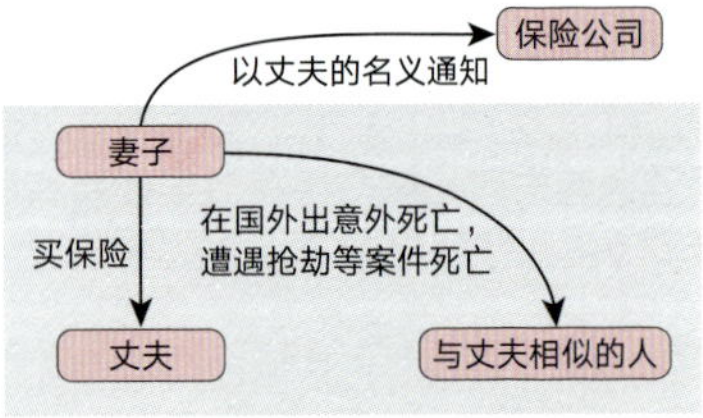

图 2 替身杀人

杀人网站

要想完成交换杀人，必须先找到毫无关系，并跟自己一样对某人“心存杀意”的人。如今网络发达，还出现了可以供这样的人交流的网站，通称杀人网站，现实中也的确发生过以网络为开端的杀人案。这种网站过去只会在大型网站或论坛上出现，最近已经蔓延到了手机网站、Twitter 和各种社交网站。

交换杀人容易令调查陷入瓶颈，但也伴随着风险。第一个难题，就是如何克服心理障碍，代替一个陌生人去杀人，因为与要杀害的对象同样素不相识，心中并没有恨意。

第二个难题，交换杀人的搭档最好是陌生人，但也意味着，必须信任那个陌生人并与其联手。在这样的状况下，能相信对方并杀人吗？不会担心对方背叛吗？

但也有“正是因为不认识才信得过”的情况。例如，跟在网上认识的陌生人互诉烦恼，最后想到了交换杀人，正因为遇到了跟自己有共鸣的人，才能下定决心要杀人。

替身杀人

替身杀人，是指为了在某人死后得到利益，杀死那个人的替身。在为了得到保险赔偿金而杀人的案件中经常会用到这个手法。例如，债台高筑的夫妇先给丈夫买高额保险，然后杀死与丈夫长相相似的人并伪装成意外，以冒牌货的死换取保险赔偿金。

这种以骗取保险赔偿金为目的的替身杀人在治安好的国家很容易就会暴露，一般会在东南亚等相对来说治安差的国家实施。而且已经死掉的人暂时藏在国外也比较方便。实施这类诡计需要熟悉当地的情况，为此，有的犯罪分子会与当地黑帮勾结，设计替身杀人。为了避免遇到这样的骗保行为，保险公司会派遣专门的调查员到国外进行调查，在一些作品中，会由这样的保险公司调查员来担任侦探的角色。近年来，已经省去了事后调查这项程序，所以有的保险销售员开始参与犯罪，有的时候还会成为主犯。

意想不到的凶器

Unexpected Weapon of Murder

- 选择凶器的目的
- 证明有罪
- 解谜的线索

从制造不在场证明到戏剧性的表演

杀人案是推理作品中必不可少的元素，而说到杀人，必不可少的就是凶器。在虚构作品中，为了吸引读者，有的时候不会使用刀、绳子这些常见的凶器，而是使用出乎读者意料的东西。使用这类凶器的犯人的目的各种各样，有的是为了制造不在场证明，或是为了隐瞒死因，又或者是为了伪装成意外，也有的只是单纯为了显得奇特。

◎**机械设置类凶器**：可以自动或远距离操控，大多用来制造不在场证明。

- **门把手**：让毒针飞出。通高压电。
- **钢琴**：让键盘通高压电。在内部安装产生毒气的装置等。
- **望远镜**：对眼睛射出利刃或子弹。

◎**看不见的凶器**：可以隐藏凶器。即便就放在那里也不会有人认为那是凶器。

- **铁管**：用老虎钳把铁管固定，装填子弹，再用大锤用力敲击就能将子弹射出去，适合工地等场所。
- **预制板建筑**：用起重机把房子吊起，倾斜 90 度，把屋内的被害人摔死。
- **生物**：毒蛇、蝎子等。如果当地就有这些生物，作案后直接将其放生即可。

◎**消失的凶器**：可以误导杀人方法。

- **冰制利刃**：之后会化成水。
- **岩盐子弹**：会溶于血液，能让射杀看起来像刺杀。
- **干冰**：放在特定的场所，让其产生二氧化碳，使被害人陷入缺氧状态。

◎**专业杀人道具**：看起来是其他东西。有表演性质。

- **皮带**：可以藏软剑。用的时候小心裤子别掉了！
- **鞋**：用藏在鞋头里的毒刃攻击脚下。连 007 都招架不住！
- **其他**：细如针的特制短剑、能眨眼间变成来复枪的腋拐杖等。

查明凶器，证明有罪

因开创社会派推理而广为人知的松本清张，写过一部名为《凶器》的短篇。在农村倒卖杂货的小贩被人用钝器敲击头部致死，警方查到了一个女人身上，女人有机会也有动机。但，查不出是什么凶器。只知道是钝器，应该是很常见的东西，可就是找不到，案件陷入僵局。几年后，负责侦办此案的刑警通过正月里发生的一件小事发现了凶器的真相和藏匿凶器的方法。但已经晚了，最后只能在心中留下遗憾，要是当时能想到凶器是什么，案件就解决了。

但在佐野洋的《无证》中，虽然已知凶器是什么，依然无法证明有罪。戴着猴子面具吓唬对方，结果对方心脏病发作死了。这算杀人吗？面具是凶器吗？还有这样一宗以无法证明有罪、当作意外处理的事件：当时“犯人”戴着同样的猴子面具，想吓唬正在做饭的恋人，结果受到惊吓的女友不小心用厚刃尖菜刀把他扎死了。实在无法想象成凶器的“猴子面具”和怎么看都像是凶器的“厚刃尖菜刀”，关键在于能否证明这两起事件是蓄意谋杀。首先说面具，如果第一起案件中的嫌疑人知道被害人心脏不好，也知道对方害怕猴子，面具或许会被视为凶器。再来说厚刃尖菜刀，第二起案件中的嫌疑人当时正在做什么菜是判断其是否为凶器的关键。

因出乎意料的理由而选择的武器

犯人选择“出乎意料的凶器”的理由，会指明犯人的身份，有的时候也会成为解谜的线索。

埃勒里·奎因的长篇《Y 的悲剧》（以巴纳比·罗斯的名义发表）讲述了发生于哈特家族的连环杀人案，其中一起案件使用的凶器是乐器曼陀林。这类弦乐器太轻，强度也不够，属于“出乎意料的凶器”。犯人为什么要选择这样的东西做凶器呢？

这是因为看了别人写的杀人计划的犯人，把计划中提到的凶器“钝器”（Blunt instrument）误解为“矮胖的乐器”（Blunt instrument），因此出现了“出乎意料的凶器”。

而这次误解，也指明了犯人的身份。

意想不到的犯人

Unexpected Culprit

- 心理盲点
- 先入为主
- 死的伪装

意想不到的犯人的特点

读者怎么也没料到是犯人的登场人物，实际上就是犯人。这就是**意想不到的犯人**，属于推理上的诡计。根据作者如何利用人们的心理盲点，可将意料之外的犯人分为以下三种情况。

◎**动机上的盲点**：一般不会认为因被害人的死而伤心欲绝的家人、恋人、朋友等是犯人。出于“没有动机”“因为有感情下不去手”等先入为主的观念，有的时候恋人或家人等关系亲密的人都会被直接排除嫌疑。但在真实案件中，往往相处时间越久的家人、恋人或老朋友越了解“被害人的缺点”，暗暗产生杀心的人不在少数，近年来警方渐渐有了最先怀疑这些人的倾向。查明真相后发现，犯人是绝对不可能有杀心的单纯的小孩子，这也属于动机上的盲点。

◎**能力上的盲点**：小孩子、女性、病人等，通常被认为是没有能力杀人的群体。例如，死因是被钝器打死，或是凭蛮力勒死等情况，因为力气小的人做不到就会被排除嫌疑。这样的人物就可以使用某种装置或实际上力气很大，足以杀死一个人的诡计。已死之人实际上还活着，也属于能力上的盲点。

◎**立场上的盲点**：警官、消防员、律师、医生、看护人员等，一般认为这些平时救死扶伤的人非常有理性，不会犯罪，这就是盲点。例如，一名警官在巡逻时发现了一具遗体，一般不会有人怀疑人是这个警官杀的。

除此之外，一些从事日常默默无闻工作的人，对我们来说就像空气一样，很容易被忽视。快递员、邮递员、送报纸的人等，经常看不到他们是什么时候进来，又是什么时候离开的。如果这样的人变成跟踪狂，会非常危险。

因先入为主而产生的"出乎预料"

刚刚讲的是利用心理盲点创造出意料之外的犯人，而实际上要想制造意外性，不用非得在犯人身上做文章。有的时候，罪案本身也能创造出意料之外的犯人。下面是示例。

◎**犯人不是一个人**：认为杀人犯是单独作案是危险的先入为主观念。即便是看起来很难单独完成的杀人事件，只要有共犯就会变成可能。配合默契的多人共同犯罪，连乍看之下不可能的犯罪都能实现。阿加莎·克里斯蒂的《东方快车谋杀案》就是"多人合谋杀人"的绝佳范例。

◎**杀错了人**：有的时候会发生凶手搞错对象，杀了其他人的情况。如此一来就像"交换杀人"一样，凶手和被害人之间不存在任何关系，无法通过动机和人际关系推理出犯人。杀人犯不是绝对正确的杀手，偶尔也会犯错。

实际上根本没发生杀人案！

还有乍看之下是杀人案，实际上并非如此的情况。例如，某个人自杀了，第一个发现遗体的家人或朋友为了拿到保险赔偿金，把自杀的证据藏起来，伪装成谋杀、意外或横死，因为从投保算起一定时间内（一般是两年）投保人死亡的话，是无法拿到保险赔偿金的。

就算是真的意外死亡，也会因为某些特殊条件而查不出死因。以法医为主人公的电视剧《暴走医生》，有一集讲的是在没有水的公园里发现了一名被溺死的女性。警方最初以为这是一起谋杀案，但调查过后发现，死者颈椎有损伤，最终查明，死者当时倒在地上无法动弹，这时刚好下了一场骤雨，形成了水坑，结果溺死了她。

除了上述情况，还有一种比较特殊的，被害人在因意外、疾病或自杀等原因已经死亡的状态下，对其有杀心的人物出现并用刀刺中了被害人，乍看之下这也是一起谋杀案，近几年比较流行的法医学者作品和科学搜查作品中经常出现这样的案例。这个时候，作品中的人物就会从伤口的出血情况判断出伤口是死后造成的。

还可以将讲述者设定为犯人，巧妙地将与罪案有关的情报藏起来。这样的作品被称作"叙述性诡计"，只是这样的设定超出了意外性的范畴，会被质疑不公平，所以需要谨慎使用。

047 Non human Culprit

犯人是非人类

Non human Culprit

- 奇怪的凶器
- 动物的习性
- 概率犯罪

颇有传统的真相

推理作品追求各种各样“意料之外的犯人”的结果，就是出现了大量由非人类行凶的作品。被誉为史上第一本推理小说的《莫格街杀人案》中，在公寓四层发生的密室杀人案的犯人其实是红毛猩猩，也就是说，从一开始，“犯人是非人类”这一设定与推理作品的契合度就很高。还有阿瑟·柯南·道尔的《斑点带子案》等大量将动物设定成犯人的作品，但包括这部作品在内，基本上是人类在背后利用动物杀人，所以严格来说，不是“犯人是非人类”，而是使用了“奇怪的凶器”的犯罪。

在这类作品中，最初犯人是动物这个意外性会成为焦点。《莫格街杀人案》中的红毛猩猩也好，《斑点带子案》中的蛇也好，对当时的读者来说，东南亚动物的登场会带来更多神秘性和意外性。只是随着越来越多犯人是动物的推理作品问世，创作者需要花更多的心思去设计真相。

把动物设定为犯人时的关键，首先是了解那种动物的习性，之后再对其进行利用。通过在作品中将动物的习性作为线索提出，可以让动物以嫌疑人的身份登场，让游戏变得更加公平，还能让读者体会掌握了小知识的乐趣。

再深挖一下，还有以动物的视角为主视角的情况。例如，宠物帮助人类。或是以动物社会为舞台，被害人是动物，嫌疑人是动物，侦探也是动物。某种程度的拟人需要加入一些科幻元素，但大量这样的作品已经证明，只要把动物的习性、能力，与人类的关系很好地融入其中，就是杰出的推理作品。

日常之谜与科幻

除了动物，还有完全的偶然或自然现象是犯人的情况。

所谓的偶然是犯人，就是一个个平凡的偶然，或者说是没有恶意的行为接连发生，形成了奇怪的谜团。因为没有华丽的犯人，非常适合出现在“日常之谜”这一流派的作品中。

而自然现象是犯人的设定就比较适合出现在科幻推理这一流派的作品中了。既然是科幻推理，就可以将舞台设定在各类极限环境中，例如，真空的宇宙中、低重力的环境、宇航飞船内等，如此一来，大量自然现象就都能应用了。在科幻作品中，用广阔宇宙的运行和冷酷的物理法则与人类之间微不足道的情感作对比也是重要的主题之一。在这样的作品中，自然环境和物理法则与登场人物同等，甚至占据更重要的位置。把自然现象设定为犯人的推理作品刚好符合这样的科幻主题。

除了上述两个流派，要使用自然现象和偶然的时候就要谨慎了。例如，在长篇作品中，侦探在解决了悲惨的事件之后，突然说“这都是偶然”，很有可能会令读者失望。如果一定要加，就要多费点心思。例如，因“偶然”或“自然现象”发生了某事为开端，之后因为误解，引发了一连串事件，从而产生巨大的谜团等。

概率与命运

因偶然而发生的事件是不存在犯人的犯罪，一定要有犯人的话，那就只能说是命运了。只不过，如果重复同一个偶然，就成了必然。就像买几千、几万张彩票，早晚会中。也有把着眼点放在这一点上的犯罪。

例如，小孩子的玩具掉到了很陡的楼梯上。下楼梯的人有可能会踩到，也有可能不会踩到。但如果多次上下楼梯，踩到玩具，从楼梯上摔下来的可能性会越来越高……

没有仔细整理房间，玩具掉在楼梯上这件事本身并不构成犯罪，但如果是故意放在那里的呢？

江户川乱步给这种情况取名为“**概率犯罪**”，人类与命运成了共犯，也属于犯人是非人类的情况之一。

伪造证据

Concealing the Evidence

- 捏造证据
- 时间与地点
- 误导

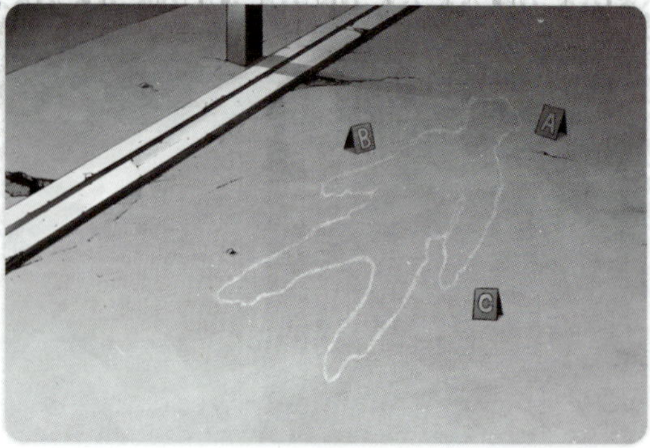

对现场或尸体进行调整

“伪造证据”是指为了扰乱搜查，捏造证据的诡计，大致可以分为“对现场或尸体进行调整”“捏造证据”“留下别人的痕迹”。

“对现场或尸体进行调整”就是犯人为了让别人查不到自己身上，把证据从现场带走，改变遗体的服装或姿势等举动。例如，为了掩盖曾经来过的痕迹，打扫现场。如果跟被害人一起吃过东西，在餐具上会留下 DNA 或指纹，这就需要犯人将餐具洗干净收拾好或者直接带走。在拍成动画的热门漫画《名侦探柯南》中，不止一次出现过犯人手忙脚乱地收拾餐具的时候，不小心把咖啡弄洒，在桌上和地上留下痕迹，结果暴露了曾经有人来过的场景。无法仔细整理的时候，还可以反过来把现场弄乱，伪装成盗窃现场。

还可以给被害人换衣服。服装和妆容会反映出犯人与被害人的关系。例如，杀害女性恋人时，其没有化妆，证明二人关系亲密，如果盛装打扮，证明其对见面之人有好感。为了掩盖这些事实，就需要给遗体换衣服，改变妆容。只不过给异性穿衣服和化妆是一件很难的事，如果穿着打扮不协调，就会暴露。

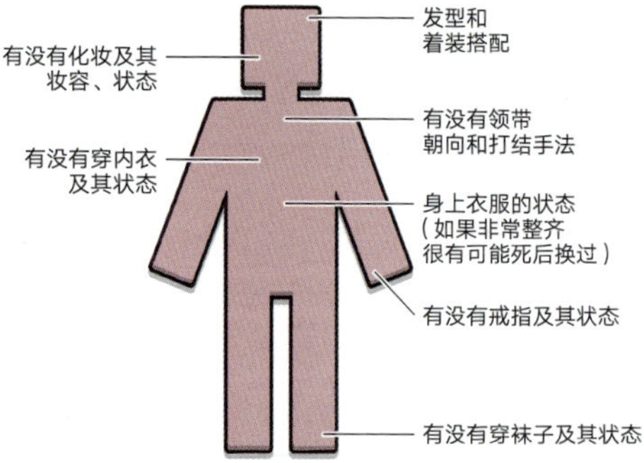

遗体身上的线索

捏造证据

通过捏造新的证据扰乱搜查的诡计。

常用的手段就是“为了嫁祸给某人，把假的证据留在现场”，一般是故意把别人的钱包、戒指、首饰、笔记本这类能追查到物主的物品留在现场。

还有以会进行科学搜查为前提，故意把别人的毛发、体液、有血迹的布等留在现场，用于迷惑警方的手段。这种情况，加入犯人为了防止自己的毛发或皮屑掉落，提前仔细清洗身体、戴上帽子等细节描写比较好。

从制造别人曾经到过现场的证据这层意义上来说，乔装改扮也属于捏造证据的一种行为。戴上手套，挡住脸，为了不让警方从足迹中找到蛛丝马迹，总是穿不同的鞋（可能的话最好在事后处理掉）等方法都可以伪造线索。犯人还可以乔装成被害人，这样既能轻松从现场脱身，又能留下目击证词，混淆作案时间。在需要刷 ID 卡进出的安保措施严密的地方也可以使用这个方法。

用别人的东西做凶器也很常见。从厨房里偷走别人经常用的菜刀去杀人，很轻松就得到了沾有他人指纹的凶器。最好是比较专业、看起来很贵的刀，这样更容易嫁祸给刀的主人。这个方法很适合用来嫁祸给厨师或美食评论家。

糟糕的时间、糟糕的地点

掩盖现场证据还有一个方法，把别人引到现场，让其成为“第一目击者”。第一目击者经常就是嫌疑人。装成被害人或朋友，把想嫁祸的人引到杀人现场，就能扰乱搜查。如果是现代背景，发一条短信就能轻松把人引过来。

若是那个人有前科或对被害人心怀怨恨就更完美了。假设那个人有前科，很可能担心警方把自己当成犯人，所以即便看到遗体也不会报警，而是直接逃跑。如果是保护观察中的未成年人或正处在缓刑期的罪犯，再次牵涉到案件中，很有可能会被重新收监。另外，让其他人在现场出现，也可以掩盖犯人留下的痕迹。

制造已死的假象

Faking of Death

- 替身的死
- 死亡戏码
- 身份不明的被害人

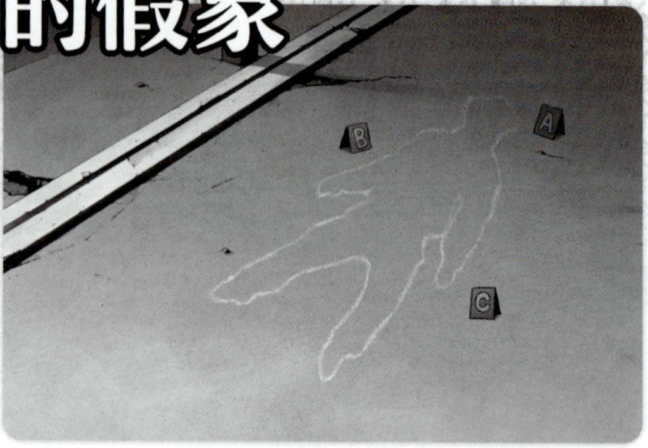

“替身的死”和“上演一场死亡戏码”

制造已死的假象是指使用杀死替身等方法，制造已死假象的诡计。大致可以分为“杀死替身”和“上演一场死亡戏码”。

“杀死替身”是第一种方法，杀死长相相似的人，用替身的尸体蒙混过关。当然，只要通过 DNA 鉴定，在不是双胞胎的情况下，“杀死替身”根本过不了医学鉴定这关。为此，要想成功“制造已死的假象”，不让专家或相关人员看到遗体是最安全的方法。例如，通过让医生或殡仪馆的人协助伪装成“病死”，收买警察、伪装成“意外死亡”等方法，捏造死亡证明，尽快火化，这么写简单明了。要想把医生、警察、殡仪馆的人牵扯进来，最好选择治安差、这类人群容易被收买的国外为舞台，这样更有真实感。

在治安差的地方，还可以买尸体来完成这样的诡计。在电视剧《外交官黑田康作》中，身为主犯的医生，与当地负责尸检的另外一名医生合谋，把跳楼自杀的其他人的尸体当成自己的，并把模糊不清的照片和遗骨交给自己的家人，蒙混过关。

说得极端一点，只要看起来像尸体的东西就可以，由本人来演，或与本人相似的人偶都可以。如果是本人来表演，一定要避免别人的碰触、调查脉搏和呼吸。虽然可以通过压迫动脉，让人摸不到手腕处的脉搏，但最近都会探脖子上的脉搏，所以无法使用。如果用人偶，人偶会成为证据，所以一定要尽快处理掉。

上演一场死亡戏码

还有即便找不到尸体，也能明确死亡的情况。房屋被大火烧毁、从断崖绝壁上坠落、爆炸、沉船，在几乎不会幸存的情况下不需要确认遗体也会被视作死亡。还有很多人被卷入战争下落不明，爱情影视剧里经常使用这样的题材，也可以作为参考。有的是偶然陷入这样的状况，虽然幸存了下来，最后还是选择保持“死亡”的状态。有的则是故意编排。

如果能发现部分遗体，就会增加被视作死亡的可能性。在电视剧《识骨寻踪》中，犯人为了制造自己已死的假象，把自己的一条胳膊砍下来，丢在了爆炸事故现场。

反之，对于并没有在作品中明确写明找到尸体的死者，在那之后还可以用“实际上还活着”这个方法让其复活。推理小说中就出现过这样的情况，其中最有名的要数阿瑟·柯南·道尔的“夏洛克·福尔摩斯”系列。在《最后一案》中，作者原本已经让福尔摩斯坠落瀑潭摔死了，后来由于读者抗议和经济方面的原因，最终以“为了躲避犯罪组织报复，制造了已死的假象”为由，又让其复活了。《拳王创世纪》《魁！！男塾》等在《周刊少年 JUMP》上连载的多部漫画作品都曾用过这一手法，就算不是推理小说的读者，对于这个手法也相当熟悉。

发觉的契机

“制造已死的假象”有随时都会暴露的危险，大多数时候，暴露的契机就在犯人身边。一种情况是出于某种理由需要核对身份。例如，看医生就需要医保卡。被卷入意外、生病，都会暴露身份。还有被卷入另一起事件，调查身份不明的被害人之后发现了其真实身份等方式。

另一种情况，就是隐藏多年，突然想念家人，按捺不住思念之情，给家人写信，或是直接去看望家人，结果暴露了其还活着的真相。后者的话，可以设定成以为对方是跟踪狂，然后报了警。除此之外，还有在藏身的地方偶然与朋友再会、偶然在闹市被认识的人目击等。“有人在别的城市看到了已经死去的父亲，孩子前去寻找”这样的情节不只存在于虚构的故事中，现实中也有这样的例子。

错视

Optical Illusion

- 错视现象
- 空想性错视
- 情绪错觉

错视现象

错视现象是指对目击的情景做出错误的判断从而产生了错误的认知。在推理作品中，利用错视现象可以给证词和目击到的事实带来不同的意义。

错视现象包括被称为“错视”的生理现象和因误解产生的“自以为是的错觉”。“错视”是大脑和眼睛的构造导致的错觉，相邻的直线，因阴影和色彩导致大脑将其认知成了其他的形状和颜色。这样的例子有很多，如下图所示，因箭头方向不同，导致直线的长度看起来不同的“缪勒莱耶错觉”，让平行的线看起来是倾斜的“松奈错觉”，等等。即便底色是相同，如果放在上面的线的颜色不同，底色就会发生改变。在白纸上画好格子，再在格子的交点处染上颜色，当我们看的时候就会觉得颜色好像扩散了一样。还有著名的“赫曼方格”，格子状图案的交会点的白色部分看起来像是有颜色的。不只是视觉，还有听起来音调像是在无限升降的“谢帕德音调”这种听觉错觉。

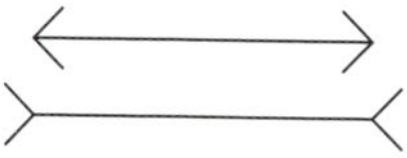

缪勒莱耶错觉

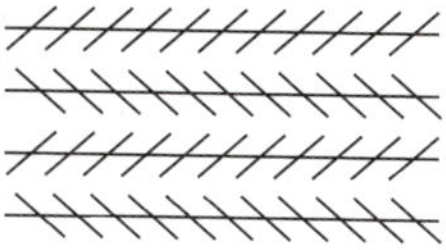

松奈错觉

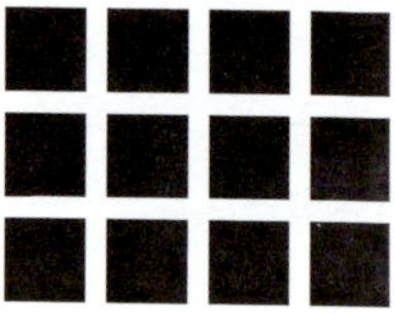

赫曼方格

自以为是产生的错觉

除了生理上的错视现象，有的时候目击者还会无意识地歪曲事实，这也属于错觉的一种。人类会在无意识间给看到的东西赋予意义，就像“风景中浮现人脸的灵异照片”那样，把没有固定形状的东西看成人脸或有意义的形状，这种现象被称为“空想性错视”。

观察力不足或视野不清晰的情况下，把某样东西看成别的什么东西被称为“**疏忽错觉**”。在感觉到恐惧与不安时，映在眼睛里的东西也会反映出当时的情绪，这被称为“**情绪错觉**”。在听过鬼故事之后，把被风吹动的柳枝看成鬼就属于这种错觉。

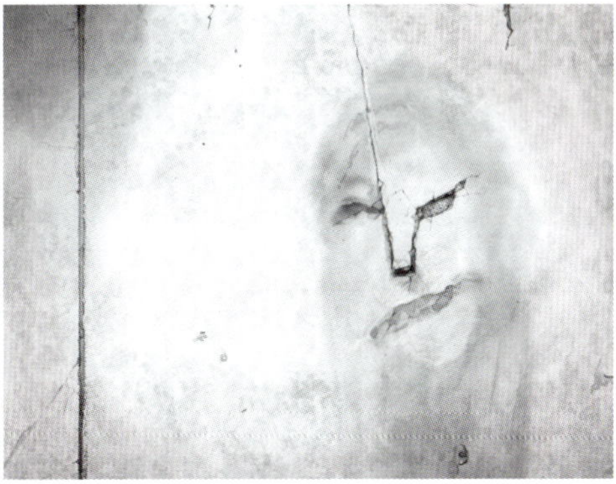

墙上的龟裂看起来像人脸

错觉诡计的使用方法

推理作品中很多欺骗读者的诡计都与错觉的性质相近。因此，错视现象的利用方法也是多种多样。

◎**扰乱证词**：利用错视或先入为主扰乱目击者，使其说出误解后的证词。例如，红光照在犯人身上、使得犯人的衣服看起来像沾满了鲜血，因过于恐惧、在自己眼中犯人的体形比实际要壮硕，等等。

◎**讲述者产生错觉**：其他人的证词还可以验证，但如果产生错觉的是讲述者本人，就很难区分真假了。这种设定可以给读者带来与单纯的扰乱证词不同的震惊。

◎**专门研究错觉的专家是犯人**：让心理学家、精神科医生、大脑生理学家、魔术师、立体绘画大师等角色登场。这样的人如果积极地运用错觉，便可以构思大型诡计，或是反过来戳穿诡计。

利用计算机的诡计

Trick by the Computer

- 程序
- 捏造、抹消证据
- 网络犯罪

计算机带给我们的幻想与现实

只要在计算机内设置好自动启动的程序或插上相应的外接配件就能实现各种各样的用法，用计算机来实施诡计，有非常高的自由度，但相对的，能用到计算机的地方其实很少。

可以用到计算机的例子如下。

◎篡改特定文件的时间戳（制作时间 / 更新时间），捏造证据。

◎搭载了自动运行或定时启动程序的全自动机器。

◎内部程序自动应答来自外部的信号。

◎满足特定条件就会自动删除的文件等程序毁灭证据。

以上这些基本上是用来“捏造”或“抹消”犯罪证据的用法，根据程序的设置和网络的连接状态，能够自由地操纵数据或附近的机器，这就是活用计算机特征的利用方法。

但问题是，不管是哪种方法，一旦被负责调查的人知晓或发现“那里有台计算机”“计算机被用过”“数据被篡改过”的可能性，要不了多久不在场证明就会被推翻。例如，修改或删除了可以作为证据的数据，但只要没有物理破坏掉记录那些数据的机器或其他记录媒体，又或者用别的数据将记录媒体中的数据所在的区域覆盖，就存在已经被修改过的证据会被发现，或是已经删除的数据会被数据恢复技术复原等危险性。特别是近年来的电脑系统，为了防止数据损坏，会将备份分散保存，恢复数据变得更简单了。如果是经由网络从外部远距离操控计算机，只要有法院的传票，警方就可以要求网站提供特定用户的访问记录，很轻易就能查到是在什么时间、什么地点访问的网站。

计算机的高自由度被社会广泛认知，所以用到它的诡计，一旦发觉计算机的存在，计划失败的风险就会非常高。

除此之外，有的时候还会使用专门瞄准人类的心理或行动上的疏忽、被称为社会工程学的方法，偷看输入密码的过程，或安装隐藏摄像头等，盗取他人的密码。这种情况就可以通过不法手段获取他人的身份信息，假扮成那个人实施犯罪，不用担心通过使用记录调查到犯人是谁。不过能够使用这种技巧的人很少，而且若是被监控拍下犯罪过程，基本就可以锁定犯人的身份了。

追踪

能验证使用计算机制造不在场证明有多难的典型例子之一，就是克利福德·斯托尔的纪实文学《杜鹃蛋：电脑间谍案曝光录》，这部作品中上演了一场黑客追捕大戏。在网络普及之前，笔者接到了前往某研究所，调查那里使用的大型计算机的收费系统为什么会出现 75 美分差额的工作，在仔细调查过保留下来的访问记录后，终于追踪到了那个先是非法入侵德国不莱梅大学某部计算机，然后通过海底电缆线路，经由美国军方计算机网络非法登录研究所的黑客。笔者与黑客之间斗智斗勇，也就是担任侦探角色的主人公追踪看不见的敌人，是经典推理小说的桥段。

在这部作品中，饰演主人公的笔者，得到了介入线路的网络管理者的协助，获取了那条线路的访问记录，这才得以彻底追踪到入侵者留下的篡改痕迹，最终成功逮捕了入侵者。

近年来的日本，在调查计算机罪案时，上述出现的特定用户的访问记录已经成为网络犯罪取证、防范，制定相应对策的王牌。也就是说，相较于追踪入侵者的过程，如何向网络管理者出示确实有人遭受了损失、确实有罪案发生的证明，获得协助，得到查看线路访问记录的权限，才是这类调查、追踪剧最重要的课题。

心理诡计

Psychological Trick

- 先入为主
- 另一个侧面
- 吉尔伯特·基思·切斯特顿

心理诡计究竟是什么？

心理诡计，顾名思义，就是对某个人深信不疑、对某个事物产生错觉等，解读人类深层“心理”，然后采取相应行动的诡计的总称。不用设计机关复杂的密室，也不用冒险使用机会主义的双胞胎诡计，只要通过那个时代的文化和日常生活方式，就能制造真实的错觉。

假设，你要去机场接从美国的姐妹公司来日本出差的同事，约好了在咖啡厅碰头，却一直没见到人。突然，之前一直认为是日本人的人，主动跟自己搭话了。是的，来日本出差的同事其实是一位日裔美国人。美国是人种大熔炉，亚裔、日裔美国人一点都不奇怪，但一听到是从美国来的，典型的白人形象就会下意识地在脑中浮现，所以一直没有发现同事。

如上所述，先入为主会变成有色眼镜，使得人们看不到事物原本的样子，将这一弱点运用到诡计之中，就是心理诡计。引发先入为主观念的，除了已经提到过的时代背景、日常生活、国家之间的文化差异，还有年龄差、性别差、各种职业的规则以及只限某个场景下的无聊约定等。构筑心理诡计的关键在于，如何将这种先入为主作为前提导入作品之中。

而且必须把这个前提展示给读者看，并让读者记住，但如果看得太清楚，又会泄底。让这种矛盾共存本身，也是一种心理诡计吧。基本上，就是在把必要的前提清楚展示出来的同时，还要让读者认为那是另外一种东西。

心理诡计的王者

说到心理诡计的王者，大多数推理迷都会想到创作了“布朗神父”系列的吉尔伯特·基思·切斯特顿吧。在这里，以切斯特顿的短篇《隐身人》为例进行说明。

侦探布朗神父来到了收到恐吓信的小个子居住的公寓，却发现小个子已经在公寓外遇害了。公寓入口留下了可疑的足迹，公寓的看守表示，从来没见过有人送来什么恐吓信，也没见过遭到恐吓的小个子。他们为什么会看不到可疑人物和小个子？实际上，是平时来送信的邮递员在公寓内杀了小个子，把他装在邮袋里，若无其事地离开了。邮递员拿着邮袋出入房屋是很正常的事情，谁都没发现他是凶手。只是看简介不觉得这种案子有什么稀奇，而切斯特顿把时代背景设在了身份意识极强的英国，将这则类似寓言的故事娓娓道来。

身边的事物实际上还有另一个侧面这一想法，成了众多诡计的基础。在《三件死亡工具》中，找不到打死某个人的凶器是因为凶器太大；在《断剑》中，凶手为了隐藏尸体发动了战争。正所谓藏叶于林，切斯特顿将这些逆向思维巧妙地呈现在了读者面前。

心理诡计的变种

被绑架且被遮住眼睛的人，以为歹徒花了很长时间把自己带到了一个很远的地方监禁起来，而实际上，歹徒只是带着被害人在绑架现场附近转来转去，最后只是将其监禁在了距离案发现场不远的地方；犯人按照名册顺序不停杀人，实际上这是故意制造的假象，真相是为了隐瞒想要杀死某个特定人物这个目的，而制造的连环杀人案；等等，都可以称为心理诡计。

这样的心理诡计与登场人物和读者的盲点、偏见，以及相关的社会问题息息相关。就像前面提到的“布朗神父”系列，通过深挖这些问题，推理作品就会升华为批判文明、批判社会、批判人类的作品。即便不去深挖，只要将故事的主题、犯人和被害人的人物性格、动机以及心理诡计的内容顺畅地关联在一起，就能创作出有趣的推理作品。

053 Unreliable Narrator

叙述性诡计

Unreliable Narrator

- 第一人称故事
- 讲述者的主观
- 公平游戏

何谓叙述性诡计

叙述，就是一种表达方式。通过“把我经历过的奇妙事件写下来”等主观视角，用第一人称讲述、用第三人称描写客观事实、用时间顺序以外的顺序进行说明，作品可以有多种叙述方式。

在叙述方式上下功夫，故意说漏一些细节，利用读者先入为主的心理，让其误解文章的意思，这就是**叙述性诡计**。在大部分作品中，诡计都是犯人用来欺骗侦探的手段，而使用叙述性诡计，作者可以直接欺骗读者。

例如，看到“薰边叹气，边抚摩着手腕上的手镯”这句话，自然而然就会认为薰是位女性。如果戴的是防静电手镯，是男性也很正常。像这样，无须编造与事实（薰 = 男性）产生矛盾的谎言，只要多次出现这类容易让人误解的描写，诱导读者走上错误的理解方向（薰 = 女性），这就是叙述性诡计。

换言之，叙述性诡计就是在事件的理解方式上下功夫。原本推理作品中的谜团就是因为以查案人的视角去讲述才会存在，如果由犯人直接描写杀人的画面，就不存在什么谜团了。

阿加莎·克里斯蒂的《罗杰疑案》是以谢泼德医生手记的形式展开的。实际上，谢泼德医生就是犯人，他故意避开了犯案过程。如果《罗杰疑案》用其他方式叙述，读者就不会那么吃惊了吧。这一做法打破了“事件的记述者会将自己的亲身体会如实写下来”这一平时不会注意、所有人都默许的常识，制造了犯人身份的意外性。

不过，也有人批判这部作品违反了“公平性”的原则。

叙述性诡计的技巧

故意说漏某些信息，让人误解文章的意思。这就是叙述性诡计唯一的技巧。这个时候作者绝对不能说谎。但具体什么样的记述是谎言，根据不同的叙述方法有不同的判断标准。

假设，把男性薰伪装成女性。以描写客观事实的第三人称叙述时，不能用“她”这个人称代词来代指薰这个人。但如果是第一人称，叙述者误会薰是女性的情况下，用“她”就不算说谎。因为这是在心里把薰认定为女性的主观事实。

下表是具有代表性的叙述性诡计的分类。

分类		解说 / 作品举例
想让人误解的对象	人物	让人误解性别、身体特征等属性、心理 把同一个人描写成两个不同的人等
	地点 / 时间顺序	把在两个地点同时进行的两件事，伪装成连续发生的同一件事等。如绫辻行人的《杀人鬼》
	叙述方式	伪装成第三人称文章，实际上是第一人称等
	科幻设定的适用范围	加入疑似科幻的设定，使用叙述性诡计，如道尾秀介的《向日葵不开的夏天》
在哪段叙述中加入诡计	作中作	把叙述性诡计作品以作中作的形式加入文章中。这种情况下，登场人物和读者是站在同一立场上的，都会被骗
	断章	在前言等比较短，不会惹人注意，也不会让文章看起来不自然的地方
	全篇	把会让人误解的叙述打散放在整部作品里，如乾胡桃的《爱的成人式》
	文章之外	建筑平面图、插图等，如仓知淳的《星降山庄杀人事件》

怎么向读者阐明叙述性诡计，需要深思熟虑。例如，与事件有关的人都知道薰是男性，只让读者误会其是女性。在这种情况下，侦探不可能站出来给相关人员解释薰是男性这件事。

这时，就要通过描写因叙述性诡计产生的误解，与事实之间存在的矛盾（例如，薰与女性举行结婚典礼）来进行说明。不能只知道怎么挖陷阱，还要思考如何才能最大限度让读者感到震惊，更有效地提升解谜的效果才是最关键的。

特殊能力

Specail Abilities

- 特技
- 身体特征
- 读心术

特殊能力的种类

推理小说中还会出现各种各样的**特殊能力**。这里提到的特殊能力，是指能做到一般人无法做到的事的能力，大致可以分为“职业能力”“肉体能力”“超能力”三种。

职业能力是指将从事过的职业中学到的能力应用到犯罪或推理中，自古以来，推理小说中就经常出现和马戏团、变戏法有关的特殊能力。

古典作品中的例子有魔术师侦探大显身手的《死亡飞出大礼帽》等。近年来的作品中，杰弗里·迪弗的《魔术师》也很有名，讲述了使用大型幻术的犯人，与协助调查的魔术师之间正邪魔术师的对决。井上雅彦的《踩高跷的人》中，事件发生的地点是曾经的马戏团明星们生活的养老院，登场的嫌疑人个个身怀绝技，包括能让关节脱位、然后从很小的缝隙出入等。

约翰·迪克森·卡尔的《红寡妇血案》中，使用了在密室中用腹语术伪造已死之人还活着的假象，拖延死亡时间的诡计。

除此之外，从事各种职业的侦探也会活用自己的职能和知识进行推理，也属于职业能力。纪田顺一郎的《二手书店侦探事件簿》等就属于这种类型。

“肉体方面的特殊能力”，顾名思义就是肉体能力。拥有跑得快、视力好、记忆力超群等能力的人使用诡计或参与推理。

西尾维新的《斩首循环——蓝色学者与戏言跟班》中，因天才工程师玖渚友拥有超人般的记忆力，事件变得一发而不可收拾。

特殊能力并不都是好事。卡尔的《歪曲的枢纽》中犯人的特殊能力就是没有双腿。

犯人通过穿戴不同长度的义肢改变身高、摘下义肢用双手移动来欺骗目击者的眼睛，充分发挥了自己的能力。

推理小说与超能力

在肉体能力和职业能力之上，更像特殊能力的特殊能力，也就是以超能力为首的、彻底超越人类极限的想象中的能力。

在推理作品中出现过的具有代表性的超能力，就是通过碰触物品读取情报的接触感应（残留物感知）。拥有这种能力的人大多只能看到部分影像，所以很适合用在推理作品中。

反之，不适合的就是读取他人内心想法的心灵感应系的能力。因为如果拥有这种能力的人存在，一下子就能知道犯人是谁，根本就没有诡计发挥的空间。但依然有几部作品挑战了这个难题。阿尔弗雷德·贝斯特的《被毁灭的人》的主题，就是存在心灵感应的社会背景下能实施的完美犯罪。京极夏彦的“京极堂”系列中登场的蔷薇十字侦探社的私立侦探榎木津礼二郎，拥有能直接看到他人记忆影像的能力。这个能力介于接触感应和心灵感应之间。

创作了大量科幻推理作品的西泽保彦，在“神麻嗣子”系列中创作了负责监视超能力者滥用能力的超能力者问题秘密对策委员会。每部作品都有不同种类的超能力登场，而且每种超能力都有详细的效果和极限设定，并基于这些设定进行有条理的说明。西泽保彦的另一部作品《完美无缺的神探》中，存在一种很有趣的超能力，那就是本人虽然不会进行推理，但只要跟他对话（不知道为什么）就能揭开事件的真相，或许应该称这种能力为“侦探触媒能力”。

除了这些超能力，还有使用魔法的例子。这类作品中，兰德尔·加勒特的“达西勋爵系列”（《太多的魔术师》等）很有名。他创作了在平行世界里没有科学，取而代之的是魔法，是发生在这样的世界中的本格推理故事。

在游戏世界，有的时候为了把收集情报的过程做成小游戏，会活用超能力。CAPCOM的“逆转裁判”系列中，设计了用灵能力解锁内心秘密的“精神枷锁”系统，可以通过这个手段从登场人物口中打探到情报，以及通过优秀的观察力看穿对方小动作的“看穿”系统。

特殊空间

Unique Environment

- 孤岛模式
- 奇怪的建筑物
- 封闭社会

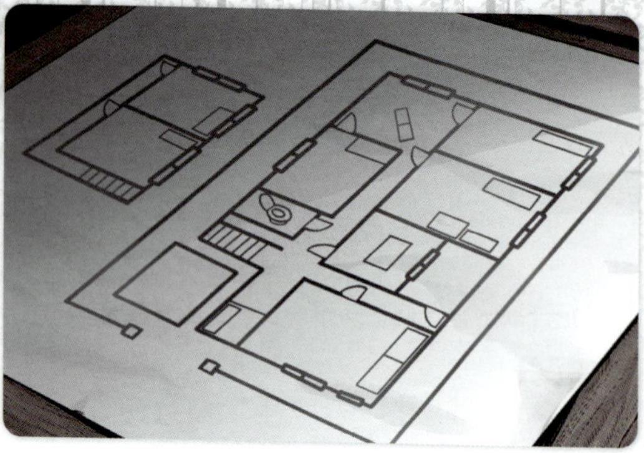

各种特殊空间

推理作品中有着各种类型的**特殊空间**。这里所说的特殊空间，是指一般不适用日常规则，有其独特运行法则的空间。

例如，杀人现场也可以看作某种特殊空间。与这个空间有关联的人——第一目击者会成为调查的对象，如果同时还是嫌疑人的话，是不允许随意走动的，根据具体情况还可以限制其人身自由等。也就是说，警方限制嫌疑人的人身自由，新的规则支配了该空间。

所有人被困在大雪封闭的山庄里，犯人身份不明的“孤岛模式”等也是特殊空间的一种。

综上所述，大部分推理作品中都出现了广义上的特殊空间。在这里，我们来看看推理作品中更加特别、更加特殊的空间。

推理作品中登场的特殊空间，根据其产生空间法则的源头，可以分为三类。第一种是“物理性特殊空间”，第二种是“社会性特殊空间”，最后一种是“SF、超现实性特殊空间”。

推理作品中经典的物理性特殊空间，就是特殊构造的建筑物（馆），以为了完成密室杀人，特意建造了一座馆的岛田庄司的《斜屋犯罪》为首，大量描写发生在馆中的杀人事件的作品问世。其中，绫辻行人更是个中高手，他擅长利用馆的物理性构造，在空间中创造非日常的法则。以绫辻行人的处女作《十角馆事件》为首的“馆”系列中，接受奇怪构造建筑委托的建筑师中村青司设计的各式各样稀奇古怪的馆成了故事的舞台。“到处都是机关的奇怪建筑物”自然是诡计的宝库，但已经有太多“犯人从密室里消失，是使用了读者不知道的逃脱手段”这类展开了，除了陈词滥调，还违反了“公平性”原则，所以提前把情报告诉读者才是上上之策。在“馆”系列中，“中村青司”这个名字就是给读者的提示。小栗虫太郎的《黑死馆杀人事件》中提到，一本名为《维基格斯咒语法典》、记载了奇怪技术的书籍与事件发生的舞台黑死馆（降矢木宅）有关，以此告知读者，这栋建筑中布满了机关。

社会规则与普遍认知不同的“住着迷信的村民，有着奇怪风俗的穷乡僻壤”，也是特殊空间的一种。另外，各个国家也有着形形色色的习俗和迥异的思维，站在外国人或旅客的立场，也相当于是一种社会性特殊空间。松尾由美的《巴伦城杀人事件》中，故事的舞台是只有孕妇居住的城镇，侦探、犯人和被害人也都是孕妇，从中产生的社会性思维死角成了事件的关键。

“科幻特殊空间”，顾名思义，就是因科幻或超现实的设定营造出来的特殊空间。

例如，镜明的《未知世界侦探物语》中，由于时光机的出现，连事件的真相都成了可以改写的对象，私立侦探在这样的世界中大显身手。西泽保彦的《人格转移杀人事件》中，人体成了特殊空间，人格可以在人体之间转移，谁的人格在哪具肉体里杀人、被杀，其动机又会是什么？荒卷义雄的《埃舍尔宇宙杀人案》中，埃舍尔调查在假画这一特殊空间中发生的罪案。被称为江户川乱步奖史上最大问题作的，小森健太郎的《洛威尔城堡里的密室》，则是以漫画的世界为舞台。

特殊空间与法则

利用特殊空间的特殊法则可以轻易将任何不可能变成可能，但那样就彻底丧失了推理作品应有的乐趣。要想创作出以特殊空间为舞台的有趣的推理作品，就必须把法则分为“明确的”和“隐藏的”，区分开来使用。

“明确的法则”是支持作品规则的主干，必须清楚地告诉读者，不可打破。具体来说，就是该特殊空间有着怎样的特殊性，导致了哪种现象的发生，诸如此类。而事件的真相如果只靠“明确的法则”来支撑，很快就会浮出水面。这个时候就要用到“隐藏的法则”了。“隐藏的法则”可以通过“明确的法则”推理出来，同时要瞒着读者，可以说是“明确的法则”的应用篇。简单易懂的“明确的法则”，应用“明确的法则”但并不会马上发现的“隐藏的法则”，像这样区分开来使用，就能创作出优秀的有特殊空间的推理作品了。

专题　“恶魔的证明”与“亨佩尔的乌鸦”

接下来将对推理作品中偶尔会出现的“恶魔的证明”与“亨佩尔的乌鸦”这两个词语进行简单的说明。

人们用“恶魔的证明”来比喻彻底证明某个命题是一件非常困难的事。例如，“恶魔不存在”这一命题。为了证明恶魔是否真的存在，必须调查所有时间和空间，时间包括过去、现在和未来，空间则包括地球、宇宙和那个世界（是否存在也不得而知），所以根本无法证明。

这一词原本是中世纪欧洲的法学家在指摘土地的所有权问题时用到的比喻。如果根据古代的法律《罗马法》，决定土地的所有权归属于谁，必须查明土地是如何获取的，为此要无限追溯到很久很久以前，而这是不可能实现的。

推理作品中，对提出不可能证明的命题的人说：“那是恶魔的证明（因此，你的主张是毫无意义的）”，以此来封住对方的发言，是诡辩用途的一种。

“亨佩尔的乌鸦”是指用归纳法的基础，对偶原理推导出来的结果与人类的日常感觉（直觉）并不一致的概念，此概念由二十世纪四十年代德国逻辑学家卡尔·古斯塔夫·亨佩尔提出，并以他的名字命名。

“所有乌鸦都是黑色的”这一论断，理论上与“一切不是黑的东西都不是乌鸦”是对偶关系。因此，根本不需要调查乌鸦，只需调查“一切不是黑的东西”就能证明“所有乌鸦都是黑色的”。只是以常识来说，这明显很奇怪，所以被称为“悖论”。这个应用了对偶原理的证明，理论上是正确的，而现实是，确认“一切不是黑的东西”明显比确认所有乌鸦要难得多，所以毫无意义。有的时候会看到一些为了举出“所有乌鸦都是黑色的”的反证，明明只要“找到一只不是黑色的乌鸦”就能解决的问题，非要用“亨佩尔的乌鸦”来进行说明的文章，其实那根本就是“恶魔的证明”，与“亨佩尔的乌鸦”毫无关系。另外，野生的乌鸦会因为患白化病或白色变种而呈白色，作为“所有乌鸦都是黑色的”的反证是成立的。

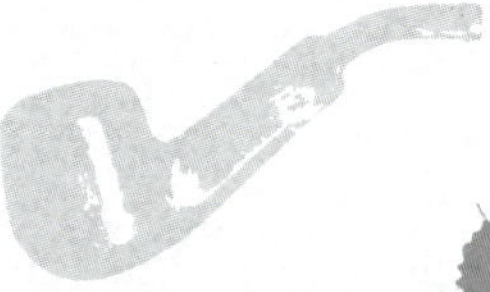

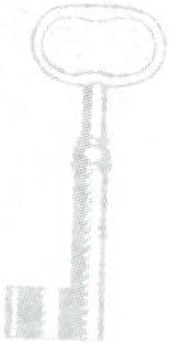

第4章 人物

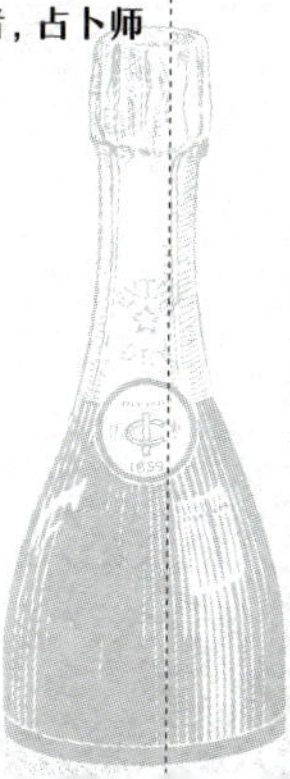

名侦探

Great Detective

- 本格推理
- 夏洛克·福尔摩斯
- 一线之隔的角色

名侦探必须具备的条件

在推理作品中，尤其是在本格推理小说中担任主人公的，就是接下来要解说的被称为**名侦探**的角色。“名侦探”只是作品中的一个职务，不一定是其本职工作。艾萨克·阿西莫夫笔下的亨利·杰克逊的职业是侍者，森博嗣笔下的犀川创平是大学副教授。所以警官也好，小学生也好，只要发挥超乎常人的优秀能力解决事件的角色就是“名侦探”。

“名侦探”一词与推理这一作品类型是同时诞生的。被认为是世界上第一个名侦探的业余侦探杜宾首次登场，就是在世界上第一本推理小说，埃德加·爱伦·坡的《莫格街杀人案》中。

出身于名门贵族的C.奥古斯特·杜宾，住在巴黎郊外的旧楼里，是个怪人。他偶尔会接受警察总监G的委托，调查令警察束手无策的案件，并解决了其中的大部分。以杜宾为起点的“名侦探”的角色形象，在阿瑟·柯南·道尔笔下的夏洛克·福尔摩斯出现后才得以确立。“名侦探”的代名词福尔摩斯的影响力是巨大的，即使断言，时至今日的所有名侦探，都是以福尔摩斯为出发点塑造的也不为过。

基本上，推理小说的作者最多只能创造出两至三名“名侦探”角色。阿加莎·克里斯蒂创造了赫尔克里·波洛和马普尔小姐。江户川乱步创造了明智小五郎。除了与作者同名的埃勒里·奎因，埃勒里·奎因（作者）还特意用另外一个笔名让哲瑞·雷恩这位名侦探在以该笔名（巴纳比·罗斯）发表的作品中登场。

其中一个原因，就是塑造多个超越创作者的天才和拥有超人能力的“名侦探”是一件难事。除此之外，也有可能是因为，作品中的“谜题”才是推理作品的重中之重，角色不过是附属品而已。

“名侦探”具备的最基本的能力，大致分为以下五种。

◎**观察力**：通过五感，准确并细致地掌握周围可获取状况的能力。

◎**推理能力**：也可以称为“逻辑性”。推理能力包括两个方面，经常并用。第一是“通过一滴水就能看到瀑布或大海”的演绎推理能力；第二是“将庞大的现象条理化，通过与前例做比较，最终推导出答案”的归纳推理能力。

◎**博闻强识**：进行归纳推理，就要用大量的现象与眼前的现象做对比，从而找出规律。为此，需要庞大的数据和优秀的记忆力的支持。

◎**直观能力**：凭借没有根据的直觉直接看穿真相，怎么看都是在反向求证的跳跃性逻辑思维，也是让名侦探看起来与众不同的原因之一。

◎**人脉**：不少“名侦探”的设定都是缺乏社会常识和社交能力的怪人，但仍然不妨碍其掌握着包括警察在内，能联系上各个领域专家的“门路”，这也是名侦探推进调查进度的重要武器。

除了上述五种能力，“名侦探”还掌握着事件内容和故事展开所需的各种知识和技能。其中有很多都是后加的设定。在《血字的研究》中初次登场时，除了调查罪案，对其他领域的知识一无所知的福尔摩斯，在之后的作品中也变成了一个博学多才的人。“名侦探”对作者来说，是非常方便的“神机妙算的神”。

天才与怪人只有一线之隔

对调查罪案带来的刺激如饥似渴，没有委托的时候会做出耽溺可卡因等奇特行为的夏洛克·福尔摩斯自不必说，大多数“名侦探”都会被描写成与社会格格不入的问题人物。只要推理小说还是供大众娱乐的作品，就必须以简单明了的形式把“名侦探”天才的一面展现在一般读者面前。

最简单的方法，就是让“名侦探”言行古怪。当然，放眼现实世界，有无数能力和性格都很优秀的人，这样的优等生“名侦探”也不是不行。但不得不承认，有点小缺点、与怪人只有一线之隔的角色，比完美无缺的超人更有魅力。

华生

Watsons

- 侦探的搭档
- 记录者
- 手记

本格推理中不可或缺的角色

阿瑟·柯南·道尔的“夏洛克·福尔摩斯系列”，从福尔摩斯初次登场的《血字的研究》起，福尔摩斯的好搭档，以第一人称讲述故事的男二号，约翰·H. 华生医生登场了。自此，该系列作品便开始采用由华生执笔、之后上市发行的福尔摩斯事件簿手记的形式展开。

福尔摩斯的故事确立了推理小说的创作模式，之后的大多数本格推理小说都会为名侦探安排一个华生这样的搭档。阿加莎·克里斯蒂的“赫尔克里·波洛”系列是波洛的战友亚瑟·黑斯廷斯上尉执笔记录的手记。二阶堂黎人让女侦探二阶堂兰子的搭档兼记录者——与自己同名的推理作家登场，保持作品内容与作品中的手记一致。这些主人公的搭档被称为**助手**。又因为大部分都以第一人称叙述兼书写手记，在推理小说中偶尔会被称为**记录者**。

但在与作者同名的推理作家担任侦探的埃勒里·奎因的作品中，创作了一个没有在作品中登场的记录者 J.J. 马克，侦探奎因的助手妮基·波特并不是记录者。栗本薰也跟二阶堂、奎因一样，让角色以自己的名字在作品中登场，“我们的时代”系列中登场的栗本薰同时担任名侦探和记录者。虽然同样是福尔摩斯的故事，但在短篇《皮肤变白的军人》和《狮鬃毛》中，作者采用了福尔摩斯第一人称的写法。因此，本章的标题不是“记录者”，而是直接用了“**华生**”这个名字。

华生的作用

在福尔摩斯诞生之前，埃德加·爱伦·坡的《莫格街杀人案》中，自称“我”的人以第一人称讲述了业余侦探奥古斯特·杜宾的精彩推理。这种风格效法了十八至十九世纪流行于欧美的手记形式文学风格。道尔让华生这个讲述者登场，应该只是在仿效《莫格街凶杀案》。人们通过多部福尔摩斯短篇作品发现，使用第一人称的讲述者的存在，很符合推理小说这一体裁的特性。“名侦探”这个角色会利用优于常人的能力解开令人费解的谜题。如果推理作品以名侦探为第一人称来写，讲述者刚开始解谜就会透露给读者，故事没有了高潮，就变得单调了。设计一个与读者站在同一角度的讲述者，只把解谜所必要的线索写在文中，这样的手法更适合给读者“出题”的本格推理。当然，还可以用第三人称来写。事实上，著名作家埃勒里·奎因除了一部作品，其他作品使用的都是第三人称。

作者可以根据故事的方向性和谜题的属性选择使用第一人称或第三人称来讲故事，如果用第一人称的话，还是推荐设计一个华生这样的角色。

华生牌“催化剂”

华生这个角色不仅在名侦探眼中有些迟钝，在一般读者看来也是个有些迟钝的人物。这样处理不仅可以衬托名侦探的机敏，还能让发现讲述者漏掉的情报或提示的读者从中获得优越感。

话虽如此，身为具有非凡能力的英雄独一无二的朋友，同时也是常伴其左右的搭档，不可能只是个“衬托”。他们大多拥有能够忍受名侦探古怪言行的性格，掌握着医学等专业知识或出类拔萃的射击技巧。而且就像我们通过与他人对话来整理自己的想法一样，名侦探也会通过与华生交流，弥补自己的推理中所欠缺的观点和情报，从而找到通往真相的突破口。

私家侦探

Private Detective

- 职业侦探
- Private Eye
- 侦探的资格

私家侦探的历史

最早，**侦探**与密探是一个意思。在早期小说中，军方谍报人员会以侦探的身份登场，现在的“间谍小说”也可以称为“军事侦探小说”。在日本，以山中峰太郎的《亚细亚的曙光》为首的“本乡义昭”系列被人们熟知。广义上侦探也包括刑警、警察。

与官方侦探相对的，在民间经营侦探事务所的就是**私家侦探**。世界上第一位私家侦探是法国人弗朗科斯·维多克。他曾是一名罪犯。他活用自己的身份，协助法国警方破了很多案子。后来他成了国家警察巴黎地区犯罪调查局的第一代局长，在职期间他按照犯罪者的名字和犯罪手法建立档案，为近代科学搜查奠定了基础。

另一位有名的私家侦探就是1850年在美国创办平克顿侦探公司的阿伦·平克顿。平克顿侦探公司除了在亚伯拉罕·林肯还是总统候选人的时候保护其免遭暗杀，还因追拿、检举了很多西部的地痞流氓而闻名世界。公司规模庞大，已经接近民兵性质，还曾接受企业家的委托，破坏罢工运动。平克顿侦探公司的标志是一只眼睛，因此，私家侦探又被称为“**Private Eye**”。

平克顿侦探公司的活跃给作家柯南·道尔也带去了影响，该公司的侦探以夏洛克·福尔摩斯协助者的身份出现在了他的《红圈会》这部作品中。赤城毅的“帝都侦探物语”系列中的主人公，就是曾在平克顿侦探公司学习侦探技巧的好男儿木暮十三郎。

私家侦探执照

偶尔会看到**私家侦探执照**这个词，这指的是在美国。

每个州获取私家侦探执照的条件都不同，大多需要有一定的执法经验，除此之外还需要参加考试。日本没有这样的考试。只要不满足以下条件，直接向各都道府县的公安委员会提交申请，就可以开设侦探事务所了。

◎ 摘自 2007 年 6 月 1 日颁布的《规范侦探业业务相关的法律》。

- 成年后作为被监护人、智力障碍者或已破产无法复权的人。
- 曾犯过比非法拘禁罪严重的罪行，服刑结束未超过五年者。
- 过去五年内曾被公安委员会勒令停止侦探活动，或基于侦探业相关法律被处以罚金的人。
- 暴力团成员或脱离暴力团不到五年的人。

日本还有教授专业知识和技术的侦探学校。

现实中的私家侦探

现代社会中的私家侦探就是调查公司，营业范围是“接受他人的委托，调查特定目标的下落和行动，报告给委托人”。常见的就是调查婚外情、来历，寻找失踪者和走失的宠物等，也就是所谓“万事屋”。日本的私家侦探调查罪案的方法与一般人相同。如果犯人正在犯罪可以将其抓住，但除此之外，没有任何搜查的权限。

在现实中很少有机会参与事件调查的私家侦探，却能在大量推理作品中担任“侦探”的角色，这也是福尔摩斯为后世留下来的传统。但不得不说，一般人的切入点更多，如果再加入曾经是警察或律师的设定，就能让其更自然地接触案件。实际上，这就像美国的执照，很多曾经的警务人员后来都成了私家侦探，所以这样的设定并不突兀。偶尔也会出现京极夏彦笔下的榎木津礼二郎那样，自诩是推理小说中的“名侦探”，强调与现实中的职业私家侦探不同的私人侦探。

安乐椅侦探

Armchair Detective

- 纯粹的推理
- “角落里的老人”
- 解谜

光是坐在那里就能看穿一切

安乐椅侦探就是不会直接前往案发现场，也不会听取当事人的证词或调查现场，只凭借第三方整理的报告或传闻就能推理出事件真相的侦探。他们就像是坐在安乐椅上推理一样，因此得名。

典型的安乐椅侦探推理作品，一般都是朋友带着问题找上门，或是朋友讲述自己遇到的怪事后，侦探当场给出答案。还有一种情况，就是通过报纸或资料解开谜题。

安乐椅侦探解决的事件大致分为两类：一种是大家都抱有疑问的奇妙事件；另一种是从乍看之下稀松平常的记述中发现无人发觉的事实关联，破获某个大案。

安乐椅侦探这一形式

从推理作品的角度来看，可以说，安乐椅侦探凝聚了本格推理的要素。一开始就会把所有情报展示出来，接下来就都是纯粹的推理。调查过程中会遇到的逸事、冒险以及相关的误导，都不会在安乐椅侦探类型的作品中出现。

但与之相对的，因为无法使用普通推理小说中的打斗场面，烘托悬疑气氛、令人窒息的侦探与犯人之间的对决等要素，必须通过纯粹的推理引人入胜，因此要求作者有较强的文笔，同时这个类型很难写成长篇。

安乐椅侦探小说的优点，就是无须让侦探进行实际的调查，什么人都能担任这一角色。一般来说，要调查刑事案件，必须有警察或报社记者等有机会接近案发现场的人登场，而安乐椅侦探作品就没有这个必要，可以是完全无关的人，也可以是老人或小孩子，甚至动物也可以，只要能进行对话，就能推理。

安乐椅侦探名鉴

普遍认为，奥希兹女男爵的《角落里的老人》是安乐椅侦探小说的先驱。受到福尔摩斯作品成功的影响，《角落里的老人》中的侦探成了十九世纪末到二十世纪初陆续登场的“福尔摩斯的对手”中的一人。坐在咖啡厅的角落，没人知道他的名字和职业，被称为“角落里的老人”的男人从女性报社记者波利·巴顿口中得知一些离奇事件的概要后，发表了精彩绝伦的推理。

在阿加莎·克里斯蒂的《星期二晚间俱乐部》中初次登场的侦探马普尔小姐也是著名的安乐椅侦探。因为外甥要举办“星期二晚间俱乐部”活动，住在圣玛丽米德村的马普尔小姐把自己的房子借给了他。她当场解决了俱乐部成员讲述的离奇事件。在其他作品中，马普尔小姐也会积极地进行调查，或是被卷入旅行目的地的事件之中，所以她不单是安乐椅侦探。

雷克斯·斯托特创造的美食家侦探尼禄·沃尔夫讨厌外出，雇用调查员调查事件，连事务所的门都不出就开始推理。虽然是普通的推理作品，但尼禄·沃尔夫本身是安乐椅侦探。

包括刚刚列举的三个人物，虽然他们都是安乐椅侦探，但在其登场的大部分作品中都会遇到离开“安乐椅”的事件。

从这点上来说，在艾萨克·阿西莫夫的《黑鳏夫俱乐部》中登场的侦探亨利，可谓完美的安乐椅侦探。亨利是“黑鳏夫俱乐部”举办聚会的餐厅里的侍者，来宾们讲述一些奇妙的事件，每次他都会趁着上菜的工夫态度谦逊地解开会员们解不开的谜题。

要说最让人佩服的安乐椅侦探，还得是松尾由美创作的《安乐椅侦探阿尔奇》——因为阿尔奇竟是一把安乐椅！

Boy Detective

少年侦探

Boy Detective

- 超级英雄
- 特殊道具
- 侦探助手

深受小孩子欢迎的同龄侦探

那些充当侦探的手脚、眼睛、耳朵的小孩子，或是凭借不输大人的精彩推理解决事件的孩子，被称为**少年侦探**。以推理小说为首，诸多体裁的作品中都有他们的身影。

印象中，少年侦探都处在小学到高中的年纪，会使用很多类似侦探的七种道具那样的特殊工具，有的时候还会使用一些非法手段，或是破例允许其拥有驾照、携带枪支。

少年侦探大致分为两种：一种是作为象征的“小孩子”，一种是作为一代人的“未成年”。“小孩子”会自己扮演侦探，做出一些超级英雄般的举动。他们头脑清晰，有着优秀的推理能力和行动力，运用特殊道具解决事件，这样的少年侦探是故事中的主角。而“未成年”给人的印象，一般都是私家侦探的助手，或是为了赚零花钱给侦探打下手的“半吊子”侦探。他们充其量是采取与年龄相符的行动，为侦探提供支援的配角。

一提起少年侦探，就会想起那些特殊道具。有用来追捕或跟踪犯人的，有用来保护大多数体力和力气都不如成年人的少年侦探的人身安全的，还有在运气不好被抓的时候用来逃脱或联系同伴的道具。特殊道具的范围也很广，有刀、绳索、手电筒这些普通的，还有小型通信器和信鸽，甚至是微型手枪、发报机和有变声功能的小道具，以及巨大机器人等。特殊道具是为表现少年侦探的特质而不可或缺的小配件。

少年侦探的历史与定位

最早的少年侦探形象是“夏洛克·福尔摩斯”系列中登场的贝克街小分队。他们是为福尔摩斯工作的一群流浪儿，福尔摩斯在《血字的研究》中是这么说的：他们其中的任何一个人都比一打警察要有用。

提起日本的少年侦探团，首先想到的就是在江户川乱步的“少年侦探”系列中登场的小林芳雄和少年侦探团。拜明智小五郎为师的小林是少年侦探团团长，他们在胸口内侧佩戴名为 BD 徽章（Boy 的 B，Detective 的 D）的团员徽章，与怪人二十面相多次对峙。在该系列中，除了少年侦探团，还有一支流浪儿别动队，是小林把上野公园的流浪儿聚集起来组建的，少年侦探团无法应对的情况就由他们接手。

少年侦探团从刚开始连载就受到热烈欢迎，孩子们都会在胸口别上徽章，以少年侦探自居。

那之后，《铁人 28 号》中能操纵机器人的金田正太郎、《名侦探柯南》中从高中生变成小学生的柯南等，各种类型的少年侦探陆续登场。

江户川乱步笔下的少年侦探团主要活跃在面向儿童的侦探小说中。侦探团团长小林也会在面向成人的侦探小说中登场。在成人向的作品中，他更像是明智侦探的助手，在他的主场儿童向的小说中，他就会摇身一变，成为跟读者同一视角的侦探。

为了让读者接受小孩子参与罪案调查这一不自然的现象，背景设定就成了故事的关键。

少年侦探很适合用来做对象年龄层广的游戏中的角色，但如果想把游戏推广到海外，就要尽量避免总是让小孩子遇到危险。

手表：各种秘密武器
也是必备的
汽车：破例允许考取驾照
服装：正装加短裤
手枪：有持枪许可

普通市民

Citizens

- 路过的侦探
- 故事中的配角
- 普通市民的动机

过着日常生活的人们

推理作品中的**普通市民**大致分为两类：第一类，“非警察、侦探、情报员等调查事件、犯罪的专家”；第二类，既不是“犯人”，也不是“被害人”，与事件没有直接关系的“其他人”。这两类都与事件无缘，也就是毫无关系的局外人，不过只要在这样的角色身上稍微花点儿心思，就能创作出优秀的推理作品。

首先，可以让并非犯罪专家的普通市民担任业余侦探的角色。这个时候，用普通的学生或上班族也能使用的手段来调查，可以令读者更有代入感。或是从事与犯罪毫无关系的职业的人，发挥其出人意料的职能展开调查也很有趣。普通的酒馆老板被卷入有人被酒毒杀的事件中，其会发表怎样的推理呢？思考如何将出人意料的职业和出人意料的事件组合在一起，就能创作出令人印象深刻的推理作品。

看起来只是毫无关系的路过的普通市民，实际上是事件中的重要人物或掌握着关键线索，这也是推理作品的经典套路，其若无其事的发言和行动中隐藏着重要的意义。当然，所有登场的普通市民没必要都参与事件。安排一些围观群众，可以起到掩饰的作用。但也不能安排太多这样的角色出现，否则线索会过于零乱，使推理变得困难，所以要适可而止。

让毫无关系的市民出现还有一层意义，那就是营造真实感。现实事件、事故中，也会经常把很多没有直接关系的人牵扯进来。通过描写他们的反应和心情，能令故事更有深意。

普通市民被卷入事件旋涡时

普通市民被卷入事件之中，一般不是被害人就是目击者。所谓被害人，不全都是直接遭到犯人袭击的人，也可以是偶然被卷进因事件发生而导致的变故当中。一开始只是一件小事，或是看起来毫无意义的损失，随着故事的发展，慢慢与大案联系到了一起，通过这样的描写能更加自然地将普通市民卷入案件中。

再来说目击者，可以让其最初没有发现自己目击的是一起事件，然后再把这些小事或奇怪的事与大案联系起来。还可以完全反过来，以为遭遇或目击了事件，其实只是偶然或错觉，利用这些模式来制造意外。

主动跳进事件旋涡的普通市民

当普通市民决心主动挑战事件，他们就会从无名氏摇身一变成为故事的核心。什么时候会变成这样呢？

其中一个动机就是“为了保护”。杀人事件、伤人事件等，在推理作品中登场的大部分事件都危险且凄惨。与自己关系亲密的人被卷入危险的事件中，就算是普通市民也会奋起反抗。不过，如果是一般情况，还是会依赖警察等有能力解决事件的人，所以最好设计一个必须自己奋起反抗的故事背景。

关系亲密的人被卷入事件后受到了伤害的话，就有了“复仇”这个动机。当遭受无法挽回的损失时，为了向犯人复仇，或是为了查明事件的真相，普通市民就会奋起反击。为了突出复仇者这个主题，最好加入本人与被害人之间的关系和感情的描写。

推理作品中有很多密室杀人等不可思议的事件。在遇到这类事件时，肯定有人会出于“好奇心”而牵涉其中吧。这样的话，就要准备有魅力的谜题和普通人之所以会被这样的谜题吸引的理由。

即便是普通市民，也会一时鬼迷心窍犯下罪行或引发事件。即，不是以侦探的身份，而是以犯人的身份参与案件。描写这样的事件时，就要利用任何人都有的对犯罪的好奇心和欲望设计一些能引起共鸣的罪案，可以是为了钱，或是出于忌妒，又或者单纯的一时贪玩。

刑警，警察

Investigator, Police

- 刑警
- 搜查一课
- ICPO(国际刑警组织)

以法律、秩序与正义之名

包括刑警在内的**警察**是法律与秩序的守护者，是正义的执行人。

警察是公务员的一种，隶属执法机关，他们的工作是维护公共安全和秩序。调查犯罪也是他们的工作，但呼吁民众提高警惕，预防违法犯罪、防患于未然也是其职责之一。人们更习惯称呼他们为“巡警”，除了在街道上巡逻，为来派出所寻求帮助的人解决问题也是警察重要的工作。

在警察系统中，**刑警**是专门从事犯罪调查工作的警种，在一些国家也被称为**搜查官**。平时他们会穿着便服渗透到普通市民中间，收集犯罪情报。抽丝剥茧调查事件中的谜团，与罪犯上演追捕大戏的刑警们在诸多推理作品中都担纲着重要的角色。

日本警视厅会根据不同的调查对象，把各类案件分配给主要负责调查该类案件的部门。具体类别如下。

◎**搜查一课**：杀人、放火、抢劫、暴力伤害、诱拐、劫持人质等重案。

◎**搜查二课**：诈骗、造假币、收受贿赂、违反选举法等高智商犯罪。

◎**搜查三课**：除抢劫外的所有盗窃事件。

◎**组织犯罪对策部（原搜查四课）**：暴力团、国际犯罪组织、贩毒团伙、枪支犯罪。

除此之外，负责防止犯罪、维护治安的生活安全部和应对极端思想活动、恐怖袭击事件的公安部都有便衣刑警，他们和所属刑事部的普通刑警一样，都会参与犯罪搜查工作。另外，一些推理作品中出现过杀人课，实际上在日本的警察系统中并没有这个部门，其职责范围与上面列举的搜查一课是重复的。

现场的刑警、警察

日本的警察系统，从最高层的警视总监到最底层的巡查，共设有9个阶级（算上为了方便管理而设立的阶级巡查长的话一共是10个）。其中会出现在现场的主要是警视以下级别的警察。都道府县的警察本部以及警察署系统中，警视以下的阶级和职务请见下表。警察的组织结构呈金字塔形，也就是上级指挥自己下级的自上而下的构造。游戏中的主人公一般都是跑现场的巡查到警视级别的警察。可以通过让警视总监等高层登场，来体现事件的严重性。

阶级	说明
警视	本部的管理官或警察署署长级别。极少出现在现场
警部	本部的系长或警察署课长级别。出现在现场的频率较低
警部补	本部的班长或警察署股长级别。带领到现场调查的警察
巡查部长	调查现场的主力。服从上级指挥，为调查事件而到处奔走
巡查・巡查长	

故事中的搜查官们

根据故事需要，来自海外的**ICPO**（国际刑警组织）、**FBI**（美国联邦调查局）的搜查官偶尔会在作品中登场。相信很多人都听说过电视动画《鲁邦三世》中的日籍ICPO搜查官钱形警部。

实际上，ICPO是加盟国互助组织，没有调查现场的搜查官。而且在其他国家展开调查牵涉国家主权问题，所以除了某些特殊案件，国外的搜查官极少会单独行动。即便是被派往发生案件的国家，大部分也都是协助调查的形式，也就是只能协助该国家的警察，自身没有搜查权。

推理作品是虚构的，没必要遵守现实中的规定。可以在作品中设立一个有特别搜查权限的组织，或是用迫不得已被卷入其他国家的搜查、擅自行动等理由，让在其他国家屡破奇案的搜查官登场。当然，基于现实，细致地描写搜查官们是如何脚踏实地地共享情报、相互协助的过程，也能创作出充满魅力的故事。

法医，鉴识官

Forensic Investigators

- 科学搜查
- 法医学
- 调查尸体

利用科学的力量与犯罪做斗争的人们

法医和**鉴识官**会运用专业知识和科学技术调查犯罪，是科学搜查的专家。鉴识官负责所有科学搜查工作，法医则负责调查尸体。

要想成为法医，必须先成为警察，然后积累鉴识官的经验，并在警察内部学校修习法医课程。**尸检**是指观察尸体，调查尸体身上是否留有与犯罪相关的各种各样的痕迹，以此判断是否为罪案，根据情况还会对尸体进行解剖。如果在尸体上发现可疑之处，怀疑有可能是罪案的话，就会进行行政解剖或司法解剖。尸检原本是检方的工作，但现在由身为警察的法医代为履行该职务。在欧美，从尸检到司法解剖这一整套程序，被称为**验尸**，偶尔会与这一章节中提到的尸检混淆。日本正式的流程中没有“验尸”一词。

通过这些手段找到的线索，之后会由警察拿去与长年通过搜查而累积的庞大数据进行比对。即便只是在现场发现的一个线头，就能查出是属于哪种衣服、在哪里售卖、都有哪些人买过。维护和管理这些庞大数据并进行情报分析是鉴识官的另外一项工作。

法医、鉴识官的工作质朴且繁重，因为要反复分析现场和尸体，收集无数痕迹，然后与庞大的数据进行比对。在描写这类幕后工作时，除了现场的表现，如果能留意这些在背后支持着调查工作的人，应该能使故事变得更加有魅力。

尸检、鉴识工作的种种

现实中的尸检，主要是观察尸体的外观。以观察和碰触发现的异常为根据，寻找犯罪的痕迹才是真实的尸检。

◎**现场鉴识**：搜查案发现场，主要负责化验毛发、皮屑、衣服纤维等遗留物。这些遗留物会被封存，留作在之后的案件调查中证明存在犯罪者的证据等。

◎**检验指纹**：检验出留在现场的指纹。检验出的指纹会成为重要的线索。检测指纹的技术与化学有着密切联系，因为要检测附着在各类物品上的体液，必须一直研究无数检测手段。 以前经常使用茚三酮，就是在影视作品中鉴识官撒的那种白色粉末。最近研发出了用四氧化钌检测留在人体表面指纹的技术。

◎**拍照**：从各种角度记录犯罪现场。勾勒犯罪轮廓，随时回顾现场，有的时候能从中发现一些在现场看漏的痕迹。为了防止有人涂改照片，现在依然使用胶卷相机。不过最近开发出了专门用来采集证据、无法修改数据的数字媒体技术。相信今后照片也会数字化。

◎**遗留物鉴定**：通过鉴定从现场采集的毛发等遗留物，确认是什么人带到现场来的。

法医、鉴识官在推理作品中的待遇

法医、鉴识官是现代背景推理作品中不可或缺的角色，不少以他们为主人公的小说和电视剧都很受欢迎。但在游戏方面，对没有相关专业知识的玩家来说，操作起来会很困难，所以不太适合让这样的角色做主人公。所以，他们一般是以协助主人公的支援人员的身份登场。

也可以反过来利用这一点加点小心思进去。例如，设计一个见习鉴识官的角色，就可以一点一点把那些专业知识告诉读者了；或是穿越到江户时代，使用现代的指纹、血型等知识，让其以鉴识官的身份大展身手。

检察官，律师

Prosecutor, Attorney

- 司法考试
- 刑事诉讼
- 检察官徽章与律师徽章

护法者，护人者

检察官和**律师**都是与审判有关的职业，在推理作品中，他们经常会以侦探和敌人的身份登场。谁来扮演哪个角色并不固定，一方扮演侦探另一方就会扮演敌人。

检察官在日本的法律中隶属于检察厅，有对犯法者下达刑事判决的权限，以公务员的身份监督刑事诉讼中所使用的法律条例是否适用，也就是国家的代理人。检察官是非常严肃的工作，可以说是日本刑事司法的核心。在日本，接受司法考试，进行司法修习，被检察厅录用后，就能成为检察官了。另外一种方法是在做一段时间检察事务官或警察后，通过法务省的审查，成为副检察官。即便能通过司法考试，也只有极少数人才能成为检察官，可以说是精英人士。

与之相对的，律师的任务是维护基本人权，在民事诉讼中极力主张委托人的意愿，在刑事诉讼中反驳对被告人不利的证据，提出对被告人有利的证据等，也就是个人的代理人。另外还有企业律师，他们的工作是维护组织的利益，每种类型的律师的立场都不同。除此之外，还有国选律师制度，国家会为因各种各样的理由无法指定私人律师的嫌疑人分配律师。因此，肯定有那种自己不想为其辩护，却无可奈何的律师吧。

作为推理作品中的主人公，大部分是像厄尔·斯坦利·加德纳的《梅森探案集》那样，以刑事诉讼见长、干练的律师来担当主人公，但也有像和久峻三的《红芜菁检察官》那样以检察官为主角的作品，同样很受欢迎。

敌对的检察官、律师

检察官会根据警方的调查结果判定嫌疑人所犯何罪，并予以量刑。有的时候很难避免因为犯人的伪装而没有发现事件的真相，或是进行调查的警察内部的阴谋等原因而做出错误的判断。

与之相对的，律师是个人行为，为了自己的利益硬生生为犯人脱罪的缺德律师拦在事实面前，这样的设定也很常见。

因此，不仅是游戏，在所有虚构作品中，对于审判和法庭的描写都未必与现实中相同。这些改编是把现实中的审判拉到虚构作品中的重要工作，但稍有不慎就会引起混乱。在有名的以法庭为舞台的游戏《逆转裁判》中，案件都是在很短的审理周期内便审结了，做了很多改编。

法律与权力的象征

日本检察官和**律师**都会佩戴象征身份的徽章，如下图所示。

检察官徽章象征着均衡与和谐，这个设计被称为“秋霜烈日章”。用秋天的寒霜和夏天的烈日来比喻检察官这一职务的庄严，与严格恪守刑罚和操守的决心。

而**律师的徽章**上是向着太阳绽放、代表正义与自由的向日葵，和衡量正邪孰轻孰重、代表公平与平等的天平。意指律师身为正义的伙伴，必须站在人民的立场上。

检察官徽章

律师徽章

学者

Scientist

- 学者侦探
- 学者罪犯
- 犯罪搜查的助力

学者的知识会查明真相

学者，是指通过发表某个特定领域的研究成果或论文等手段获得一定声望，被大学、研究所等学术机关聘用的人。如下表所示，科学三大领域分别是“自然科学”“人文科学”“社会科学”，自然科学又被分为基础科学和应用科学。

分类	说明
自然科学	基础科学：数学、物理学、生物学、化学、天文学等 应用科学：医学、药学、解剖学、农学、工学等
人文科学	哲学、文学、语言学、美学、历史学、考古学等
社会科学	法学、政治学、经济学、社会学等

只是近几年，各个领域越来越专业化，还出现了环境学、情报学等综合学科，很难像上述表格中那样对其进行分类。

说到学者“名侦探”，首先想到的就是电视剧《名侦探伽利略》中的汤川学。东野圭吾创作出来的这位帝都大学理工学部准教授，活用自己所掌握的知识戳穿了各种利用物理学和化学的犯罪诡计。还有森博嗣创作的犀川创平，他是国立 N 大学建筑学的副教授。他并没有活用自己擅长的学术领域的知识，而是通过集中精力思考来推理。有同样倾向的学者还有有栖川有栖笔下的名侦探火村英生。他是英都大学的副教授，专攻“犯罪社会学”。比较古早的，像是高木彬光创造出来的名侦探神津恭介，他是东京大学医学部法医学教室的副教授，是被誉为“神津之前无神津”的天才。这些学者都会将自己所掌握的专业知识活用到或大或小的推理当中，或许是受到所学专业的影响，他们经常会做出一些反常的举动。

学者的知识会引发事件

说起学者罪犯，最先想到的就是柯南·道尔笔下的詹姆斯·莫里亚蒂教授了吧。他是犯罪组织的首脑，但因其曾经是数学系的教授，所以人们都称呼他为“教授”。他利用以塞巴斯蒂安·莫兰上校为首的众多手下，引发了各种扑朔迷离的事件，福尔摩斯甚至将他誉为“犯罪界的拿破仑”。这一反派形象对后世的天才罪犯产生了很大的影响。提到对天才罪犯的影响，或许会想到汉尼拔·莱克特这个名字。托马斯·哈里斯创造出来的这位精神科医生莱克特博士，同时还是一个连环猎奇杀人犯。他会吃掉自己所杀之人的内脏，由此得名“食人魔汉尼拔”。令他成名的著作《沉默的羔羊》被拍成电影，他活用心理分析方面的知识，给女性 FBI 见习生克拉丽丝建议的场景，给大量观众带来了强烈的冲击。这类高智商罪犯的形象，早已被与之前提到过多次的名侦探犀川创平展开智斗的真贺田四季博士等众多犯罪分子继承。

这些有着学者光环的犯罪者，大概是因为其学识渊博，与一般的犯罪分子不同，都有着自己独特的犯罪美学，并基于此采取行动。或许他们的样子，就是玛丽·雪莱笔下的弗兰肯斯坦博士那样，为了科学研究丧失理智的疯狂科学家形象吧。

学者的知识会帮助搜查

调查案件的人陷入瓶颈时，就可以让学者登场提供情报作为线索。可以是原本就与事件有关联的人，也可以是调查人员的朋友。埃勒里·奎因的《九尾怪猫》中，精神科医生贝拉·赛利曼教授给苦于查不出事件真相的侦探埃勒里·奎因提供了恰当的建议。电视动画《名侦探柯南》中，阿笠博士将因神秘组织的药而变成小孩子的主人公保护起来，送他上小学，为了支持他的侦探活动，还发明了各种各样的道具。

还有作为警察组织中的一个部门——科学搜查研究所的职员，从留在现场的样品中提取 DNA、调查枪支弹药等，利用其科学领域的知识为犯罪搜查做贡献。

犯罪侧写师

Profiler

- FBI(美国联邦调查局)
- 犯罪心理学
- 凝视深渊的人

犯罪研究专家

犯罪侧写是指通过案发现场的情况和残留的证据等推测犯人特征（Profile）的技术。这方面的专家被称为**犯罪侧写师**。

1972 年 FBI（美国联邦调查局）设立的行为科学部开始对犯罪侧写进行研究和实践，之后在计算机数据库发展的帮助下，最终确立了该项实用技术。因 1988 年至 1989 年发生的连续幼女诱拐杀人事件，日本对能够总结出犯人特征的范围统计性数据整理、分析的需求变高，于是科学警察研究所开始进行该项技术的基础研究。以 2000 年设立的北海道警察署特异犯罪情报分析班为首，除了设置犯罪侧写专属部门外，科警研也开办了犯罪侧写师培训班。各都道府县的警察本部都设立了科学搜查研究所，加入了心理学研究人员，但并不是专攻犯罪侧写，而是主要研究防伪技术（日本是世界研究防伪技术顶尖的国家）等。

对普通人来说，在行为科学部的初期成员罗伯特・K. 雷斯勒撰写的《FBI 心理分析术》成为畅销书的 1994 年之后，这一概念才广为人知。根据心理学和行为科学的研究成果，透过微小的线索锁定犯人的犯罪侧写师，被视为“现代的夏洛克・福尔摩斯”，成为代替渐渐脱离时代的刑警和侦探，备受瞩目的全新犯罪搜查职业。

辞去职务，成立法律行为服务机构的雷斯勒，每次有大案发生都会受到电视台的邀请，以嘉宾的身份参加节目，这提升了他的知名度。很快，以 1994 年松方弘树主演的电视剧《犯罪心理分析官》为首，二十世纪九十年代后期，犯罪侧写师在大量影视作品和漫画中登场。

游戏应用中的难度

现实中的犯罪侧写师，会基于长年积累的犯罪记录，找出过去曾经发生过的类似事件，思考概率，把认为“接近这起事件的犯人特征”的情报抽取出来。犯罪侧写的结果一般只能作为帮助缩小调查范围和确定方向性的参考意见，很少能起到更大的作用。但在虚构作品中，大多会将犯罪侧写描写成几乎可以直接指出凶手是谁的高精度手段。

犯罪的倾向并不是普遍现象，还会随着地域和时期变化。设计一套架空的统计数据，也可以让玩家在游戏中实际进行犯罪侧写。只是，这个方法不仅耗时，还有可能会发展成歧视等微妙的问题。因此，如果想让犯罪侧写师在游戏中登场，最好止步于给玩家提供重要情报的 NPC。

最接近犯罪分子的人物

“与怪物战斗的人，要时刻谨记，不要让自己也变成怪物。当你凝视深渊时，深渊也在凝视着你。”

FBI 曾经的犯罪侧写师雷斯勒引用哲学家弗里德里希·尼采《善恶的彼岸》中的名言，警告世人犯罪侧写中潜在的危险。

犯罪侧写师不单单会看资料和计算机数据库的犯罪记录，还会与监狱中收监的重刑犯见面，针对犯罪动机等问题对其进行长时间的采访。掌握“从罪犯大脑内部看事件”的能力，也就是让自己化身成重刑犯，从结论上来说，犯罪侧写师有成为犯罪分子的危险性。

1995 年的电视剧《沙妆妙子　最后的事件》，讲述了曾经隶属犯罪侧写小组的女刑警，追查变成快乐杀人犯的前同事的故事，该作品的主题就是犯罪侧写的黑暗面。原本值得信赖的协助者，科学搜查研究所的正式成员，成了电视剧里的连环杀手这一冲击性的展开给人留下了非常深刻的印象，以致后续作品中再有心理分析官这样的角色登场时，读者和观众都会首先怀疑这个人是不是犯人。

被害人

Victim

- 犯罪被害人
- 推理的动机
- 虚假被害人

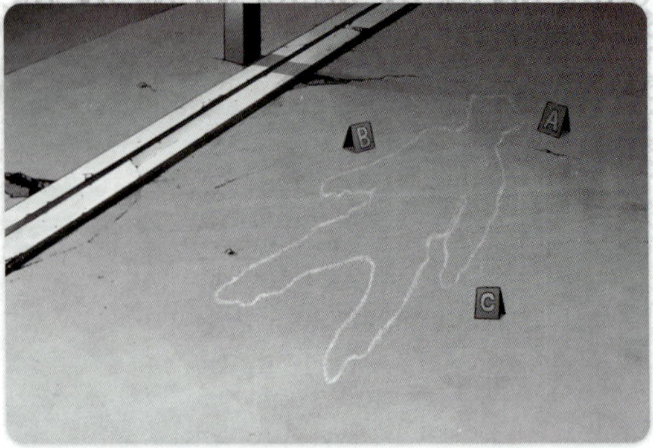

请向他们伸出援手

被害人，顾名思义，即遭受某种侵害，蒙受损失的人。在这一节主要说说犯罪被害人。

在推理作品中，被害人的存在也能起到给主人公提供调查事件动机的作用。侦探对被害人产生同情之心，进而激发动机，读者也会产生移情心理。那么，什么样的犯罪会令读者产生同情心呢？

一种情况，是被害人感觉自己受到了很严重的伤害。如果被害人本人都觉得无所谓的事件，很难让人产生同情心，进而获得动机。直接将受损程度放大是比较简单的方法，但也不止于此。例如，小孩子攒钱买的母亲节礼物被抢走，以受损程度来说很小，但还是会让人对小孩子产生同情。

另一种就是出于与被害人之间的关系。对主人公来说，被害人只是个身在国外的陌生人，就没有太多的理由去帮助对方；相反，如果是家人或恋人就会产生更多同情。还有，如果是交给警察就能解决的事件，那交给警察就好了，但出于某种原因，那个人必须由主人公去救，就得到了很好的理由。

蒙受损失的种类包括诈骗、盗窃等造成的“财产损失”，杀人或伤人等造成的“身体损伤”，恐吓等造成的“心理阴影”，因丑闻和歧视等造成的“社会性伤害”。财产损失和身体损伤能轻易得到所有人的同情，但这类情况一般由警察局等公共机关来处理，如果主人公不是警察，就没有必要的理由出手相助。对于心理阴影、社会性伤害，是否会产生同情、同情的程度等取决于每个人的个性，不过就算只有主人公一个人对被害人产生了同情，也可以作为出手相助的理由。

主人公与敌人与被害人

前文提到，被害人的遭遇会给主人公制造插手事件的动机，其实还有另外一种情况，那就是主人公就是被害人。成为目标的主人公为了挽回事态，主动插手事件是有力的动机。可以从刚开始蒙受损失便插手，也可以设定最初只是以第三者的身份帮忙的主人公，到中后期才被盯上，就能得到更充分的动机，故事也会被带入高潮。

虚假被害人

在推理作品中，被害人不一定真的就是被害人，也有出于各种理由，谎称自己是被害人，或是误以为自己蒙受了损失的情况。例如，谎称自己是被害人，就能洗脱嫌疑；明明是自己藏起来了却谎称被偷，骗取保险赔偿金；等等。这些举动都会增加推理的难度。

让这些虚假被害人在推理作品中登场时，有两个很重要的盲点。第一个，“谎称是被害人的理由造成的盲点”。可疑的人捏造的谎言一眼就会被看穿。制造意外性的其中一个方法，就是利用乍看之下没有理由撒谎的人。例如，目击父母犯罪的孩子，为了包庇父母谎称自己是被害人。没人会认为小孩子会撒这样的谎，这就是盲点，还可以用小孩子的思考方式来扰乱调查。

第二个，“谎称是被害人的结果造成的盲点”。虚假被害人会将读者的注意力引到不存在的犯人、罪行和动机上。这样的盲点会令人产生不可思议的错觉。例如，伪造尸体的身份，让人误以为死的是另外一个人。这也是一种虚假被害人。如此一来，就能把活着的人伪装成死者，“已死之人”接下来的一切行动对读者来说都是盲点，如果运用得当，就能制造不可思议的事件和不可能的状况。

虚假被害人不一定总是犯人或共犯。有的时候也会出于个人原因，从结果上来说向读者和侦探隐瞒了真相。

目击者

Eyewitness

- 重要的证据
- 目击者证词的可信性
- 目击者的命运

目击者

目击者是指亲眼看到事件经过或出现在事故现场的人，其提供的证词是重要证据。同时，因为其曾出现在杀人等案发现场，理所当然会被怀疑，有的时候甚至会被视为嫌疑人。

在推理作品中，目击者提供的目击情报是重要证据的同时，有的时候还会起到以下三种作用。

第一种，目击者的证词就是诡计。犯人或共犯谎称自己是目击者，主张“其他人是犯人”，就能洗脱自己的嫌疑。或是做伪证称“当时没人”“什么都没听到”。要想戳穿这类诡计，可以通过目击的过程是否过于巧合，或说明是否过于流畅来作为判断的标准，最关键的还是证词是否存在矛盾，或是说出了只有犯人才会知道的细节。

第二种，目击者的证词有误，使得案件变得更加扑朔迷离。本人觉得自己在很认真地作答，但由于目击当时产生了“错觉”、喝得烂醉、视力方面存在问题等原因导致看错了，或是中了犯人的诡计产生了错误的判断。

第三种，目击者的证词听起来缺乏可信度，而实际上其中包含着重要的真相。听起来与第二种相似，不同之处在于警方不会采纳这样的证词做证据。目击者是小孩子或醉汉的话，他们说的话本身就缺乏可信度，再加上出人意料的内容，警察基本会选择无视。然而这些出人意料的目击证词往往正是案件的真相。

无论是哪种情况，侦探或刑警只要细心调查，整理状况，发现现场状况与证词矛盾的地方，问题就都能解决。

目击者被追杀的命运

目击证词会把犯人逼入绝境，因此，对犯人来说，目击者就是眼中钉。因此，犯人会盯上目击者。也就是“被那个人看到脸了，得杀掉”这个经典展开。这样的设定更适合悬疑电影中的主人公。

在美国，有大量目击犯罪的人被追杀而四处逃命、刑警为了保护目击者而奋斗的电影。哈里森·福特主演的电影《证人》中，为了保护目击谋杀案的母子，刑警护送母子二人来到了过着简朴农耕生活的阿门部落。

在美国还会经常发生黑手党等犯罪组织杀害证人的案件。为了保护证人，美国制订了“证人保护计划”。

意外的目击者

意外的人或事物担当了“目击者”这一角色。

除了看到事件的目击者会受到重视，声音或语言也是证词的一种。一般认为，视觉障碍者无法成为目击者，但由于看不见，对声音尤其敏感，有的时候也会提供重要的证词。通话记录也是如此。

近年来，街道上到处都设置了监控摄像头，也是重要的目击者。银行的 ATM 机、便利店、公共机关、高档公寓这些地方几乎都有监控摄像头，随时记录着周边的状况。如果是在东京都内，警视厅运用被称为 N 系统的监控系统，预防汽车盗窃、追踪逃走车辆，还有专门监控超速车辆的电子眼。最近在美国，一女子在乘公交车时被警告而怀恨在心，于是找到暴力团的朋友，让其用枪射击公交车，从公交车上的监控拍下的视频中可以看到，该女子下车之前曾与开枪的犯人打过招呼，警方将该女性作为主犯抓了起来。

还有一种情况是偷拍者偶然拍到了犯罪过程。偷拍也是犯罪，所以不能站出来做证，但有可能把拍到的视频拿给身边人炫耀或是传到网上。在杀人犯完全不知情的情况下，目击证词流传开来，打破了完美犯罪。偷听者也是类似的例子，偷听的时候刚巧听到了杀人的动静等。

嫌疑人

Suspect

- 调查对象
- 应该施救的对象
- 米兰达警告

嫌疑人？嫌疑犯？

嫌疑人是指有实施犯罪的可能性和被严重怀疑的人，在法律上被称为**嫌疑犯**。根据司法上的无罪推定原则，在依法判决是否有罪之前，都不是犯人，应视为嫌疑人或嫌疑犯。而且因一旦涉及犯罪，名誉就会遭受不可挽回的损失，因此必须在明确有犯罪嫌疑的情况下，才能在公共场合称对方为嫌疑人（嫌疑犯）。例如，警察在拿到逮捕令之后才能称对方为嫌疑犯。就算嫌疑再大，在协助调查阶段都不能正式称对方为嫌疑犯。

在逮捕令签发之前，就算对方嫌疑再大，都只能请对方协助调查。在没有逮捕令的情况下，要想让嫌疑犯配合调查，需要征求其意见，因此，对方也可以拒绝。

推理小说中的嫌疑人，如果有罪的话就是与侦探对决的“犯人”，无罪的话则是“应该施救的对象”（有的时候两者都是）。嫌疑人不是一个简单的记号，他们有着各自的性格和隐情，这些会帮助我们拓展故事情节。

逮捕	状况	被警方逮捕，接受调查 决定是否移交检察机关
	状态	嫌疑犯

↓

送检	状况	针对是否应该起诉接受检察机关的调查 决定是否起诉
	状态	嫌疑人

↓

起诉	状况	审议是否有罪 通过审理决定是否需要服刑
	状态	被告

↓

处罚	状况	接受刑罚，包括罚金、徒刑、监禁，最严重是死刑
	状态	囚犯、死囚等

从逮捕到处罚的变化

嫌疑人的人权

对警方来说，嫌疑人是调查的对象，但同时必须保障嫌疑人的基本人权。嫌疑人享有“保持沉默的权利”（沉默权）、“自己找律师的权利”（律师选择权）、“与外面的人见面，接受物品的权利”（会见权）。

沉默权是指嫌疑人不得因强制而说出对己不利证词的权利。不想说可以不说。在美国，法律规定，在逮捕嫌疑人时必须将其所享有的权利告知，负责逮捕的警官要完成一套固定的程序，从“你有权保持沉默”开始，宣读一系列权利。这条规则源自米兰达案，因此被称为**米兰达警告**（内容见下图），后来被制成卡片分发给警察。

律师选择权就是找律师的权利。因经济拮据无法聘请律师时，有权申请国选律师为自己辩护。

会见权是可以与家人、律师见面，接受必需品的权利，只要不是为了逃亡或毁灭犯罪证据的东西都可以。为了防止其掩盖罪行，见面一般会在有监视机能的警方的设施中进行。

嫌疑人还享有基本的人权。过去，警方在审讯时大多会使用暴力。明明没有犯罪，却因为受不了精神上的折磨而被迫认罪，很多人因此蒙受不白之冤，因此，近年来人们开始强烈主张保障嫌疑人的人权。

针对这一情况，被害人的遗属提出了反对意见，认为犯人不该受到保护。在日本这样的封闭社会中，单单是被怀疑就会名誉扫地，甚至会被公司解雇，最后不得不搬家。因付出的代价太大，也有人提出应该加大力度保障嫌疑人的人权。

嫌疑人被起诉后，会被拘留在拘留所里，在被判有罪之后才会送进监狱。进入这个阶段，某些情况依然可以通过缴纳保释金得到保释，但仅限无须担心嫌疑人再犯、逃亡和毁灭证据的情况下。

◎ 米兰达警告

- 你有权保持沉默。
- 你所说的话可能会作为对你不利的证据在法庭上出示。
- 你有权利要求你的律师在场。
- 没有经济能力聘请律师的话可以申请国选律师。

共同犯罪

Partner in Crime

- 共同正犯
- 教唆犯
- 帮助犯

共同犯罪

共同犯罪中的“共犯”是指多人共同实施犯罪。不单指贿赂罪这类原本就需要双方参与的犯罪，也指在实施一个人也能够实现的杀人、抢劫这类犯罪时，在起主导作用的犯人（在刑法中被称为正犯）的指挥下进行的犯罪。共同犯罪主要分为三类：两人以上共谋实行犯罪是**共同正犯**；教唆没有犯罪意识的人实施犯罪是**教唆犯**；帮助他人实施犯罪是**帮助犯**。

先来说说“共同正犯”，一个杀人或伤人，另一个只是按着被害人，基本上也会判定二人同罪，是共同正犯。一个存在上下层关系的组织，领导发号施令，部下服从命令实行犯罪，领导虽然没有亲自动手，但因其参与了共谋，命令他人实施犯罪，这种情况也属于共同正犯。根据刑法中的解释，共同正犯不会以共犯论处，而是以主犯（正犯）论处。

“教唆犯”指教唆他人实施犯罪，根据刑法规定，应以正犯论处，但很难界定与共同正犯的区别，因此，大多数时候会以共同正犯论处。但如果是教唆自杀，自杀的人不构成杀人罪，教唆犯则会被追究教唆罪。

“帮助犯”是指为已经决定要杀人的人提供凶器等帮助。近年来，明知驾驶员喝了酒依然默许其驾驶车辆，造成交通事故的同乘者也会以帮助犯论处。

利用共犯关系创作剧本时，要先理解上述关系，再拟订犯罪计划，同时思考怎么才能让自己始终处于安全地带。

推理小说中的共同犯罪

与现实不同，描写共同犯罪的推理小说并不多。有些作品的乐趣在于“猜猜凶手是谁的游戏”(Whodunit)，如果是共同犯罪，从游戏的角度来说就无趣了。但如果是规模宏大、有计划的犯罪，就需要收集很多情报和相关道具，这种情况下让从旁协助的共犯登场，从整体上来说，反而更加真实。例如，故事的舞台是建有秘密房间的特殊宅邸，建造宅邸的工人自不必说，盖好之后没有负责检查或修补的人登场会有些不自然。这种情况最好把建造的工作交给值得信赖的朋友，而检查和修补工作由跟随了自己很多年的管家来负责就不会有任何问题了。在犯人身边安排值得信赖的角色，让其起到最低限度的作用，主要的工作都由犯人亲自动手是很关键的。

除此之外，还有反过来利用“这肯定是一篇让我们猜谁是犯人的推理小说”这个先入为主的想法的作品，阿加莎·克里斯蒂的《东方快车谋杀案》以乘坐列车的人几乎都是共犯这一冲击性的真相而闻名。《东方快车谋杀案》中，死的是隐姓埋名在逃的连环幼童绑架杀人犯，凶手则是惨死于杀人犯之手的少女的亲人们，他们同样隐姓埋名追查凶手的下落，最后联手将其杀死。这是一篇有效利用共犯这一立场的范文。共犯们根据各自的外貌特征和祖国等情况分担任务。假身份下他们是毫无关系的陌生人，为其他人做伪证，提供犯案时间前后的不在场证明，还提前准备了有可能是外部人员犯案的假线索，同时为了不把嫌疑转嫁到其他无辜的乘客身上，采取了安排人放风等措施，有效利用共同犯罪的优点，完成了这个计划。如果想策划一场完美犯罪，共犯越多，因为意见不统一而暴露的可能性就越大，但在这部作品中，所有共犯都被“所爱之人的死”这个纽带牢牢地绑在了一起，暴露的可能性自然大幅下降。

不过，如果想要描绘的并不是这种脱离现实的杀人绘卷，而是重视真实感的故事，就要通过常识观点来思考，让共犯登场这件事也要反复推敲。如果是抢劫等情况，可以给负责实际去偷东西的人安排一个把风的。如果是杀人，拜托妻子或恋人这类可以信赖的人为自己做不在场证明等手段比较自然。因此，必须结合故事的方向性和罪犯角色的性格，仔细推敲详细的犯罪计划。

证人

Witness

- 证词的可信度
- 司法交易
- 证人保护计划

引导证人说出有效证词！

证人是在法庭上证明特定事实的人。广义上是指在调查和审理过程中，能提供证词作为证据的人。除了事件的目击者，知晓与犯罪有关的重要事实的人都称为证人。在法庭上，公诉方和辩护方都可以传召证人。

推理小说中的证人，是"证据"的一种形态，同时也是掌握剧情关键的重要人物。首先，特定的证词会成为瓦解犯人诡计的突破口，正因如此，如果证词有误或证人做伪证，就会扰乱调查。有与犯人共谋做伪证的共犯，也有自己想当然地给出错误证词的好心人。刑警和侦探、法官和律师必须想办法引导这样的人说出正确的证词。如果是故意做伪证，通过寻找证词中的矛盾就能揭穿虚假的证词，但如果是善意的错误证词，直接予以否定的话，证人会持固执态度不肯配合调查。因此，赢得证人的信任，排除搞错的可能性，获取对解决事件有效的证词，是刑警和律师等各类侦探角色展示技巧的地方。

如果是恶性案件，有的时候精神上受到打击的证人会无法准确地说出证词。尤其是未成年，事件的冲击性对他们来说是极大的。有的时候，如何抚平证人内心的创伤会成为解决事件的关键。最近，由小说《纪戌》改编的电视剧《纪戌　警视厅特殊犯搜查系》中，有一集是讲在查案过程中受伤的女刑警，治愈了在另外一起案件中遭到绑架、手指被切断的少年的心理创伤，引导其说出了有效证词。

司法交易与证人

司法交易是一种制度，公诉方与被告方进行交易，被告通过认罪、协助调查并配合审理，来换取减刑或放弃某些指控。在美国等犯罪率高的国家经常使用该制度。美国使用的法律是英美法系，在开庭时会先行询问被告是否认罪，如果认罪，会跳过调查案件事实的事实审，直接进入审查量刑的量刑审，因此，通过司法交易认罪可以提高审理的效率。而且美国还有陪审员制度，外行的判断会影响审判的结果，公诉方为了让被告能被定罪，也会优先选择司法交易。警方也会利用司法交易制度，从共犯口中获取情报，或是让其指认大型犯罪团伙。

但该制度也有它的弊端。例如，恶性罪犯在接受司法交易后，获得了轻判；因承受不住公诉方的施压，原本无罪的被告答应接受司法交易，导致冤假错案等情况。

证人保护计划

在“目击者”一章中提到过，当证人成为影响判决的决定性证据时，就会有人想要将其除掉，如果遭到威胁的是黑手党等庞大的犯罪组织，他们就会对说出对自己不利证词的证人展开可怕的复仇，也就是报复，这样的做法同时还能够起到震慑作用，让组织成员和普通人不敢指证有组织犯罪。美国政府针对这一情况，制订了保护证人以及其家人不受黑手党等犯罪组织报复的**证人保护计划**。受这项制度保护的证人，会得到全新的名字、ID、保险号和住处，彻底变成另外一个人，在审理过程中，包括那之后的人生都会受到保护。其秘密住所离原来的住处很远，有的时候甚至会利用国内外的美军基地，警备工作由 FBI 负责。

通过证人保护计划，变成一个全新的自己，这样的题材非常适合拿来做推理或悬疑作品的题材，发挥空间很大。证人做证的秘密暴露，遭到犯罪分子的追杀；重视的人被证人保护计划保护了起来，无法见到；等等，都是常见的展开。

杀人犯

Murderer

- 杀人犯的定义
- 人类最大的禁忌
- 对杀人产生兴趣

不可杀人

顾名思义，**杀人犯**就是犯下杀人罪的人。杀人是全人类的禁忌，在近代，无论在哪个国家都会以一级重罪论处。在日本，杀人也是重罪，如果残忍杀害两人以上会被判无期或死刑等极刑。但，如果是危机状况下的正当防卫、战争、执行公务（执行死刑的执行官，警察或军人接到任务维持治安）等特殊情况下杀人，则不构成犯罪，所以严格来说，“杀人犯”特指非法故意杀人，经过审理被判有罪的人。意外致人死亡则按照“过失致死罪”论处。

在近代，大多数国家承认堕胎这一医疗行为，但很多人主张，从宗教的角度和人道的角度来看，这种行为等同于杀人。还有安乐死，很多国家不承认，在日本，实施安乐死会被以“自杀帮助罪”论处，属于杀人罪的一种。

文化与宗教对杀人的定义有很大的影响，例如，日本是承认死刑的国家，但有很多国家认为，死刑就是整个国家实施的杀人行为，所以不承认。以下是有代表性的不会被追究杀人罪的情况。

◎**过失致死**：意外致人死亡。

◎**正当防卫**：在自己生命受到威胁时，为了自保而致他人死亡。

◎**医疗行为中的堕胎**：医生人工终止妊娠。

◎**执行死刑（公务）**：执行人为死刑犯行刑。

◎**警察维持治安（公务）**：警察在执行任务的过程中致人死亡。

◎**战争期间士兵的战争行为（军务）**：战争期间杀死敌对国家的士兵。

推理小说中的杀人

杀人是人类最大的禁忌，但出于好奇和逆反心理，人类很容易被禁忌吸引。

当发生杀人案的时候，人们不禁会问：为什么，什么时候，什么人，会不惜触犯禁忌呢？当时又是怀着怎样的心情呢？

因此，“杀人”是创作重要的主题。不只是推理小说，所有文学作品都有大量通过杀人来描写人性的作品，如《罪与罚》《局外人》等。除了文学，在媒体领域也是重要的主题。

而对于宗教来说，杀人也是重要的课题。例如，基督教和犹太教的《圣经》中，人类第一次杀人行为，是在创世记中登场的该隐杀死了自己的弟弟亚伯。

杀人犯的人格

对杀人产生兴趣，也就是对杀人犯产生兴趣。要想创造一个有魅力有新意的杀人犯，首先要做的，是构筑一篇发生了杀人事件的推理小说。

要想让自己笔下的杀人犯充满魅力，就要花心思设计杀人的过程和动机，但只是这样还不够，关键是要把犯人的行动原理写清楚。

例如，《乔乔的奇妙冒险　第四部》中登场的连环杀手吉良吉影，他希望能像植物一样过安稳的生活。这一行动原理与想杀死手好看的人、把手占为己有这一欲求很矛盾，但这样的矛盾恰恰凸显出了这个人物的异常，使整个角色变得更加立体了。如果只是想要把手砍下来的快乐杀人犯，人物就会单薄许多。

行事作风的重要性，不仅体现在描写快乐杀人犯的作品中，普通人在迫不得已的情况下杀人也是一样。把平时的行事作风交代清楚，再描写普通人面对异常事态时的反应就会更有说服力和临场感。

如果行事作风过于复杂，作者和读者都会陷入难以掌控的境地，所以还是简单明了比较好。

在平时的行事作风到杀人为止的经过中制造巨大的反差，杀人犯就会给人留下更加异常的印象。反过来，反差小就会变成仿佛就生活在我们身边的杀人犯角色。

怪盗

Phantom Thief

- 反英雄
- 义贼的传统
- 名侦探怪盗

神出鬼没的反英雄

怪盗是主要在推理作品中登场的个性派盗窃犯。没有明确的定义，从古至今，被称为“怪盗”的角色都有以下几个共同点。

◎擅长乔装，就连性别和身高都能随心所欲地伪装。

◎喜欢通过提前寄预告信的方式挑衅，或大白天在众目睽睽之下实施剧场型犯罪。

◎有名侦探那样聪明的头脑，同时还拥有超人般的运动能力。

◎精通科学知识，会第一时间把最新技术运用到犯罪中。

◎大多数作品中，有可以称为宿敌的名侦探或警察角色，但很少会输给他们，就算被捕了也会马上越狱。

在日本，怪盗大多会被塑造成绝不会杀人的“义贼”，这都是受到法国作家莫里斯·勒布朗创造的怪盗绅士亚森·罗平的影响。例如，在江户川乱步作品中登场的怪人二十面相，除去部分作品，他的设定是讨厌杀人。日本自古就有“白浪物”这个歌舞伎剧目类型，表演的都是义贼的人情世故，深受人们喜爱，或许这就是为什么会有“怪盗＝义贼”的印象。

转过头来看欧洲，莱昂·萨齐笔下的怪盗吉格玛、马塞尔·阿兰和皮埃尔·苏维德创作的千面人方托马斯，法国的怪盗们偶尔会残忍地杀害他人，与之相对的，托马斯·W. 汉肖的“千面人克里克”和 E.W. 赫尔南笔下的神偷拉菲兹那样的英国怪盗才是日本人喜欢的义贼。顺带一提，E.W. 赫尔南是柯南·道尔的妹夫，他们曾计划让拉菲兹和福尔摩斯对决。

“怪盗〇〇号”

人们曾经像煞有介事地给推理作品中登场的怪盗编了号。青山刚昌的漫画《魔术快斗》《名侦探柯南》等作品中登场的怪盗基德，被称为“怪盗 1412 号”。

只是，警察厅的正式文件中不会使用“怪盗”一词，警察文化协会在 1962 年刊行的《警察用语事典》中也没有“怪盗”这个术语。旧报纸上，如 1972 年 6 月 7 日的《朝日新闻》上刊登了关于“怪盗 802 号”的新闻，但同一天的《读卖新闻》上写的则是“重要盗窃犯八〇二号”。实际上，各都道府县警察相关部门对重要盗窃犯（入室盗窃、偷盗汽车、抢包、扒窃）都有各自的编号。于 1984 年至 1985 年发生的恐吓企业事件“格力高·森永事件”，在警察厅的正式名称是“警察厅广域重要指定 114 号事件”，据说，由于该事件的犯人自称“怪人二十一面相”，曾导致警察厅指定事件的号码发生混淆。

警察厅指定事件是指“发生在多个警察局所管辖区域，造成恶劣社会影响的恶性以及特异事件，必须有组织地横跨多个地区进行调查的警察厅指定事件”（2006 年度警察白皮书），到目前为止，共有从 101 号到 124 号的 24 起事件被列为指定事件。

既是“怪盗”也是“名侦探”

“怪盗”的魅力足以匹敌“名侦探”，以亚森·罗平为首，让怪盗担任主人公的推理作品也不在少数。怪盗小说因主人公是罪犯，因此被分类为“犯罪小说”。大多数情况下，怪盗都兼备名侦探的能力，因此有的时候也会解决其他犯罪分子引发的事件。

怪盗是异色作品，以米迦勒·巴尔 - 祖海尔的冒险小说 *Enigma*（《谜》）为例。作品讲述了隐约能看出罗平影子的弗朗西斯·贝尔沃男爵应联合军（英国特种部队）的要求，潜入纳粹德国占领下的巴黎，夺取英格玛（Enigma）密码机的故事。

罪犯

Criminal

- 罪犯是主人公
- 职业罪犯
- 确信犯

罪人们

罪犯，指犯了罪的人。犯罪，指法律上会被论罪的行为。也就是说，罪犯就是有违法行为的人。

在以某项犯罪活动为背景的推理作品中，主人公的敌人，以及必须处理掉的目标之一，就是实施犯罪的罪犯。主人公不畏发生在身边的犯罪，向谜题发起挑战，解开谜题就能找到罪犯；逮捕罪犯，拯救被罪犯剥夺人身自由或身体、财产受到威胁的被害人；等等，在这类故事中，罪犯都是不可或缺的存在。

罪犯是向主人公发起挑战的人，也是必须从想要抓到自己的主人公手上逃脱的逃亡者。主人公接受罪犯的挑战，他最终能抓到那个每次都能从自己手上逃走的罪犯吗？这一点正是故事构成的要点。

现在改变视角来看一看吧。如果主人公是罪犯会怎么样？完成犯罪计划之后，能从想要抓到自己的人手上成功逃脱吗？这样的故事在推理小说中被分类为“犯罪小说”。这样的编排充满紧张刺激，让主人公站在罪犯的立场上，肯定能煽动主人公激动的心情和兴趣吧。

无论罪犯是被追捕的人还是追捕者，在推理小说中都占据着重要的位置。

犯罪专家

一般的犯罪都是出于各种各样的动机，而其中还有把犯罪作为工作来做的人，也就是以犯罪为职业的罪犯。这样的犯罪者被称为职业罪犯。

职业罪犯会不断犯罪，在这个过程中，他们积累经验，磨炼技术，使得犯罪手法越来越纯熟，根据情况还会扩大犯罪的规模。因为他们必须通过犯罪来使自己成长。例如，一开始只是扒窃或闯空门，之后为了偷更值钱的东西而发展成大规模盗窃，或是使用暴力的抢劫，而他们在这个过程中，就会渐渐变成职业罪犯。

还有不是为了糊口，而是为了找乐子或出于兴趣，满足好奇心而不停犯罪的人。这样的罪犯在不断犯罪的过程中，也会成为犯罪的专家。发现杀人的有趣之处，不停杀人的快乐杀人犯；体会到了偷窃紧张刺激的快感，或是为了实施自己想出来的犯罪计划而反复盗窃的怪盗；等等，也属于这种情况。

当成为犯罪专家的他们拦在剧本中的主人公面前时，就会成为棘手却充满魅力的角色。如果能解开围绕在他们身上的谜团，逮捕他们、战胜他们、提前破坏他们的阴谋，会给主人公带来莫大的成就感。

确信犯

看到这个词，人们常常会以为，所谓**确信犯**就是在明知自己的行为是犯罪的情况下依然去犯罪的人。而实际上那是错误的用法。确信犯真正的定义，是指确信自己的行为才是正确的，即便是法律明令禁止的犯罪行为，但只要去做这件事的人是自己，就是没有任何问题的人。

确信犯都有着坚定的意志和思想，为此，他们犯罪的手段往往比较偏激，最终导致的结果也大多很严重。像这类有着坚定意志的罪犯，在读者看来也很有魅力。

间谍，恐怖分子

Spy, Terrorist

- 谍报人员，特务
- 恐怖主义的时代性
- 间谍活动

在暗处窥探着我们的人

间谍指按照指示收集情报的人。实际上，政府和军方的谍报部门、情报部门的职员，接受委托从事这类“工作”的人都可以称为“情报员”“谍报员”“特务”。“间谍”是比较古老的称呼，在现代多指从事敌方情报活动的人。

游戏中的特务行动，大多是秘密潜入敌方势力范围，以敌方间谍身份参与活动最终夺取情报，或者以其他身份或职业过着双重生活等，而实际上，这些都不能称为间谍活动。

在现代，网络和信息设备发达，大量的公开情报随处可见，只要分析这些数据就能了解很多令人难以置信的事实。即便想要隐瞒情报，在如今这个信息公开的大环境下，隐瞒这一行为会变得非常显眼。因此，现在的谍报活动会分出大量劳动力和工作人员，负责收集海量的公开情报进行分析工作。

再来说说**恐怖分子**。如果说间谍是把情报从一个阴暗的角落移动到另外一个阴暗的角落，那么恐怖分子就是把隐藏在阴暗角落中的情况放到阳光下，让其曝光。不管是现实也好，妄想也好，很多恐怖分子都想让全世界的人知道那些被无视或隐藏起来的非正义的行为，改变认为那些事与自己无关的人们的认知，发表破坏活动等恐怖主义行为的声明。过去的恐怖组织成员大多是被以深入学习特定思想为中心聚集到一起的人，实际上是遭到了迫害。而在现代这个信息社会，只要通过网络就能大范围劝说人们加入，这使得断定恐怖分子的身份变得更难了。

间谍活动概要

下表中总结的是具有代表性的间谍活动。HUMINT 和反间谍活动，是很容易与动作戏联系起来的题材。SIGINT 是黑客的专场。从照片、众所周知或公开出版的信息中收集情报的活动，虽然不起眼，但只要运用得当就能营造出真实感。也可以让这样的角色以伙伴的身份登场。原本负责文职工作的调查员，随着事态的发展被卷入间谍活动中这一展开也很有趣。刺探暗恋对象的想法、有没有恋人等也属于 HUMINT。

活动	说明
通过人获取情报（HUMINT）	人对人的情报收集活动。包括以协助者的身份帮助间谍获取情报的活动。美人计也是其中的一种
通过照片获取情报	拍照，通过拍摄的内容收集、分析情报
通过图像获取情报（IMINT）	通过侦察卫星或侦察机拍摄的图像收集、分析情报
通过电子信号获取情报（SIGINT）	主要分为收集分析通信情报和解读暗号的 COMINT（通信情报），与收集分析并非通信用的电波情报的 ELINT（电子情报）
通过众所周知或公开出版的信息获取情报	从通过媒体等平台公布的情报中收集、分析需要的情报
反间谍活动（Counterintelligence）	阻止、防止对抗势力的情报活动，并收集、分析该势力的情报

真正可怕的人

无论是在现场和幕后工作的间谍，还是引发恐怖袭击事件的恐怖分子，在他们背后还隐藏着指挥他们的人。间谍的指挥官俗称“间谍组织的首脑”或“情报官”，恐怖分子则有“基地”组织首领乌萨马·本·拉登那样的指挥者。经过他们的策划，普通的情报也能威胁到敌国，零星发生的小事也能在世界这条洪流中激起惊涛骇浪。这样的人物放在推理作品中也是非常有魅力的角色，可以让其扮演“幕后黑手”。

超能力者，占卜师

Psychic, Fortune-Teller

- 推理小说的天敌
- 伪超能力者
- 超能力搜查官

拥有超常力量的人

超能力者与**占卜师**是完全不同的。在推理小说中，有很多“自称拥有超自然能力的人”，在这里总结一下。

这两种人的共同点，就是都作为推理小说的天敌存在。有超能力的话，诡计便丧失了意义，通过占卜或读心术就能破案，也就不再需要推理了。即便如此，推理小说中依然有很多超能力者和占卜师存在，而且还大受欢迎。而受欢迎的理由正是他们是推理的敌人这点。

“Mystery”原本是“神秘”的意思，超能力这一题材正是侦探应该解决的谜题。超能力者或神棍占卜师利用某种诡计表演出超常现象，再由侦探来戳穿。

也有反过来被视为超能力者的侦探。大多数侦探所拥有的超人般的推理能力，极端点来说，就是某种预知能力和读心能力。埃德加·爱伦·坡笔下的被誉为史上第一名侦探的奥古斯特·杜宾，就曾若无其事地说出走在身旁的朋友在想些什么。拥有强大能力的侦探很容易被周遭的人误解拥有超常的力量。

人类相信超能力这一不合理的心态和伪装成超能力的诡计，对在推理小说中登场的罪犯来说，是强有力的武器。为了对抗这样的罪犯，侦探也会化身为超能力诡计的专家。

到这里为止所说的都是假的超能力者，当然也可以让真正的超能力者以侦探或犯人的身份登场。但要想让推理小说成立，就必须思考如何明确其能力范围等问题。

占卜师

现实中也有各种各样的占卜师，如今已经成了一种职业。大多数时候，人们会找占卜师商量人生中遇到的种种问题，而作为占卜师，最关键的不是预测未来的超能力，而是倾听他人的烦恼、给出恰当建议的观察人类的能力与话术。人际关系与话术对侦探来说也是有效的技术，因此，推理小说中也有职业是占卜师，活用自己所掌握的技术的侦探。比较有名的，就是以岛田庄司的《占星术杀人魔法》为首、在多部作品中登场的御手洗洁。他最初的设定是“对侦探感兴趣”的占星术师。

下面介绍几种现实中常见的占卜类型。

◎**占星术师**：根据星座和行星的位置关系占卜运势。
◎**看手相**：根据手掌上的纹路占卜运势。
◎**姓名测算**：根据构成名字的笔画数等占卜运势。
◎**八卦命理**：根据偶然选中的卦签等道具上的内容占卜运势。
◎**四柱推命**：根据出生日期和日历的关系占卜运势。

既然是占卜师，一定要准才有人信。让占卜听起来像是真的说中的技术被称为话术。这项技术分为冷读术和热读术。**冷读术**是将轻松就能掌握的信息和对方自己说出的情报结合起来，给出听起来像是占卜得出的结论，有诱导性质的话术。**热读术**则是将提前调查好的情报装成当场看出来的情报说出来。

现实世界中的超能力者

现实中也有自称超能力者的人，他们还曾协助调查罪案。其中的代表性人物是荷兰的超能力者彼得·赫克斯。据他本人所述，他 30 岁时从梯子上摔下来受伤之后，觉醒了**超感知力**。赫克斯宣称，他曾使用用手碰触便能读取物体相关情报的能力，碰触现场的遗留物找到了失踪者，还曾解决杀人事件。除此之外，杰拉德·克瑞斯特也以拥有超感知力而闻名。

只不过，超能力搜查官的能力究竟是真是假，是另外一个问题。大多数“超能力者”的业绩都是吹嘘和话术。

专题　后期奎因问题

二十世纪九十年代起，推理界提出了“后期奎因问题”这一话题。

埃勒里·奎因的后期作品中，犯人以名侦探（埃勒里·奎因）会介入为前提制订犯罪计划，提前把能作为推理素材的线索加入计划中，以此引导名侦探走上错误的推理方向。包括奎因前期作品在内的古典本格推理中，侦探收集的情报是绝对可以信任的，以这些情报或线索为基础做出来的推理也是绝对正确的。而在奎因后期的作品中这一设定却出现了动摇，由此引发了针对“推理作品中侦探得到的情报是否为真实的，同时，他 / 她所推导出来的答案是否为真正的答案，在作品中无法得到证明”这个早就模糊意识到的问题的讨论。该问题可以称为哥德尔第二不完全性定理“一个理论如果不自相矛盾，那么这种不自相矛盾的性质在该理论中不可证”的推理小说版（因此也被称为哥德尔问题），由作家法月伦太郎在杂志《现代思想》1995 年 2 月刊（青土社）上刊载的《初期奎因论》中提出。

那之后，作家们开始有意识地把“后期奎因问题”作为创作新本格推理作品的课题。以描写侦探的推理被其不知道的证据推翻的冰川透的《倒数第二个真相》（讲谈社）等作品为首，出现了多部直接将这个问题放入文章当中的小说。

在清凉院流水的作品中登场的侦探九十九十九，掌握了只要找到推理必要的线索就能推导出真相的“神通理气”，从侧面（元层）保障了推导出来的结果是真相，回避了后期奎因问题。

后期奎因问题动摇了侦探无谬论，引发人们针对作品中的侦探像神一样决定包括犯人在内的登场人物的命运这一状况究竟是对是错展开了讨论，即这是关乎“侦探”这个角色存在意义的逻辑性问题。

有兴趣的人可以去看看笠井洁的《侦探小说论 II　虚空的螺旋》（东京创元社）等研究书籍。

第5章

道 具

尸体

Body

- 死亡诊断书
- 判别死因
- 尸体的变化

在医生开具死亡证明之前都还活着?

当包括人类在内的动物生命活动永远停止，这种状态称为“**死亡**”，处于这个状态的肉体称为“**尸体**”。动物变成尸体的过程分为“自然死亡”和“异常死亡”。自然死亡是指医学上认定的衰老死或病死。异常死亡是指暴毙和意外死亡、他杀等非自然死亡。

认定人已经处于死亡状态后，医生会开具“死亡诊断书”或“尸检报告”。前者是医疗诊断书的一种，只有在自然死亡的情况下，医生或牙医才会出具诊断书。非自然死亡会被视为异常死亡，在医生检验过后，24 小时内出具尸检报告，递交尸体发现地所属管辖区域的警署。在这期间如果查明尸体身份，则要移交户籍或居民卡所属管辖区域的警署管理。

死亡诊断书和尸检报告是同类文件，被合并的文件会销毁。死亡诊断书与尸检报告合并后，医生会开具“死亡证明”，必须在 7 天以内递交死者户籍所在地或居民卡所在市区町村役所。死亡证明有时也会与死亡诊断书（尸检报告）合并。在接到销户申请后，死者才会被公认为死亡。

推理作品中出现这类文件时，作为杀人事件的特征，发现尸体时的状况也是需要作者煞费苦心的地方。岛田庄司的《黑暗坡的食人树》中，尸体被插在树上；横沟正史的《犬神家族》中，尸体的上半身倒着沉在水池里，是一具有些滑稽的怪诞尸体。

根据尸体状况分辨死因

警方在调查异常死亡案件时，会从尸体的状态推断“死了多长时间”，从外伤等判断“死因”，从衣着的凌乱程度或现场状况确认“是否与罪案有关”等。

下表中，简单归纳了在观察尸体时，具体应该关注哪些点。

种类	外观 / 判断	说明
出血	外观	出血量、血液的颜色、位置
	判断	损伤程度等
外伤	外观	种类（裂伤 / 撞伤 / 刺伤 / 扭断）、位置、疤痕大小
	判断	伤口的方向和力度、凶器的种类、距离受伤已经过去了多长时间等
骨折	外观	骨折位置、程度（开放性骨折 / 闭合性骨折）
	判断	伤口的方向和力度、凶器的种类等
眼球	外观	是否充血、瞳孔的状态（放大 / 收缩）、巩膜（眼白）的颜色
	判断	是否服用药物、头部有无外伤等
皮肤	外观	颜色（发白 / 发红 / 发青）、弹性（僵硬程度）、气味
	判断	是否服用药物或吸入气体、有无撞击伤、死亡时间等
口腔	外观	气味、伤口、出血、吐泻、唾液颜色 / 量
	判断	是否服用药物或吸入气体、体内是否有伤等

活着的肉体与死亡的肉体在受到外部刺激时，给出的反应截然不同。活着时受伤会结痂，死后则不会（活体反应）。死后悬尸，头部和脸部瘀血，颈部的伤痕没有活体反应。一氧化碳中毒或氰化钾中毒时，静脉血比动脉血更鲜红。溺水而死的尸体，血液凝固不良，内脏、皮肤瘀血、溢血等症状显著，如果是死后入水则不会有这些特征，有非常明显的差别。

尸体白骨化需要满足很多条件。在 50 摄氏度以上且干燥的场所尸体会干尸化，5 摄氏度以下且湿润的场所尸体会尸蜡化，白骨化则需要一个很漫长的过程。尸体要埋在土中细菌较多的树林里，埋尸的位置在地表 15 厘米以下，温度要超过 10 摄氏度且湿度要高，夏季需要 7 天至 10 天，冬季需要三个月以上才能白骨化。或是放在常温的空气中，再用塑料袋把尸体和苍蝇套在里面，三天左右就会白骨化。因此，对于作品中出现的每具尸体都需要考虑各种各样的状况。

犯罪预告、犯罪声明

Claiming Responsibility of Crime

- 预告信
- 自我表现欲
- 亚森·罗平

承诺与不容小觑的演出道具

犯罪预告是指某个人或集团在实施犯罪前，通知警方或媒体的行为，主要以书信或电话的形式，后者一般会使用不容易被查到的公共电话或预付费卡手机。

根据日本法律犯罪预告本身就是犯罪行为，实施之后就会被追究以下罪责。

◎**胁迫罪（刑法第 222 条）**：胁迫特定个人的行为。

◎**虚假妨碍业务罪（刑法第 223 条后半段）**：散布虚假传闻，或以虚假行为妨碍他人业务的行为。

◎**暴力妨碍业务罪（刑法第 234 条）**：以暴力行为妨碍他人业务的行为。

大多数情况下，大费周章进行犯罪预告的犯罪分子都有着很强的自我表现欲，对自己的能力有着过剩的自信。为此，只要不是恶作剧（触犯轻犯罪法），都是在制订了周密的计划之后才行动的。预告内容也不是笼统的“我要犯罪”，通常都附有具体的时间和地点等内容。

相反，在事后公开承认罪行称作**犯罪声明**。中国明代的典籍《类书纂要》中有记载，有一名义贼会在作案现场留下“我来也”的字样。二十世纪七十年代到九十年代，在美国引发邮包炸弹事件的“炸弹怪客”特德·卡钦斯基因其恐怖主义行为受到了世人关注，他还威胁全国的报纸刊登自己疯狂的信仰。有的时候，恐怖分子为了向世人宣传自己的组织，会发犯罪声明谎称某个违法行为是自己所为。例如，十九世纪震撼伦敦的“开膛手杰克”就曾给报社写信，但很多人认为那极有可能是第三者的恶作剧。

预告信的作用

以“怪盗”为代表的职业罪犯，将预告信视为一种风格和原则。例如，漫画《猫眼三姐妹》中，怪盗美女三姐妹将在犯罪前必须寄出预告信作为自己的原则。通过这样的编排，不仅能强调警方的无能和主人公高超的能力，还能给这个反秩序的故事带来可以称为体育精神的爽快感。

如果犯人的目的是向特定人物复仇，就应该烘托目标的恐怖之处和罪恶感，这个时候就可以考虑犯罪预告。根据预告者的目的，可以分为说出和不说名字两种。即便说出名字，也可以出于扰乱搜查和给对方施压的目的用别人的名字。想要不暴露，也可以采用剪下报纸或广告上的文字拼凑预告信的内容等方法，为了避免被人发现而花些心思。在作品中使用犯罪预告的时候，作者不应该按部就班，而是应该结合犯人的目的设计预告的部分。例如，落款是很久以前就已经死去的人的名字，内容也是用剪下来的广告拼凑而成，一眼就知道不是本人了。

亚森·罗平的方法

对莫里斯·勒布朗创造的怪盗亚森·罗平来说，预告信既不是承诺，也不是原则，而是为了让犯罪成功所不可或缺的手段。

《亚森·罗平在狱中》里，卡霍恩男爵收到了被关在监狱里的罗平寄来的预告信，于是委托刚巧到当地访问的罗平的宿敌加尼玛尔警官来做警备工作。而这位“加尼玛尔警官”其实是罗平的手下假扮的，被预告信吓破胆的男爵可谓引狼入室。

《亚森·罗平越狱》中，罗平发动报社，宣称自己在上法庭之前会逃脱。对这一消息深信不疑的警察以为出现在法庭上的罗平，是与其长得很像的另外一个人，就这么把他释放了。

《奇岩城》中，罗平把雷蒙·德·圣贝兰小姐绑架到城堡里，为了得到她的爱，留下每周二晚上都会来的字条。得到城堡的主人路易·瓦尔梅拉帮助的少年侦探伊西多尔·博特尔勒在星期二这天把雷蒙小姐救了出来，瓦尔梅拉和雷蒙小姐成了一对恋人。而实际上，瓦尔梅拉就是罗平。

死亡信息

Dying Message

- 犯人的线索
- 捏造信息
- 信息的内容

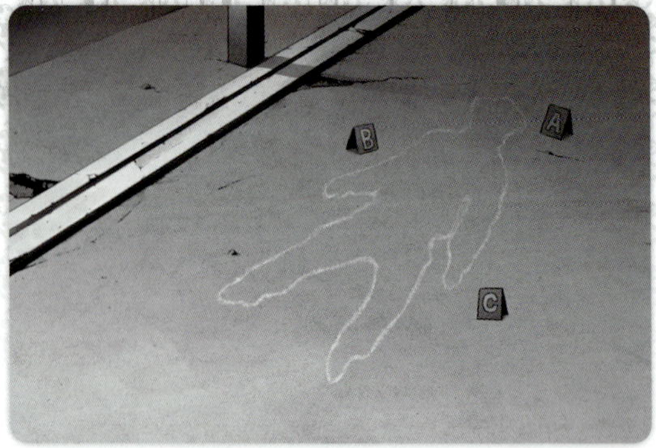

死亡信息

死亡信息就是死前留言，是马上就要断气的被害人想要在临死之前提示犯人的名字而留下的痕迹。不包括提前留下遗书或书信等，列举那些对自己心怀恨意的人的文章，仅限知道自己快死了的被害人猛然间想到的，利用现场的东西留下的线索。

如果能把意思传达给负责调查的人自然好，但经常会因为各种各样的理由传达不到。被害人在写字的中途力竭，最后只留下了一部分信息；为了确认被害人是否的确已死而回到现场的犯人，发现指向自己的线索并将其销毁；等等。

该如何解读这些因各种情况或是不完整或是被修改的线索，成了侦探的烦恼。在这层意义上，死亡信息类似于密码，但又有区别。

密码一般都很长，解读的线索都齐备，只是解读方法很难，无法解读成文章。死亡信息是被害人在濒死的状态下留下的信息，因此只能留下一些只言片语，再加上犯人的妨碍等特殊理由，变成了无法解开的难题。必须结合被害人的日常生活和遇害时的状况这些死亡信息之外的要素，否则无法解开。正因如此，它才适合用来做推理小说的素材。

死亡信息还有一个弱点，就是未必能成为推理出犯人身份的关键信息。被害人当时意识模糊，留下的线索没有经过深思熟虑。侦探最后推理出来的结果是不是其真正的意思，也只有被害人才知道。

各式各样的死亡信息

下表中列举了死亡信息无法解读的理由。

分类		解说
被害者	不完整	途中力竭未完成；留错了信息却无力订正
	手段问题	用不自然的姿势书写；因为没有笔记用具，动作或抓住的物品让人费解
	误解	被害人记错了犯人的名字
	难解	害怕犯人折返，故意留下让人难以理解的信息。藏在找不到的地方
侦探	观察不足	只看到了部分内容
	理解错误	把符号理解成了别的意思，例如把手写的“A”看成了“4”等
	知识不足	没有掌握解读信息所必需的特殊知识； 专业知识、只在朋友之间使用的绰号
犯人	破坏	犯人发现信息将其破坏
	修改	修改内容，嫁祸给别人
第三者	改变	第三者在不知情的情况下改动；自然现象导致信息发生了改变

能否指明犯人特征也有各种变数。大多数情况下都是名字，濒死的被害人没有余力用汉字写下全名，因此会留下片假名或首字母。还有，被害人并不知道犯人的名字，或是担心跟其他同名同姓的人搞混而无法留下名字。这种情况，就需要留下身体特征或职业等名字之外的信息。

加入死亡信息很简单，但既然是死前遗言，就不可能复杂又难解，因此更适合短篇，长篇则可有可无。不过，也有利用死亡信息的特性而撑起整部作品的长篇小说。

埃勒里·奎因的《暹罗连体人之谜》中，死者手中攥着扑克牌，为了找到合理的解释，侦探被耍得团团转。实际上，那是第三者为了把罪名嫁祸给其他人而留下的假线索。死亡信息只有在“被害人想要留下犯人的名字”为前提时，才能发挥其效力，否则就会招致混乱。

指纹

Fingerprint

- 特定人物的集团
- 涡状纹、蹄状纹、弓状纹
- 检测与采集

独一无二的纹路

人手指上的**指纹**，每个人、每根手指都不一样。

指纹有两个特征：一是终生不会发生变化，二是手碰到的地方会因皮脂等留下痕迹。为此，如果采集到的指纹与特定人物一致的话，就可以断定就是属于那个人的。

这一方法十九世纪就已经在欧美确立了。日本早在江户时代便将手印作为身份确认的手段，因此在“开国”后，采集指纹和对照指纹的技术很快就被导入了犯罪搜查工作中。

通过指纹能轻易检测、判定每个人的行动痕迹，但一直以来，犯罪分子都会想尽办法利用伪造等手段进行对抗。如果是有预谋的犯罪，只要在现场戴上手套就不会留下指纹，如果是为了扰乱调查，例如，把已死之人的手砍下来，故意把指纹留在犯罪现场等这类猎奇的扰乱手法也是有可能的。因此，指纹并不是决定性的证据。

近年来，日本出于个人信息保护的考虑，不像以前一样会轻易要求对方按手印了。即便如此，从未到访过某地的人的指纹，在没有任何前提的情况下不可能会出现在那里，因此，指纹依然是警方的防范管理手段，而且相对来说，通过指纹能快速确认身份，出入境管理现场和外国人登记等这类日常工作中也会用到。除此之外，银行的ATM机等已经普及了通过指纹和手指静脉血液流动波长来进行个人认证的系统。该系统检测静脉血液流动波长，因此可以防止有人用砍下来的手或手指犯罪，识别身份还是以指纹为依据。

指纹的种类

虽然每个人的手指都有着独特的纹路，但还是有一定规律可循的。

大多数日本人的指纹像下图中那样，以围绕指腹中间的点呈旋涡状的“涡状纹”、呈马蹄状的“蹄状纹”、呈弓状的“弓状纹”的顺序，由多到少分为三大类。换句话说，虽然每个形状都有细微的差别，但基础类型很少，如果是很少见的纹路就会非常醒目。江户川乱步的《恶魔的纹章》中担任重要角色的“三重涡状纹”就属于个性的指纹。这种纹路是乱步以“特别的指纹会很醒目”为由创作出来的，作品中，犯人就像是炫耀自己有着独一无二的指纹纹路一般，将指纹留在现场的奇怪举动令人印象深刻。在漫画《暗之盾》中，犯人天生就没有指纹，因此他深信自己注定就是个罪犯。

涡状纹

蹄状纹

弓状纹

指纹的检测与采集

如果只是为了记录指纹，用印泥或墨汁涂抹指尖，按在纸上就行了。但在案发现场检测出的无意间留下的分泌物，就是另外一回事了。肉眼可见的指纹（明显纹），印在透明胶带上就可以采集到。肉眼不可见的指纹（潜伏指纹），首先必须让其显现出来才行。这种潜伏指纹的主要检测方法，如下表所示。

方法	说明
粉末法	用毛刷等工具蘸取铝或碳等物质的粉末撒在现场
液体法	茚三酮与氨基酸产生反应的原理、硝酸银与紫外线产生反应的原理
气体法	将氰基丙烯酸酯汽化，利用其化学反应

入场记录、入室记录

Record of Entrance

- 机械式记录
- 监控设备
- 安保系统的陷阱

进出记录的方法

大多数设施会有进出记录，如职场的打卡机、重要设施的保密管理体系、纯粹的设施利用记录等。针对利用某设施的人所持的 ID 卡的记录（也有用只是印着字的纸、内含记忆芯片的 IC 卡或是磁卡等记录信息的情况），设施管理方都会存在电脑里或留有底册，或是两者都有。

尤其是使用磁卡或 IC 卡的设施，在设置读卡器的出入口安装监控摄像头，二十四小时不间断监控，同时以 ID 卡记录为辅助的例子也很常见。

因监控摄像头中的记录无法永久保存，所以一般的处理方法是，每隔一段时间删除，或直接被新的记录覆盖。

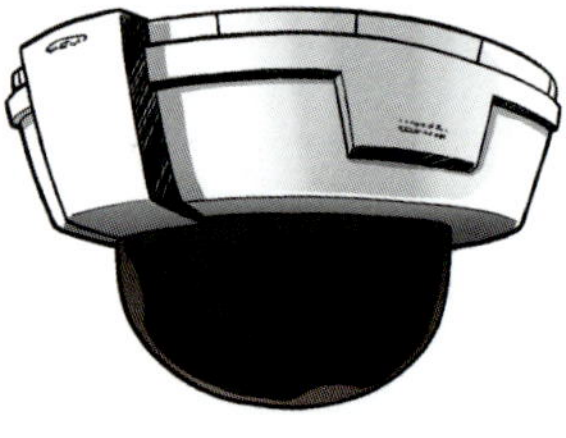

监控摄像头

打卡机和 ID 卡

推理小说中的进出记录

在推理作品中，能证明某个人物在某个特定时间段身处某设施的进出记录偶尔会被利用来完成密室杀人。例如，被害人一个人进入某设施，死亡推定时间前后没有其他人进入该设施，被害人却遇害了。尤其是唯一的出入口配备了有录像功能的监控摄像头，1 天 24 小时任何人出入都有计算机管理的设施，只要系统正常运转，从现实角度出发，犯人就不可能在不被系统感知的情况下进入设施，将某人杀害之后再不被系统感知地逃脱。因此，在描写以配备这类系统的设施为舞台的密室杀人时，如何躲过系统的检测、密室如何呈现出实际上并非密室的状况是其中一个焦点。

乍看之下早就过时的需要手写的底册，存在只要时间记录准确，通过笔迹就能判定是谁写的这个优点，所以这样的手法未必是陈腐的。

从《全部成为F》看破解密室

在森博嗣的《全部成为 F》中，犯人利用的就是这类进出记录。故事讲述了一起发生在配备完美系统的密室中的杀人事件。这部作品中的密室是孤岛上的研究所，室内作业由专用系统控制的机器人来完成，唯一的出入口始终都有监控摄像头录像，有着严密的监视体系。

在可以排除外部干扰可能性的密室中，在没有进出记录的状态下作案的方法，实际上并不多。如果配备的是连从外面带东西进去都不可能的完美的安保系统，那就只能提前在内部把东西准备好，并在里面实施犯罪。这种类型的密室一般不会受到外界的影响，由内而外地干涉则比较容易。为此，事后怎么才能不被人怀疑地离开，自然而然地成了诡计的焦点。《全部成为 F》在这部分设定上花了很多心思，利用计算机的机能漏洞这一巧妙的逻辑实现了作品名称中的现象。

时刻表

Timetable

- 火车、公交车的运行
- 预料之外的突发事态
- 日本的时刻表

时刻表装置

显示火车、公交车等发车、进站时间的时刻表是构筑不在场证明或推翻不在场证明的有力工具，从有推理小说开始便被利用至今。

时刻表上分别写有时间和距离（行车时刻表），以一览表的形式将火车或公交车等的运行图展示在各个车站。为了方便计算运费，时刻表上还会显示被称为营业里程的、用来计算运费的各站点的距离。一般来说，时刻表会根据路线、系统分上行和下行，在有快车和普通列车接驳的换乘站，不只是发车时间，还会显示进站时间，并提示是否可以换乘。

在日本，或许是出于民族特性，火车时刻表与实际运行的列车的发车、进站时间不会有太大偏差，所以几乎可以相信时刻表上的时间。

以下是示例。km 是用来计算运费的公里数。

km	目的地		G	G	G	E	G	G
	站名 / 车次		101	1	103	51	105	53
0	A		6:00	7:00	7:10	7:25	8:10	8:25
15.2	B		6:25	不停	7:35	7:55	8:35	8:55
28.3	C		6:41	不停	7:51	8:16	8:51	9:16
35.5	D		7:05	不停	8:15	8:45	9:15	9:45
60.2	E	终	7:41	7:42	8:51	9:10	9:51	10:10
		发	7:47	7:43	9:05		10:06	
78.3	F		8:07	不停	9:25		10:25	
92.1	G		8:31	8:15	9:49		10:50	

《黑色皮箱》

推理小说中，活用日本可信度高的时刻表的代表作之一，就是鲇川哲也于 1956 年发表的《黑色皮箱》。

作品中的事件以少量货物运输为开端，作者结合 1949 年于国铁干线上多次往返的长途列车和货车的接续情况、濑户内海航行的汽船、具体到每分钟的时刻表和相关制度、围绕手提箱具备某个条件，最终完成了这个复杂的不在场证明。除此之外，作品还利用了深夜某站上行和下行的车辆几乎会在同一时间进站和那一站有铁道公安官值班的诡计、有好几个同名却不同站的诡计等，该作中的诡计用到了 1949 年的时刻表和当年国铁的所有制度。即便是如此精致的诡计，也因为在牺牲者胃中发现的很少见的食物——犯人没有预料到的遗留物而败露了。正因为计划周密，这个预料之外的遗留物才成了锁定犯人的关键。也就是说，预料之外的突发事态能有效地推翻时刻表诡计。

时刻表诡计的成立条件

在这部作品中，通过在各个列车间来回换乘，犯人把普通人不可能完成的行为变成了可能，可以说，作者把时刻表上的内容一字不落地看过、研究过了。现在只要登录网站或者直接搜索，就能轻松查到现行的时刻表中的所有换乘信息，但在没有如此方便手段的年代，每个月发行的时刻表是唯一的线索。

要想完成时刻表诡计，有个大前提，那就是列车一直都准时准点，且高密度运行。每天只往返一次的列车不发车、大幅延迟等是家常便饭，这样的情况下根本无法实施精确到分或精确到秒的缜密诡计。如果像第二次世界大战前的英国某列车那样，“等乘客到得差不多了再发车”，这类诡计就无法成立。

从这个角度出发，列车运行间隔始终保持着以秒为单位的高精准度，一小时单行超过三十列的极高密度的时刻表，准时准点是理所当然的——具备这些特征的现代日本铁路，就很适合用来实施以时刻表为基盘、合乎逻辑的诡计，而且也具备更容易接受此类诡计的阅读环境。

电话

Phone

- 恐吓电话
- 制造不在场证明
- 通信传媒的变化

电话登场的场景

半夜突然响起的黑色电话。拿起话筒，对面传来陌生人的怪声——犯人给与事件有关的人打电话，隐瞒身份索要钱财，或是逼对方按自己说的做，这类场景经常能在推理作品中看到。

无须露面，用声音就能传达指令的电话对犯人来说是个方便的工具。从作者的立场来看，也存在不会把犯人的身份暴露给读者就能推动故事的优点。

方便用来完成机械诡计也是其长处之一。电话是日常生活中的常见装置，即便放在杀人现场也不会显得不自然。只要一通电话就能远距离发动诡计，适合用来制造不在场的证明。

只不过，能够隐藏身份这个优点，只限于对手是普通人的情况。以绑架事件为题材的推理作品中，犯人打电话索要赎金的时候，警方要求电信业者（NTT 东日本等电话公司的人）进行反向追踪，并最终成功追踪到信号源的情况一点也不陌生。二十世纪八十年代以后，电话交换机数字化发展迅速，反向追踪只需一瞬间就能完成。

搜查机关根据《刑事诉讼法》第 197 条第 2 项的规定，交付搜查关系事项照会书，就能从电信业者那里调取通话记录。在什么时间、用哪部电话打给哪个号码，通话了多长时间，这些信息都能查到。就算离得很远也能实时掌握情报。除此之外，还有与自己通话的人突然遭到袭击、通话中断、背景中的杂音成为意想不到的线索；电话被人安装了窃听装置；等等用法。

通信传媒的变化与其影响

从二十世纪九十年代开始，民用通信设备发生了巨大的变化。1991 年，在歌野晶午的《想被拐走的女人》中，出现了汽车电话。作者曾在 1997 年讲谈社文库版的后记中说，只用了六年的时间，手提电话便迅速普及，寻呼机已经成了初高中生的必备品。

根据总务省发布的《通信利用动向调查报告书》显示，1998 年，以家庭为单位，手提电话的普及率已经达到了 57.7%，超过了半数。如此可怕的发展速度，在 2012 年，初高中生不知道寻呼机也就不难理解了。数年后，随着智能手机的普及，手提电话这个词或许也已经没人用了。

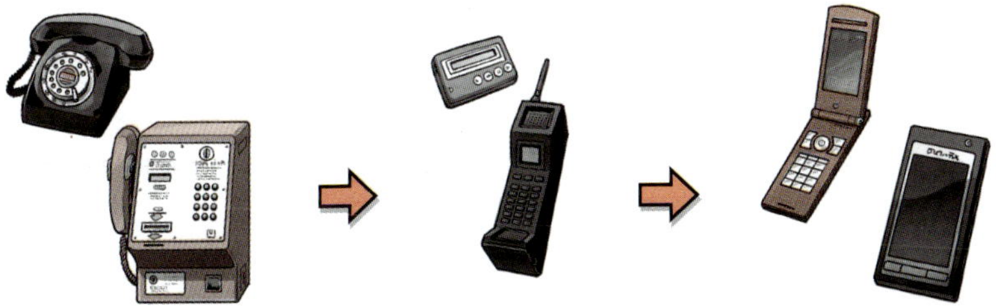

家用机 + 公用电话　　寻呼机 + 大哥大　　手提电话 + 智能手机

通信传媒的急剧变化及其给日常生活带来的影响，导致一些风俗描写瞬间就过时了，同时给推理作品也带来了很大的影响。对于新通信传媒的接受程度存在个体差异。例如，没有使用过手提电话的读者就无法理解应用了手提电话的诡计。

但挑战新的传媒，就有可能创造出迄今为止都没有出现过的诡计。似鸟鸡的《从今天开始做男友》(收录于《电车马上出现》) 中，犯人操作被害人的手提电话，修改电话簿里的邮件地址，以此盗取邮件，利用了人们彻底依赖电话簿的机能、不再背电话号码和邮件地址的风潮。

北山猛邦的《谎言绅士》(收录于《我们偷走星座的理由》) 中，主人公捡到一部手提电话，得知其主人死于交通意外。意外死亡的男人有一个异地恋的女朋友，还不知道男人已经死了。主人公利用手提电话冒充男人，欲从女性那里骗取钱财。故事如实地说明了一件事，那就是手提电话已经能代表一个人的身份了。

身份证明

Identification

- 个人身份
- 驾驶证
- 护照

证明个人身份

身份证明是明确个人身份的手段，必须值得信赖且准确无误。

护照、驾驶证、健康保险证、居民基本信息卡等相对来说轻易就能搞到，经常作为身份证明来使用。特定职业所拥有的证件、警察的手账、管理企业出入记录的 ID 卡、学生的学生手册、信用卡和现金卡，还有容易复制和伪造、缺乏信用度的名片等都可以称为个人身份证明。

不过，官方的身份证明需要特定的个人情报，如住址、姓名、年龄、出生年月日，大多数情况下有没有照片都无所谓。为此，在日本，一般人都会用考取机会多、平时都带在身上的驾驶证作为身份证明。

考取驾驶证有年龄限制，尚未考取驾驶证或是出于某种理由无法考取的话，也可以拿护照做身份证明来使用。护照只要照规矩办理手续，缴纳手续费，连刚出生的婴儿也能拿到。

为了防止不正当使用和伪造，这些身份证明都导入了 IC 芯片（集成电路）。驾驶证和护照、手边的现金卡和信用卡等上面都能看到。Edy、Suica、nanaco 这类电子货币卡中也有 IC 芯片。

小道具——护照

不仅仅是在国内，到了国外护照也可以作为身份证明来使用。除了推理作品，在其他作品中护照也经常以小道具的身份出场。现在的护照制度早在十九世纪便已经诞生了。国内的其他地区自不必说，护照是由国家出面担保往来于各个国家之间的本国国民身份的真实性，同时也是管理本国国民出入国境的手段。

从国家的角度来说，在迎接本国国民回国时，可以提前排除罪犯、有犯罪记录的人、不法移民者、恐怖分子等。而那些犯了罪逃往国外的人，出入国境也必须用到护照，因此，它还可以有效防止犯罪分子逃亡。

为了防止不正当获取护照，发行与审查手续非常严格。为此，犯罪组织等大多掌握着伪造护照的手段，给组织带来了很多便利。

在很多作品中，都出现过犯罪分子或不得不逃亡海外的人，为了跨越国境伪造护照的桥段。讲述柬埔寨内乱的电影《战火屠城》中，到柬埔寨采访的外国记者为了帮助柬埔寨籍助手逃往国外，就上演了伪造护照的戏码。结果因制作不够精良导致照片消失，逃亡计划失败了。但作为制造紧张气氛的小道具，护照起到了很好的作用。

除此之外，还可以反过来利用护照的可信度。例如，在死者的遗留物中发现了护照，循着护照上的住址找过去，却发现那个住址根本就不存在。有很多作品都通过这样的手法来导入故事和提示谜题。

下表是日本获取护照和驾驶证的方法和用途。

种类	获取方法	用途
护照	备齐材料，到户口所在地都道府县的护照申请窗口申请	出入境审查、签证申请、在海外用于确认身份等
驾驶证	通过都道府县公安委员会举办的驾驶证考试	有资格驾驶汽车（18岁以上）和摩托车（16岁以上）的凭证

Memorandum

手记

Memorandum

- 手记形式的故事
- 第一人称与第三人称
- 叙述性诡计

手记上记录的故事，故事中的手记

手记在推理小说中登场时，大致分为两种情况，即“故事本身是手记中的内容”和“故事中出现了手记”。

阿瑟·柯南·道尔的“夏洛克·福尔摩斯”系列采用的体裁，就是搭档华生医生将自己经历过的事件以第一人称的形式整理成手记并发行的书籍。这就是典型的“故事本身是手记中的内容”的例子。故事（手记）不代表必须用第一人称。埃勒里·奎因的初期作品“国名”系列，就是以第三人称讲述了其亲身经历过的事件。前面的章节“华生”也可以作为参考。

还可以让手记以故事中道具的形式登场。犯人的手记、被害人的手记、事件目击者的手记，记述的主体不胜枚举。让手记在故事中登场时，有两种方法：第一种是摘录其中一节，或是让登场人物间接引用；另一种方法是把手记上的内容放到故事中，直接引用，属于作中作的其中一种形式。后者的难度会更高一些。手记的作者自然是登场人物之一，所以必须与作品本身的文体和措辞有所差别。如果使用与本篇完全不同的口吻，同时该固有文体若能与解决时间的线索有所关联，会带来非常好的效果。

法月纶太郎的《为了赖子》、岛田庄司的《异邦骑士》，就把整篇用另外一种文体写的手记放到了作品中，并在其中设置了一些机关。

手记的变形

一般说起手记，联想到的都是写在日记或笔记中的内容。实际上，能留下文字的载体绝不只限于纸媒，还有因监禁等原因陷入极限状态的人在墙上刻字留下手记等形式。从广义上来说，把当事人留下的信息看成某种记录、用录音机记录下来的声音（沙藤一树的《D-BRIDGE · TAPE》）、视频留言（电视剧《没有蔷薇的花店》）等声音或影像也可以看作另外一种形式的手记。

成为线索的手记和骗人的手记

推理小说中的手记最基本的功能，就是记录事件的线索。但要是直接写上犯人的名字，事件当即就得到了解决（如果是这种情况，大多是为了尽快处理掉该犯人，从而引发新的事件），所以要用一眼看不出来的方法将手记融入推理小说中。

有些时候，成为线索的并不是手记的内容，而是其他硬件，如用过的笔记工具、手记的状态等。阿瑟 · 柯南 · 道尔的《单身贵族》中，线索是潦草字迹便条背面的账单。警方把关注点放在了便条的内容上，福尔摩斯则根据账单上的内容推理出了写便条人的身份。

上述推理基于手记内容是真的（正是大家预料到的那个人写下的），但作为重要的证物，犯人很有可能捏造。捏造手记内容需要用到模仿笔迹和文风等诸多方法，所以在实施之前要思考犯人是否能够完成这项工作。不过，如果模仿得过于完美，读者就没法推理了，所以必须留下让读者能推测出事实的伏笔。梅尔维尔 · 戴维森 · 波斯特的《不可抗力》中就出现了能戳穿凶手模仿笔迹的绝妙线索。

还可以在故事的最后，把事件的真相、动机放在犯人的坦白手记里，这样的结局会令人回味。阿加莎 · 克里斯蒂的《无人生还》的最后，在不知道犯人是谁的情况下直接插入了坦白手记，这样的处理给读者带来了意外性。

书信

Letter

- 推理小说中的通信手段
- 邮戳和笔迹
- 伪造的书信

推理小说中的邮件

书信也是推理小说中频繁登场且多变的小道具之一。以现代社会为舞台的推理小说中，邮件和电话的出现频率越来越高，但发生在更早之前，或是有着不同文化背景的舞台的故事，通信手段还是以书信为主。

个人之间往来的书信，最适合用来了解某个人过着怎样的生活，又有着哪些想法了，因此，收录了与某个特定人物往来书信的书简集是文学和历史研究领域相当重要的资料。即便在由电话和网络构筑的高速通信网已经诞生的今天，书信作为主要沟通手段依然占有一席之地。除了贺年卡和夏末问候卡，即便是跟没什么交情的人，也可以用书信的方式传递信息，如缴纳公共费用的通知、政府下达的通报等，大部分依然会落实到纸上，寄送到每个人的手里。

人们在日常生活中常常接触的书信，在推理小说中也经常出现。为此，前人已经创造出了诸多以使用书信为前提的诡计和用到书信的编剧手法。

书信诡计

使用书信，可以遮掩寄信人的行动或操纵收信人的行动。同时，还能提示揭露诡计的重要情报。

以下是书信作为线索的几种情况。

◎**邮戳**：日期、寄信地址。

◎**邮票**：发行时间、发行地点。

◎**笔迹**：写信的人。

◎**复印纸**：纸的种类。

◎**文字处理机、打字机的种类**：印出来的字不同。

◎**信封**：信封的种类。

◎**墨水**：是否特别。

◎**信笺**：信笺的种类。

根据这些情报，就能使犯人为了让诡计成功而进行的准备工作败露。邮戳和笔迹是旅情推理中不可或缺的提示，使用特殊墨水和信封这一提示有的时候还可以推进故事情节。

用密语写的书信或缺少部分内容的文章，甚至根本就是白纸一张的时候，人们仍想要正确地解读出内容来，又或者这个行动本身就与犯罪行为有关。在野村胡堂的《可怕的白纸》中，某大店的店主每个月都会收到一封装着白纸的信，渐渐开始胡思乱想，到最后因为过于恐惧而自杀了，犯人就是利用店主心中的愧疚想出了这样的计策。

还有不知道什么时候、以怎样的方式送来的书信这个诡计也会带给人恐惧感。早晨醒来，枕边不知什么时候放了一封信；在众目睽睽之下突然出现的预告信；等等，其存在本身就是谜团。

用伪造的书信把人约出来、因寄错的书信而引起混乱，都属于用到了书信的诡计。还有补充犯罪内容的书信中的其他部分也可以成为线索。

用书信描绘故事

除了诡计，还有用书信描绘故事的写法。

故事中的两个人通过书信往来，根据其内容解读事件的全貌，亨利·斯莱萨和哈兰·埃里森共同创作的《杀人通信》就采用了这样的形式。还有一部不是推理小说的作品，在梦野久作的《瓶装地狱》中，作者使用了“在没有收信人的信里，写了只有某个人才知道的事件”这一表现手法。

使用上述写法时必须要注意的是，书信只是其中一方在说，不像对话，能马上得到回复；所以如果是制作游戏的话，这最好作为二周目的新要素加入。

遗书

Will

- 遗产继承人
- 死者留下的信息
- 杀人动机

遗书的种类

遗书是自杀或知道自己时日无多的人，希望亲属在自己死后怎么做和传达内心想法的书面文件。**遗言**则是人在弥留之际口头讲述的内容。大多数时候遗言也会以遗书的形式被保留下来。

但是在日本，除了根据相关法律法规制定的正式遗嘱外，其他的遗书和遗言都不具备法律效力。因此，家人或亲戚之间经常因遗产继承问题产生纠纷。就算已故之人留有非正式的遗言，遗言中也对财产进行了分配，最终也不会依照已故之人的希望，而是会遵照法律进行分配。遗产继承无论是在推理小说还是在现实中，都会引发不小的问题。

为了赋予遗书法律效力，必须遵照相关法律将其写成遗嘱的形式。以下是主要的遗嘱形式。

◎**自书遗嘱**：必须有日期和亲笔签名。不能代笔和打印。

◎**公证遗嘱**：由公证人制作。需要两名证人。

◎**密封遗嘱**：需要签名、盖章、封条等公证人的手续。可以代笔。

◎**口头遗嘱**：口述笔记，需要三个以上见证人。

即便已经立下遗嘱，如果内容违反公共秩序和道德也是无效的。另外，无法正确传达自己意思的人留下的遗言也无效。遗嘱的保管者必须在立遗嘱人死后将遗嘱提交家庭案件法院，按规定办理手续（公证遗嘱已经办理过相关手续，所以不用着急）。密封遗嘱必须在继承人或代理人在场的情况下才能开封。针对遗嘱有各种各样的法律法规，在使用的时候需要注意。

推理小说中的遗书

以道具的形式出现在推理小说中时，一般都是自杀者说明寻死的理由而留下的。使用方法大致分为两类。

一种是传达“是自己选择了死”，否定是被第三者杀害。死者因为还不上钱或保险赔偿金，又或者精神上被逼上绝路而选择了一死百了。

另一种是“用自己的死向第三者传达某种信息”。被冤枉耍流氓或贪污，想要证明自己的清白而选择以死明志。

在推理小说中，有的时候这些理由其实是犯人捏造的。也就是说，死者并非自杀，而是被第三者杀害，遗书是伪造的。因此，警方需要确认遗书的笔迹是否为本人的，遗书的内容是否符合本人性格。例如，法月纶太郎的《密闭教室》的开场，就是一名男学生在门窗都被糊上、桌椅都被搬出去的教室里自杀了，而留在现场的遗书居然是复印件。当然，这封遗书是犯人伪造的。

推理小说中经常出现的被害人在弥留之际留下的“死亡信息”，也属于遗书的一种。

推理小说中的遗嘱

推理小说中有“奇怪的遗言”这一系谱，指那些已故之人留下的令人费解的遗言成为杀人事件导火索的故事。罗杰·斯卡利特的《安吉尔家谋杀案》中，因“谁活到最后就把所有财产给谁”这句遗言，双胞胎兄弟被卷入杀人事件。《犬神家族》中也留下了与庞大遗产有关的复杂且奇怪的遗嘱，大意是“把所有财产赠与恩人的女儿，但她必须跟自己三个孙子的其中一个结婚”。如果遵照遗嘱，那么孙子的人数自然是越少越好，于是发生了围绕遗产的连环杀人案。还有绫辻行人的《迷宫馆事件》，“将会把全部遗产给写本格推理小说写得最好的人”这条奇怪的遗言引发了连环杀人案。这些奇怪的遗嘱为作品提供了死者留下遗言的动机、因遗言引发的杀人案的动机，以及围绕这些事件的令人意味深长的谜团与冲击性等元素。

服饰

Clothes

- 时尚效用
- 特定身份的线索
- 犯人的工作

推理小说与服饰

服饰指衬衫、外套、和服等包裹身体的衣服和首饰，以及穿衣服的样子。衣服曾经追求的是实用性，御寒、不被风吹雨淋、遮挡紫外线等，但随着时代的发展，服饰搭配渐渐形成了彰显身份地位、反映性别特征的一种文化。

因各地环境和文化、经济背景的不同，服饰在功能方面和文化方面的发展也存在巨大差异，眼下，全世界各个地区和文化圈都存在无数种服饰搭配。右边的表格中，针对服饰做了简单的分类。

分类	解说
按用途	内衣（内裤、女士内衣等）、上衣（外套、毛衣等）
按地域	西式、和服、中式等
按性别	裙子、紧身短裤、女士内衣、兜裆布等
按年龄	婴儿服、童装、老年服饰等
按身份	晚礼服、警服、医护服、军服（迷彩服）、囚服、女仆装等
生活状况	睡衣、围裙等
其他	丧服、人偶服、帽子、手套等

除了大的分类，就像解说栏中所示，我们会根据环境和用途选择不同的服饰。如果从时尚的观点来看，还能更加细化。

这样的分类与人类文明史的发展息息相关，是塑造角色个性和状况设定所不可或缺的。配合每个角色的设定选择合适的服饰，可以营造出真实感。

服饰在侦探与警察眼中的意义

对警察和侦探这些负责调查的角色来说，服饰是重要的线索。例如，这里是随机杀人案的案发现场。现场周边有多名目击者，声称见过疑似犯人的人。这时，为了掌握犯人特征，除了性别、身高、年龄之外，服饰的细节也非常重要，犯人穿着西服还是和服，戴没戴帽子，背没背包，等等。如果是推理小说的话，也有可能出现平时根本不会穿的奇装异服。调查人员可以根据目击者的这些证词锁定犯人的性别或身份。

他杀的遗体身上穿的衣服也是重要的线索。衣服能帮助调查人员查明死者身份，或许还能从上面找到犯人的遗留物，如果衣服湿了或是部分衣服被脱掉，有可能是犯人为了掩盖什么而故意那么做的。还有推理小说中经常出现的无头死尸，因为缺少了长相这个能够拿来确认身份的线索，服饰就成了调查死者身份的重要线索。

服饰在犯人眼中的意义

对于犯人来说，必须注意那些能暴露自己身份的服饰。不仅要低调，还要通过服饰让人误会自己的职业、性别和年龄，甚至能变成另外一个人。江户川乱步笔下的怪人二十面相利用高超的变装技术能变成任何人，就算没有这样的技术，只要做好充足的准备，站在远处还是能达到让人认错的目的的。

作案时穿的衣服有可能留下血痕或硝烟，为了毁灭证据，犯人会把衣服换下来。只是，这样的行为一旦被调查人员知晓，反而会成为指证罪名的证据。例如，埃勒里・奎因的《中国橘子之谜》中，发现尸体的现场的书架和地毯都被翻转了过来，尸体身上的衣服也被前后颠倒。犯人的目的是隐瞒被害人是不系领带的圣职者，因此才把衣服前后颠倒，将房间里能翻转的东西都翻转了。对推理小说来说，服饰在诡计和线索方面可谓表里如一。

手术疤痕

Surgery Scar

- 锁定身份的线索
- 医疗记录
- 被害人的死因

留在身上的手术疤痕

手术疤痕，顾名思义，就是做手术时留下的疤痕。手术疤痕含有被害人的各种信息，对确认身份也有帮助。例如，如果女性下腹部有纵向的手术疤痕，说明她曾经做过剖腹产手术；肘部或膝盖有手术疤痕，或许能说明死者曾经是一名运动员，受伤后想通过做手术继续回到赛场上。通过手术疤痕的痊愈情况推算做手术的时间，再加上被害人的年龄等信息，可以锁定做手术的地点，进而展开调查，最终就能查明死者身份。死者佩戴的牙齿矫正器、通过手术埋入的心脏起搏器、丰胸用的硅胶等，其种类或物品编码等信息将会成为查明身份的重要线索。

有的时候，通过手术疤痕还能推测出死者的职业。有刺青或手指残缺，证明有可能是黑社会成员。1981 年发生的歌舞伎町爱情宾馆里的女性连环杀人案中，第二被害人腋下有治疗狐臭的手术疤痕，由此断定她是风尘女子。

犹太教、伊斯兰教或是中东、非洲部分地区，有割礼（切除男性性器官包皮）文化，会对性器官进行手术。

以下是各个身体部位的常见手术疤痕。

◎**头部**：开颅手术，植发。

◎**面部**：美容整形，牙齿矫正。

◎**胸部**：乳癌，丰胸。

◎**腋下**：狐臭。

◎**腹部**：盲肠炎，剖腹产。

◎**性器官**：割礼。

◎**手足**：手指残缺，切割痕迹。

◎**皮肤**：植皮。

不断进化的医疗与手术疤痕

一般说到手术疤痕，就会联想到切开之后缝合而留下的伤痕，近年来由于医疗技术的发展，已经不会留下明显的手术疤痕了。例如，以前需要开腹才能做的内脏手术，现在如果只需要切除一小部分病灶，用内视镜手术就能做到，术后只会留下供内视镜探入的很小的疤痕。但像剖腹产、心脏手术等还是会留下比较大的疤痕。若断掉的手指或四肢无法再生，则需要安装义肢等辅助器官。

移植自己的皮肤或人工皮肤能掩盖疤痕和刺青，只是大多数时候疤痕不会完全消失，因此留下心理创伤的人不在少数。

体现角色个性的手术疤痕

在推理小说中，“手术疤痕”跟“伤痕”都是体现角色个性的符号。例如，留在脸上的伤代表这个人很暴力。

虽然现在已经很少见了，从十九世纪到二十世纪中叶，治疗精神疾病的手术会实施脑白质切除术（脑叶切断术），术后在患者头部留下的疤痕相当恐怖。被誉为惊悚科幻小说之母的雪莱夫人的《弗兰肯斯坦》拍成电影的时候，在弗兰肯斯坦头部的前额叶位置上做了一个伤痕，应该就是开颅手术留下的疤痕，这个疤痕使得整个人物看起来更像个怪物。

近年来，出现了让人产生更加恐怖联想的手术疤痕。

第一种就是摘除内脏器官留下的手术疤痕。黑市上存在着非法交易可移植人体器官的犯罪组织，还有人因为借钱还不上被夺走了器官。有些人为了筹措大量资金作为偷渡费，甚至会卖掉自己的肾。

第二种是为了追求时尚而改造身体，以身体钉为例，有的人除了耳朵，还会在舌头、嘴唇上，甚至是性器官上打孔。获得第 130 届芥川奖的金原瞳的《舌蛇》中，青年阿玛沉迷身体改造，把舌头的前端改造得像蛇的信子一样。如果是为了追求时尚还好，但有的地方，为了让街头流浪儿童更容易要到钱，组织者砍断儿童的手脚、戳瞎他们眼睛的情况正在增加，已经发展成了人道主义问题。

牙科记录

Dental Identification

- 锁定身份的线索
- 牙医
- 镶牙和填充物

牙齿排列的特性

牙科记录在锁定人物方面是精准度较高的材料之一。即便是损伤严重，或是死了很长一段时间，已经看不出生前样貌的遗体，通过牙科记录也能确定身份。因此，当大型灾害发生时，官方常通过牙科记录来确认罹难者的身份。

牙齿跟指纹一样，每个人都不同，不存在完全一样的情况，非常适合确定个人身份。不过，指纹很可能会因为腐败等原因在短时间内消失，这种情况下，从材质上来说耐腐朽、耐损伤的坚固的牙齿就非常重要了。

一般成人左右各有 8 颗恒牙，上下合计 32 颗。按功能分为前牙和臼齿，如图中所示，从中间向左右两边按顺序被赋予了名字。

◎**前牙** 1：中切牙

2：侧切牙

3：犬齿（尖牙）

◎**臼齿** 4：第一前磨牙

5：第二前磨牙

6：第一磨牙（六岁换牙）

7：第二磨牙（十二岁换牙）

8：第三磨牙（智齿）

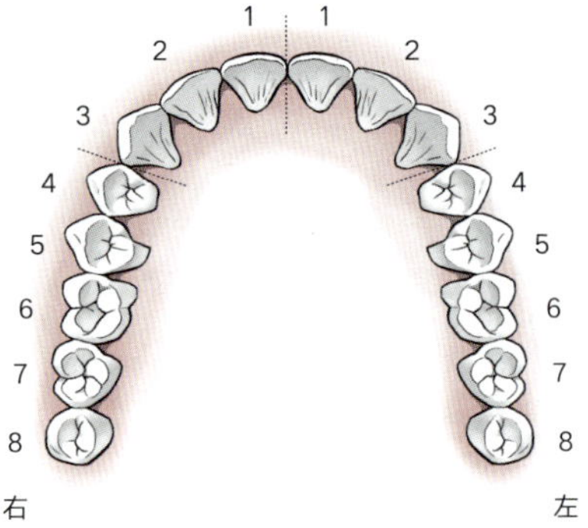

每个人的牙齿状况大不相同。例如，蛀牙的治疗，牙医会根据严重程度和状况采取不同的治疗方法。

为此，即便情况再糟糕，只要知道每颗蛀牙是如何治疗的，就能从已经缩小到一定范围的人群中准确找到要找的人。

也就是说，只要有某个人自出生至今在牙医那里接受治疗的记录，通过与剩下的牙齿状态做比较或对照，就能精准地判断出，遗体是否属于治疗记录所指向的那个人。

一般来说，几乎没有人从幼儿时期到老年间从来没看过牙医，在牙医认真保管着相关记录的前提下，即便是身边没有任何遗留物的白骨，即便头盖骨上只剩下牙齿，通过残余的牙齿也有很大概率确认死者身份。富士树海等地发现的白骨，就是通过对照牙齿治疗记录最终确定身份的。

若是牙齿治疗记录丢失，或是根本不存在的人的遗体，时间越久，确认身份就越困难。事实上，2011 年 3 月发生的东日本大地震中，所有医疗设施都被海啸摧毁、冲走的东北三县，各地牙医保管的病例及 X 光照片全部丢失，确认罹难者身份的工作也因此变得困难重重。

牙齿排列的特征

那么，牙齿在经过治疗后，具体会呈现哪些排列特征呢？

一般情况下，金属材料会用来修补不容易被看到的臼齿，前牙则使用接近真牙的白色材料及相应的治疗手段。单单是蛀牙，就有“拔除恒牙”“磨掉被蛀的部分，用树脂或金属填充”“磨掉表面，给牙套上牙冠”“杀死神经和根管填充”“假牙”“在拔掉牙齿的位置埋入人工牙根进行种牙”等方法，再加上因技术进步等原因已经被淘汰的在内，治疗方法非常之多。尤其是填充物，牙医会根据牙齿被蛀的情况而磨掉相应的部分，磨出来的形状各不相同，填充物自然也会随之被挤压成不同的形状。

牙齿排列和治疗情况从外表很难看出来，而实际上所有人都存在着很大的差异。因内容非常专业，而且会涉及这方面知识的实际上只有尸检这个环节，所以推理小说中很少会描写。即便主人公是一名牙医的松本清张的短篇《黑地之绘》，也几乎没有提到牙齿排列的问题。

凶器

Weapon of Murder

- 直接死因
- 法律规定
- 新技术

意想不到的凶器

在推理小说中，虽然产生伤害谁或是杀害谁、破坏什么这一想法的是人，但导致死亡的直接原因还是**凶器**。凶器可以是非常普通的、日常生活中用得到的物品，也可以是“专门用来伤害人的道具”，即《枪炮刀剑取缔法（枪刀法）》《轻犯罪法》、各都道府县条例中严令禁止持有、搬运、进口、贩卖的物品。

因 2008 年发生的秋叶原杀人事件，相关部门于翌年修订了《枪刀法》，刀刃长度超过 5.5 厘米的短刀等（刀身两侧均有刀刃）物品，都被禁止持有、贩卖、进口。模型刀、气枪也受《枪刀法》的管制。

在日本持有或使用非枪械或刀剑的刀具（不具备刀剑外形的金属制刀具），主要受《轻犯罪法》第 1 条第 3 项的管制。《轻犯罪法》中涉及的凶器包括剪刀、美工刀、菜刀等日常生活中用到的刀具，还有铁锹、锤子等专用工具，球棒、滑雪用的滑雪杖等运动员用品，多个方面。这些大部分都是日用品，因此，如果是出于建筑施工、有运动员往来练习场的途中、买新的厨房用品等“正当理由”，是可以携带的。

催泪喷雾、电击枪等防身用品，根据 2009 年 3 月 26 日最高法院第一小法庭的裁决，不纳入《枪刀法》的管制范围内，只要不属于《轻犯罪法》中定义的“会对人的身体造成严重伤害的器具”，藏匿携带该类物品就不属于犯罪。只是，在判决生效后，如果是协助警方调查时发现的防身用品，依然会被检举。

凶器的种类

正如前文中提到的，“狭义的凶器”（分为原本就能作为凶器使用的“用法上的凶器”，在犯罪行为中被使用、最终杀害了他人的“性质上的凶器”）和明明无法伤人却因为形似凶器而被误认为是凶器的“广义的凶器”两种。下表对这两种进行了整理。

分类		解说
狭义的凶器	用法上的凶器	法律定义的凶器 军刀、刀、木刀、猎枪等
	性质上的凶器	能用来当凶器使用的工具 美工刀、菜刀、高尔夫球杆、球棒、花瓶、剪刀、飞镖等
广义的凶器		玩具、美术品等与凶器形状相似的东西 模型枪、模型刀等

广义的凶器并非受《枪刀法》管制、具备凶器功能的工具，而是作为玩具贩卖、持有或携带不会受到管制的东西。模型刀的刀身上不能有真的刀刃，应由木头或塑料等非金属材料制成。模型枪则必须在警察机关的指导下，由制造厂商遵照自我管制基准进行制造。

针对利用压缩空气或气体的压力射出子弹的气枪，因 2005 年发生多起强化改造气枪伤人事件，相关部门于翌年在《枪刀法》中追加了准气枪的定义，即便没有杀伤力，只要对人体造成较大影响，使用压缩气体的模型枪都将受到管制。

除此之外，近年来“特殊凶器”层出不穷。例如，“声音”（扩音器）、“水”（放水器）、“高压切割机”（气体、水、激光）、“电磁波”等，今后随着采用了新技术的机器的普及，或许还会有更多新的凶器问世。实际上，使用共振扬声器的超音波沸腾实验等已经进入试验阶段，远距离操控使用非接触供电系统的机器等也已经开始投入实际应用了。相信不久的将来，就会出现很多使用这些新技术的推理小说吧。

毒物

Poison

- 毒物的种类
- “氰化钾”和“砷”
- 重金属铊

各类毒物

毒物指对人体有害的物质。

根据来源，毒物分为“自然毒”和“人工毒”，自然毒分“生物毒”和“金属毒”，生物毒又分为“动物毒”“植物毒”“病原菌”。自然界不存在的、经人手制造出来的人工毒通常分为“有机化合物”和“无机化合物”。

根据毒发的速度，还可以分为“急性毒药”和“慢性毒药”。例如，氰化钾就属于典型的急性毒药，注射只需要3分钟，口服的话最多10分钟就会毙命。

自然毒和根据毒效的具体分类，如表格中所示。

种类	说明
动物毒	毒蜂、毒蝎子的毒，河豚毒，蛇毒等
植物毒	乌头等毒草、毒蘑菇
病原菌	肉毒杆菌、沙门氏菌、大肠杆菌等，也包括霉菌
矿物毒	水银等重金属、化合物
人工化合物	农药、升汞、氰化钾等

种类	说明
神经毒素	阻碍神经信号传递，引起呼吸困难、心力衰竭、痉挛等症状。如河豚毒素、肉毒杆菌、豹斑毒伞、毒蝎子的毒等
血液毒素	破坏红细胞或血管壁，引起出血。引起剧烈疼痛，恶心、肿胀。如蝮蛇蛇毒、中华眼镜蛇蛇毒等
细胞毒素	破坏细胞膜，阻碍蛋白质合成，伤害遗传因子。会带来癌变、生殖异常、畸形等危害。如癌变物质、有机水银、内分泌紊乱物质等

氰化钾和砷

杀人事件中用到的毒素，以“氰化钾”和“砷”较为出名。

氰化钾是碳原子和氮原子通过三键相连接的氰基加上钾元素结合而成的氰化物。氰化物遇水后，氰基会与化合物分离，空出来的结合部分会与掌管细胞有氧呼吸的细胞色素氧化酶相结合，阻碍细胞呼吸，使细胞窒息而死。电镀等工艺过程会用到该物质，但随着大规模工业化生产，一些人也开始用它来毒杀他人或自杀。口服氰化钾后，胃中产生氰化氢，呼出的气体中会带有一丝甜味。

因和歌山毒咖喱事件而闻名的砷，自古以来就被用于灭鼠和制作化妆水等物品，属于比较容易入手的毒物。一般用来当作毒药的是毒性较强的三氧化二砷，也就是俗称的砒霜。砷化合物会阻碍掌管细胞能量传输的腺嘌呤核苷三磷酸的活动，杀死细胞。法国的毒杀女魔头布兰维利埃侯爵夫人，利用含有砒霜的美白化妆水，毒杀了自己的亲生父亲和兄弟，据传她还拿慈善医院的患者当实验品，杀害了超过 100 个人。

有人从法国皇帝拿破仑的头发中检验出了大量的砷，于是很多人认为，他是被毒杀的。但也有结果显示，他不是被人故意毒杀的，而是长期吸入壁纸等建材所使用的涂料而导致了中毒。先不论事情的真伪，砒霜是人类历史中被广为使用的毒物这一点，毫无疑问。

被称为“嫩芽”的重金属铊

与氰化钾和砒霜齐名的毒物就是“铊”。铊是原子序数为 81 的重金属，在所有重金属中也是毒性最强的。在希腊语中，铊是“嫩芽”的意思，因其在焰色反应中呈绿色而得名。在工业领域，铊被广泛应用于老鼠药、脱毛膏和透镜的制造，但铊非常容易引发中毒症状，它会通过取代钾离子，阻碍氧气的活性和蛋白质的合成。中毒后的症状与副伤寒、中风、酒精中毒性神经炎等疾病类似，因此很难判断。阿加莎·克里斯蒂的推理小说《灰马酒店》中就曾提及。英国毒杀犯格雷厄姆·扬也是用铊毒杀了继母和同事。和砒霜一样，从古至今发生了大量使用铊的毒杀事件。

化学药品

Chemical Products

- 毒物
- 武器
- 犯罪工具

化学与犯罪

化学药品指使用少量通过化学手段合成、生成、调配、提取出来的非自然的产物，即含有化学物质的所有药品。即便叫作药，也不全是以医疗为目的制作出来的。工业用化学药品中，有很多都对人体有害，还发生过工人掉进工厂的化学药品罐子里而死的意外。

在推埋小说中，有大量化学药品以“毒物”或其他可利用的方法用于犯罪，又或者反过来用于调查。

例如，某种化学药品以武器的名义登场。把盐酸、硫酸、强碱泼到别人身上，能给对方造成严重的烧伤，也可以用来处理遗体和证据。气味刺鼻的氨可以用来对付看门狗。芥末提取物对眼睛的刺激很大，可以用作防身喷雾。化学药品还会被应用到爆炸物和放火用的助燃剂中。在那个家家户户都安装防雨门板的年代，溜进别人家里的时候为了让门板更顺滑，有的小偷会随身携带油。

以下是犯罪中应用化学药品的例子。

◎直接用含酸性物质的药品当武器。

◎用爆炸性药品或助燃剂引燃或破坏某样东西。

◎用强酸或强碱水溶液毁坏遗体。

◎使用药品消除臭味，或是用药品的独特味道掩盖别的味道。

◎用油或水让门更加顺滑，方便潜入。

◎把安眠药、肌肉松弛剂、酒精等当作毒药来使用。

科学的进步改变现状

随着科技越来越发达，推理小说中出现的化学药品也越来越多样化。

如果将家庭中常用的某些化学洗涤剂混合，不仅可以轻易制造有毒气体，还能对包括人体在内的有机物造成伤害。

在医疗现场，新的技术也是层出不穷。例如，二甲基亚砜（DMSO），作为让药剂通过皮肤渗入体内的媒介有着很好的效果，但如果把毒混进去，后果就不堪设想了，只需用水枪一类的工具喷到皮肤上，就会令人中毒。

根据用量不同，药也能变成毒。在医疗现场，改变药量或换成别的药剂，就可以伪装成误杀。例如，电视剧《染血将军的凯旋》中，一名医院职工就通过把点滴的速度调快10倍引发了医疗事故。给高血压的人吃血压会上升的药，就能引发脑溢血或头晕；给血糖异常的人吃起反效果的药剂就会危及生命。现实中也看到过这样的报道，一名护士使用过量的肌肉松弛剂杀死了患者。

东野圭吾的“神探伽利略”系列中，主人公用科学知识来解释奇怪的杀人事件，提到了化学激光、金属化现象等。

科学搜查时用到的化学药品

熟练使用化学药品的并不只有犯人。在科学搜查过程中，警方也会用到多种药品，而且每天都在开发新的试剂和技术。

例如，用来检测是否有血液痕迹的鲁米诺反应已经被人们熟知，而近年来，在喷洒鲁米诺溶液（$C_8H_7N_3O_2$）的同时，还会配合使用ELS（代用光源）和好几种颜色的护目镜，通过肉眼就能确认那些显现出来的血痕、体液、精液以及其他物质的细微痕迹。

再来说说提取指纹的方法。很多人知道用毛刷蘸粉末让其附着在指纹上的粉末法，一般用的是铝粉；而现在，有靛蓝、石松子（蕨类植物的孢子）、炭黑、荧光粉等多种颜色的粉末。以前还会根据状况不同，使用液体法或激光法等。近年来，日本开发出了把名为四氧化钌的药品喷在物质表面上，就能检测出指纹的“指纹显现喷剂”，有了这种药剂，从人体这样的有机物表面也能提取到指纹了。

解毒剂

Antidote

- 解毒剂的效果
- 完美的解毒剂
- 时限

解毒剂的效果

解毒剂就是治疗、解除或是减轻毒物效果的药剂。能缓解因毒物引起的中毒症状或致命症状，或提高肉体对毒物的抵抗力。根据不同的毒物，解毒剂分为以下几类。

◎**中和法**：投入容易与毒素产生反应的物质，中和毒素。例如，氰酸会与血液中的酶结合，从而阻碍细胞呼吸，硫代硫酸钠会在那之前与氰酸产生反应，变成名为硫氰酸的对人体无害的物质；亚硝酸钠会在血液中制造高铁血红蛋白，把氰离子从酶上剥离下来，降低毒性。

◎**抑制中毒症状**：抑制毒素的效果，与毒素对抗。例如，部分毒蘑菇中所含的毒蕈碱会刺激副交感神经，令血压急速下降，这个时候使用能抑制副交感神经的阿托品会有奇效。阿托品是曼陀罗中所含的成分，有很强的毒性，但能以毒攻毒。

◎**阻碍毒素吸收**：把粉末状的活性炭溶于水中让中毒者喝下，吸附胃中的毒素，阻止其吸收。之后需要洗胃。

◎**血清、疫苗**：针对蛇、蝎子等生物毒可以使用血清，而针对病原体则需使用疫苗。这两种都是通过提前注入少量毒素，生物体的免疫系统与其抵抗后产生的物质，虽然不能彻底解毒，但会给患者的身体提供对抗相应毒素的较强的抵抗力。

◎**抑制过敏反应的药剂**：可抑制激烈的过敏反应。

◎**促进毒物排出**：通过让毒物排出进行治疗。例如，让中毒者服用氯化钾，从而促进铊排出体外。

完美的解毒剂

在推理小说中，有的时候犯人或侦探会提前准备好解毒剂，然后故意喝下毒药。但正如前文提到的，根据毒性不同，解毒剂的效果和使用方法各不相同，并不存在“只要提前喝下，不管是什么毒都能解”的万能解毒剂。即便知道是什么毒，提前喝下解毒剂也不能保证万无一失。

例如，喝下致死量的氰化物，就算紧接着喝下能够解毒的亚硝酸钠或硫代硫酸钠，也不能保证肯定会得救。就算救活了，短时间内也会遭受中毒后遗症的折磨。冒险提前喝下活性炭，阻碍毒素吸收，同时使用解毒剂并马上洗胃的话，或许能成功，但以推理小说中的诡计来说，未免太复杂了。

时限

虽说没有完美的解毒剂，但解毒剂依然是推理小说中的经典道具，其使用方法有三种。

第一种，“排除犯人的嫌疑”。只要能让调查人员产生“居然捡了一条命，真是太幸运了”“犯人也想杀了某某”，基本就可以避免“毒杀诡计”（概要）中提到的毒杀者需要背负的三个风险了。投毒的是自己，一起中毒虽然痛苦，但能确认对方是否已死。利用了“自己也有可能丧命，怎么可能给自己投毒呢”这一先入为主的观念。

第二种，“犯罪的证据”。毒是一种越了解越危险的东西。如果出了什么差错，自己也会遭殃，因此，提前准备好解毒剂对于计划实施毒杀的犯人来说是正常的做法。而解毒剂，也成了指证犯人的证据。

第三种，“时限”。如果不能在一定时间内喝下解毒剂，百分之百会被毒死，经常能在间谍电影或动画中看到被逼入这种绝境的英雄。相较于慢性毒药，这种情况下使用一定时间后会溶解的胶囊等道具更为合适。在完成任务或是解谜的同时，感受着一分一秒迫近的死亡，也是不错的情节设计。

随身行李

Luggage

- 旅行时携带的随身行李
- 犯人的线索
- 藏匿凶器的地点

随身行李

随身行李是指用手就能搬运的行李，有的时候也指行李里面的东西。随身行李基本是为了旅行而特意准备的，乘坐飞机或船时，也可以托运。

钱包、名片夹、钥匙包、笔记本、护照、笔记用具、手帕、手提电话；根据需要，有时还会把便携式音乐播放器（iPod 等）、数码相机等物品放在小型手提包里随身携带。

不过，有些交通工具对随身携带的物品有限制。从 2012 年 1 月起，航空公司规定了能带上飞机的随身包裹的大小，满足右侧表格中条件的东西才可以带上飞机（JAL 国际航线）。

三边合计	115cm 以内
尺寸	长 55cm 高 40cm 宽 25cm 以内
合计重量	10kg 以内

超出表格中规定大小的随身行李，或乘务员认定无法安全放置的物品，将由行李室保管。小刀、剪子、电击枪等可以用来当凶器使用的物品则禁止带入机舱。爆炸性物质（烟花等）、引火性液体（储油式打火机）等危险物品也是禁止携带的。为了防止引火性液体造成危险，国际航线的客机规定，可以带入机舱的液体物品横竖尺寸加起来不能超过 40 厘米，需放在有拉链的透明塑料袋中，且每人只能带一袋。除了上下飞机时有这类严格检查外，乘坐船舶、各线路火车时也都有相关规定，选择“孤岛模式”舞台时需要注意这些问题。

调查人员对随身行李的处理

来到犯罪现场的调查人员，原则上都会检查被害人的随身行李。如果在这个阶段还不知道被害人的身份，就有可能从随身行李中找到能查明身份的相关线索。阿加莎·克里斯蒂的《东方快车谋杀案》中，神探波洛发现被害人客房里的火柴和被害人箱子里的不同，从而断定那盒火柴是犯人准备的。如果神探这样的特殊人物在罪案发生之前就抵达了现场附近，或许会提前注意到相关人员手上可疑的随身行李。

在“孤岛模式”下发生杀人案时，怀疑所有登场人物的行李中有没有凶器是很正常的。但马上检查随身行李并不是推理小说的定式。绫辻行人的《十角馆事件》中，众人商量要不要检查随身行李，最后因为担心会不会有人把凶器藏在自己的随身行李中，或是设下了危险的机关而作罢。

犯人对随身行李的处理

对犯人来说，如何处理被害人、嫌疑人以及自己的随身行李是一个很重要的问题。作案的基本原则是不能让别人怀疑到自己身上，不过有的时候还是会用到随身行李。例如，偷偷把从被害人的随身行李中偷来的物品或凶器放到其他嫌疑人的随身行李中，从而把调查人员的注意力转移到其他嫌疑人身上，或是把毒物藏在随身行李中用来杀人。

《十角馆事件》中的犯人，把毒物藏在同样被封闭在岛上的其中一名嫌疑人的口红中，将其杀害。对疏忽大意之人的随身物品做手脚一点也不难，而且该名犯人的计划就是在“孤岛模式”下实施连环杀人计划，因此把就算被其他人看到也不会起疑的行李藏在了其他地方。

并不是只有“孤岛模式”的推理作品中的犯人在制订计划之前需要思考登场人物有可能会采取的行动。例如，在石持浅海的《月之扉》中，劫持飞机的劫匪就花了很多心思，如把手提电话的天线换成细长的小刀，在电动牙刷里藏碎冰锥，等等。

地图

Map

- 藏宝图
- 推理小说与地图
- 建筑物的图纸

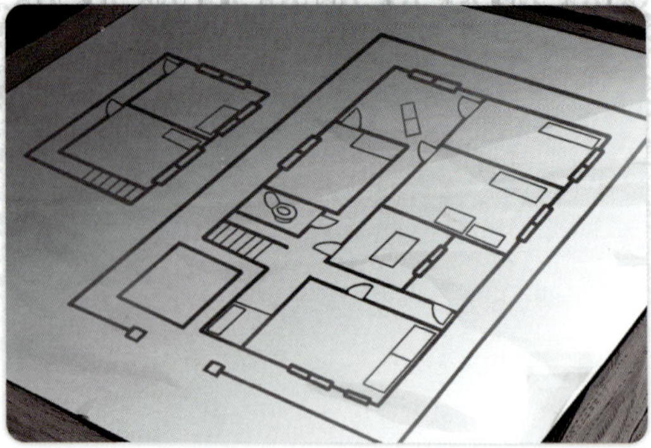

阅读地图的能力

地图在推理作品中能为推理提供必要的情报，是最为经典的道具之一。古老的藏宝图、事件的牺牲者身上的地图等，能以读者或观众一眼就能看明白的形式，展示当前的位置和地形，提供推理的线索，所以各类推理作品中都有地图的身影。

虽然任何人都能一眼从地图上看出位置关系等信息，但要想解读其中的意义，就需要某种特殊才能和做一定的训练了。

假设地图上显示有两个设施，它们为什么会在那个位置，为什么会是这样的位置关系，要想解读其中的情报，就必须对当地的地形、海拔，或是对设施本身有一定的了解。

解读地图这项技能在显示侦探推力才能这方面是一个很大的加分项，而对于不具备该项技能的读者来说，不管再怎么详细地讲解也很难理解。因此，推理作品中用到地图的时候，一般都会省略对读者来说没有必要的情报，也就是只呈现简略地图，极少出现直接引用详细地图的情况。

而且在使用地图时，不能无视时代背景。因为上面记载着军事设施等情报，古时候，人们会把地图藏在墙上的暗格里。例如，在战争时期的日本，要是不小心把精密地图带在身上出门的话，就要做好随时被以间谍罪名逮捕的思想准备。因此，轻易让地图出现在这样时代背景的作品中时，会有非常强烈的违和感。

有海的奈良

地图在推理作品中出现的频率虽然高，却很少有机会在解谜时起到关键作用。小说基本上用文字来表现所有场景，地图充其量只是辅助工具，就算是电视剧或电影，受到画面清晰度的限制，要想把地图上记载的所有细节都展示清楚也很难。

不过，这样的例子也不是没有，比如，有栖川有栖的《死在有海的奈良》中，标记着推翻犯人不在场证明要地的地图就是关键性的证据之一，通过一幅在特定条件下描绘的地图展现出了与作品标题有关的、某个意义非凡的结果。

示意图

之前提到的都是地图中的地形图，另有一种在推理作品中出现频率比地形图还要高，尤其是以密室杀人为主题的作品中尤为常见的“狭义的地图”，那就是“建筑物的示意图”。标记着某栋建筑物内部房间的布局、位置关系、家具的摆放、厕所、浴室、厨房等信息的房间示意图，凝缩了地图的所有要素。

即便是最简化的房间示意图，要想正确理解建筑物的构造，也需要某种才能和技术。

例如，要想看出隐藏在西式公馆等建筑物中，通往神秘房间或秘密地下室的楼梯，就必须通过建筑物的示意图和实际的构造进行对比，找出墙壁厚度等矛盾。另外，发生杀人事件时，要想通过室内的家具等位置关系戳穿嫌疑人不在场证明中存在的矛盾，就要拥有能在脑内再现或瞬间模拟家具等位置关系和每个人的视线的能力。

不过，这种“狭义的地图”存在一个问题。与保证官方机关正确测量、制作的地形图不同，尤其是房间的示意图，不能保证上面的比例尺和位置关系等情报是否正确。如果错了，甚至会产生很严重的变形。要想确认内容的正确性，只能实际去测量每个房间的尺寸。

密码

Cipher

- 隐藏的信息
- 解读密码
- “跳舞的小人”

密码的历史及种类

密码是为了防止他人读取文件、信件内容的情报加密技术。

用特别的方式给记述某段情报的文章或数据**加密**（编码），变成第三者看不懂的文字罗列。解读的人则使用提前被告知的特别方式将**密码还原**（解码）。

一般会使用密码的文件，都是为了防止在内容有效期间被没有资格的第三者知晓。

密码的历史悠久，可以追溯到公元前。有置换文字排列顺序的“换位加密法”和根据替换表把文字换成其他文字的“替换加密法”两种方式，主要应用于军事和政治领域。这两种密码相辅相成，互不干涉，有时候也会组合在一起使用。这种简单的加密技术，是九世纪伊斯兰教学者对文献中文字的出现频率进行统计性处理后解读出来的。由十五世纪莱昂·巴蒂斯塔·阿尔伯蒂提出，十六世纪布莱斯·德·维吉尼亚完成的维吉尼亚密码的出现，解码的难度有了飞跃式的提升。直到十九世纪“计算机之父”查尔斯·巴贝奇想到解读方法之前，维吉尼亚密码一直被视为绝对无法解读的密码。

那之后，随着计算机的发明，公开密钥这一全新的密码形式融入了人们的生活中，网络上的用户认证、信用卡结算等都应用了这项技术。

“解谜”这一流派的推理小说和“解码”这个主题非常合拍，以埃德加·爱伦·坡的《金甲虫》为首，各式各样的密码被应用到推理作品中。

下表列举了我们熟知的密码方式。

分类		解说
古典密码	波利比奥斯棋盘	在 5×5 的字母密码表中把文章变换成数字
	恺撒加密法	把字母表向左或向右移动一个固定数目的位置
	换位加密法	按照一定规则重新排列文字的顺序
	替换加密法	遵照一定规则将原有文字替换成别的文字
	维吉尼亚密码	以替换加密法为基础，将其中一个文字替换成多个文字
现代密码	换位替换加密法	换位加密法和替换加密法结合使用
	块加密法	将一定长度的数据设定为密钥，更换成同样长度的密码
	流加密法	以文字单位生成被称为随机密钥流的数据列进行加密
	公开密钥	将用于加密的公开密钥和用于解码的解码密钥分开，保证解码密钥不外泄
	其他	利用光子的量子密码术

从推理小说看加密手法

出现密码的推理小说中，与坡的《金甲虫》齐名的就是阿瑟·柯南·道尔的短篇《跳舞的小人》。书中出现了跳舞的简笔画小人的图画，这些图画实际上是密码，夏洛克·福尔摩斯根据特定的图画出现的频率，看出了是替换加密法。

使用跳舞的小人
给“MYSTERY NOVELS”做了加密处理

在这部作品中，福尔摩斯指出，在英语文章中“E”的使用频率最高，他首先确定的就是对应“E”这个字母的符号。然后思考含有“E”，且 E 所在相应位置的单词，以此为基础确定了其余文字的排列顺序。作品中指出的字母出现频率，被认为是阿瑟·柯南·道尔知识上的错误，福尔摩斯的推理也略显牵强，但密码的设计本身很周密，对于抽丝剥茧般的解读过程的描写，大大满足了读者对知识的好奇心。

日期

Date

- 犯人的不在场证明
- 与日历之间存在的矛盾
- 特别的日期

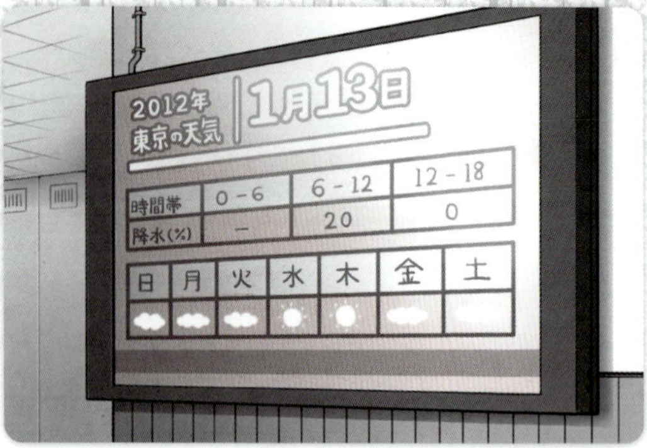

日期的作用

日期指记录或被记录下来的，以“年月日”为单位划分的时间，后也指时间划分的时机。

早在太古时期，人们就能通过太阳的高度和季节感来推测大致的日期，随着时代的变迁，更加精密的、以社会共有性为前提的日期被确定了下来。通过日期来记录不同国家地区的自然变迁，人类才得以应对自然。例如，农民知道什么时候播种，渔民知道什么时候打鱼，还能预测每隔几年河川就会在哪个时期泛滥。

现在大部分国家使用的都是十六世纪格列高利十三世制定的**太阳历**。太阳历是以伴随着太阳运动的季节周期为基础制定的历法。不过有些地区还在使用以月亮运动为基准的**太阴历**（例如伊斯兰历法）和其他各种各样的历法。月亮的运动周期（12 个月约 354 天）比普通的一年要短，因此太阴历中每年季节都会提前，因此，又出现了为弥补这个问题，加上了闰月的**阴阳历**。

在日本，过去使用的就是这种阴阳历，到了现代，就开始使用太阳历的一种——**格列高利历**了。除此之外，在日本还有各种各样的传统日期，如“昭和”“平成”等**年号**，“大安”“佛灭”等由中国传来的**六曜历法**，“子”“丑”等**干支**等。这种情况不仅限于日本，其他地区和国家都有自己独特的日期。

当有事件发生的时候，必须注意因日期而产生的规则。例如，主人公是公司职员，结果休息日都结束了还在追查事件，这就显得极其不自然。在为事件添加设定时，除了要考虑到角色的设定，还要注意不能与当地日历发生矛盾。

日期对侦探、警察的重要性

对调查人员来说，事件发生的时间非常重要。因为时间能帮助判定犯人是否有不在场证明、目击者的证词是否可信等各种情报的真伪。对调查工作来说如此重要的日期，只有侦探掌握还不行。为了方便理解，我们拿一个角色来举例。在东野圭吾的《嫌疑人 X 的献身》中，嫌疑人拿出带有日期的电影票根，证明案发时正在和家人一起看电影。但后来发现，这个不在场证明是犯人设计的诡计。在其他推理小说中经常出现被害人戴着的手表在打斗的过程中坏了，从而得知作案时间的桥段。当然，那个时间也有可能是犯人在事后调的，目的是混淆作案时间。

日期对犯人的重要性

对犯人来说，事件发生的时间当然也同样重要。案发时如果能证明自己身处其他场所，“不在场证明”便成立，就能洗脱嫌疑。

除了不在场证明，日期还会成为犯罪的规则。例如，清凉院流水的《彩纹家事件》中，每个月的 19 号家族里就会有一人被杀。出于某些理由，犯人选择特别的日子犯罪这种设定随着故事展开和动机的明朗化，会变成充满诱惑的谜题。中井英夫的《献给虚无的供物》就属于这类设定的变体。在同一部作品中登场的人们身边发生的杀人案或纵火案的地点和时间，以解开事件重要线索的身份登场。事后得知，这个推测是错误的，犯人故意引导人们认为自己是按照一定规律连续作案，实则是为了让事件变得更加扑朔迷离而布下的陷阱。

日期还会与自然现象牵扯到一起。例如，在雨天或晴天作案，事件会呈现出完全不同的状况，还有利用这一点的诡计。如果发生了日食或月食等自然现象，也能精准算出时间。岛田庄司的《眩晕》中，利用日食现象，把犯罪现场描写得仿佛发生在异世界的画面，给手记中的叙述蒙上了一层神秘的面纱。

天气

Weather

- 有计划的犯罪
- 意料之外的凶器
- 证词中存在的矛盾

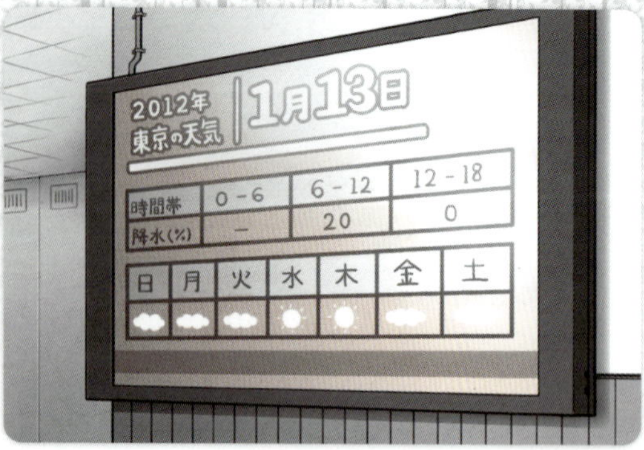

推理小说与天气

天气是对某个地点和时间大气状态的描述。主要有“晴”“阴”“雾”“雨”“雪”“雷”等，根据不同的状况，气温、湿度、气压、风向、风速、降水量都会有所变化。自古以来，天气和“日期”一样，都能帮助人们观察季节的变化并做出相应的对策。例如，搭建房屋来遮风挡雨，提前做好准备应对河川泛滥或海上的暴风雨，使得农业和渔业得到更好的发展。天气会受到地域环境的影响，到了晚上山上就会下雨或起雾，盆地则很少起雾，等等，这些规律都是人类在经历过之后掌握的知识。当年需要凭借这些经验才能预测天气，而现代，随着气象卫星和世界范围地域观测网不断发展壮大，只要通过存储这些数据的计算机进行数据解析，就能精准预测天气状况。

在推理小说中，天气也会给剧情带来影响。用“暴雨导致山体滑坡，下山的路被堵住了”这个理由就能创造出因遭遇台风无法离开孤岛的“孤岛模式”。天气还能帮助营造氛围。在硬汉推理中加入“无论刮风还是下雨都会坚持盯梢或跟踪”的设定，就能增添写实感。如果是冒险小说，狂风暴雨就成了必须跨越的障碍。要是想给发生异常心理犯罪的城市或大宅制造魔幻气氛，雪、雾、暴风雨等天气或许是不错的选择。导致视野变得模糊的雾，风雪的声音，可怕的闪电，肯定能为舞台营造相应的氛围吧。

天气对犯人的重要性

对犯人来说，必须考虑到天气对犯罪计划的影响。除了要注意假证词会不会与天气存在矛盾，选择能实现某种诡计的天气也是很重要的，有些状况和道具可以根据天气的变化而临时改变用法，所以要善用它们。例如，作案那天下雪，就能使用让足迹消失的“足迹诡计”；在暴风雨的天气里穿着包裹全身的雨衣，或许就能使用混淆性别的“心理诡计”；房檐结冰溜的话，或许就能把冰溜变成“出人意料的凶器”；在公寓密集的地方，暴雨会阻碍视线，或许能顺着连接隔壁公寓的绳子，神不知鬼不觉地爬过去。

就算天气本身没有参与诡计，也必须注意天气状况。犯人如果实施了由于天气原因或许无法成立的不在场证明诡计或一人分饰两角，会导致故事整体缺乏真实感。为此，决定使用哪种诡计后，必须确认“如果事件前后下雨或下雪会怎么样”这一点。

天气对侦探、警察的重要性

神探或刑警、警察等调查人员参与调查工作时，应该确认事件发生前后的天气与被害人或嫌疑人的言行举止是否存在矛盾。案发现场是晴天还是下雨，被害人或嫌疑人的行动都会受到影响。例如，核实嫌疑人过去的证词时，需要调查有没有与当时的天气产生矛盾的内容，或是证词与当时用到的伞、靴子、汽车等使用状态是否存在矛盾。除了天气，透过窗户照进屋内的阳光或月光、月亮是圆是缺这些天气情报与嫌疑人的证词也有存在矛盾的可能。也可以把这些细微的矛盾设定为事件的线索。如果现场曾经下过暴雨或雪，就必须注意那些因天气原因而带来的变化。后院中因下雨或下雪而消失的足迹或血迹很可能就是重要的线索。

专题　有名的推理小说奖项

◎江户川乱步奖

由日本推理作家协会主办，是日本历史最悠久也是最知名的长篇推理小说新人奖项。西村京太郎、森村诚一等知名作家都是在获得该奖项后出道的。

◎横沟正史推理大奖

由角川书店主办，长篇推理小说新人奖项。获奖作品有服部真由美的《时间的蔓藤花纹》、柴田芳树的《RIKO －女神的永远》等。

◎鲇川哲也奖

由东京创元社主办，长篇推理小说新人奖项。获奖作品有芦边拓的《谋杀喜剧之 13 人》、加纳朋子的《七岁小孩》、北森鸿的《狂乱二十四孝》等。

◎“这本推理小说了不起！”大奖

由宝岛社等主办，长篇推理小说新人奖项。获奖作品有浅仓卓弥的《四日间的奇迹》、海堂尊的《巴提斯塔的荣光》等。

◎ Mysteries! 新人奖

由东京创元社出版的推理杂志 *Mysteries!* 主办的新人奖项，主要刊登短篇推理小说。获奖作品有高井忍的《漂流严流岛》等。

◎梅菲斯特奖

由讲谈社出版的杂志《梅菲斯特》主办的新人奖项，特点是没有具体的征稿时间。获奖的推理小说有森博嗣的《全部成为 F》等。

◎埃德加·爱伦·坡奖（MWA 奖）

由美国侦探作家俱乐部主办的奖项，评选的对象是上一年在美国出版的作品。其中多个奖项都出过优秀的作品。

◎英国侦探作家协会奖（CWA 奖）

英国侦探作家协会主办的奖项，评选的对象是当年在英国出版的作品。与 MWA 奖一样，多个奖项都出过优秀的作品。

推理事典

第6章

理　论

诺克斯十诫

Knox's Ten Commandments

- 推理小说的基本原则
- 优秀作品的最大公约数
- 推理小说的时代性

推理小说的十诫

在埃勒里·奎因等实力派作家接连登场，本格推理小说这一流派逐渐站稳脚跟的1928年，罗纳德·诺克斯发表了推理小说选集《侦探小说十诫》，引起强烈反响。因为在该选集的前言中，诺克斯提出了推理小说的十条诫律。这就是与“范·达因二十则”齐名、广为人知的“**诺克斯十诫**”。江户川乱步最先将该书介绍到日本，那之后日语版也随之刊行。“十诫”一词出自《旧约·出埃及记》中唯一的神耶和华给摩西定下的十条规定，被称为“摩西十诫”。“诺克斯十诫”这个称呼就是取自这里。

身为曼彻斯特英国国教教会主教的四子，出生于 1888 年的诺克斯非常早熟，小时候就会写讽刺诗。以第一名的成绩从牛津大学毕业后成了一名神职人员，改信天主教后坐上了大主教的宝座。作为推理小说作家，他的作品虽然不多，但于1925年发表的长篇《陆桥谋杀案》和短篇《密室里的行者》都得到了很高的评价。

诺克斯表示，并不是所有作家都需要遵从“诺克斯十诫”。这十条诫律不过是以过去优秀推理小说的最大公约数为基础总结出来的，相当于体育赛事的基本原则，提醒作家必须把创作读者喜欢的作品作为首要原则，而且收录于《侦探小说十诫》的作品中也包括违反其中某些诫律的作品。

◎ **诺克斯十诫**

1. 犯人必须在初期就登场，但决不能让读者看出犯人的心思。
2. 侦探小说中不能出现超自然的能力。
3. 秘密房间、地道、通道等应该只存在一个。
4. 不使用未被发现的未知毒药和必须进行科学讲解的装置。
5. 中国人不得以主要人物的身份登场。
6. 应该尽量避免让侦探在偶然的意外中获得提示，或凭借直觉破案。
7. 侦探不能是犯人。
8. 侦探在发现线索的时候，必须马上将这个线索告知读者。
9. 侦探的朋友或助手的想法不能隐瞒读者，而且他们的智商必须稍微比读者低一点。
10. 如果登场人物中有双胞胎或长相极其相似的人，必须提前告诉读者。

“诺克斯十诫”放在今天的意义

二十一世纪二十年代发表的“诺克斯十诫”放在现代来看，第五条的“中国人不得以主要人物的身份登场”有些奇怪。当时，中国的清政府刚刚倒台，西欧人对中国人的印象是夏洛克·福尔摩斯作品中也曾出现过的大烟馆里的怪异形象，或是头脑清晰、拥有与犯罪有关的超自然能力的怪人。当年的推理小说中也常常有这样的角色登场，陈腐的反派角色偶尔会惹得读者发笑。这样的形象，除了出于对当时居住在伦敦莱姆豪斯地区的中华街的印象，英国作家萨克斯·罗默笔下那个企图征服世界的神秘东洋人傅满洲，也起到了很大的作用。把这条规则改成适合现代的内容，应该是“尽量不要让一眼看上去就很可疑的角色登场”。

“诺克斯十诫”是一套准则，但就连诺克斯本人都承认，它并不是一套必须严格遵守的规则，而且它应该随着时代的发展而变化。

范·达因二十则

Van Dine's Twenty Rules

- 范·达因
- 推理小说的模板
- 公平游戏的必要条件

为了公平原则需要做到哪些

范·达因是知名的美国推理小说作家，他笔下的侦探菲洛·凡斯博闻强识，喜欢卖弄学问，在《格林家杀人事件》《主教杀人事件》等长篇作品中均有不俗的表现。范·达因不只是作者，也是热情的读者，他看过几千部推理作品，1929 年发表的阿加莎·克里斯蒂的《罗杰疑案》引起了人们对于“公平原则”的讨论，而他是第一个站出来批判这部作品的人。

这件事应该就是范·达因想到要树立推理小说模板的契机吧。他将自己创作推理小说时的信条整理成 20 条规则，创作了“侦探小说二十准则”，投稿给了《美洲杂志》1928 年 9 月刊。这就是**范·达因二十则**。

禁止加入恋爱故事，犯人不能是多人，否定非杀人事件，等等，比人们熟知的、同样是推理小说创作准则的“诺克斯十诫”严格得多，从这一点可以看出，范·达因对于当时大量违反这些规则的粗制滥造的作品很是反感。实际上，和“诺克斯十诫”一样，范·达因自己的作品也有不少背离了这套准则的内容。

剧作家对这种所谓规则尤其反感，反而会促使自己挑战规则，创作出更加优秀的推理作品，实际上做过这种尝试的作家不在少数。下面将会介绍“范·达因二十则”的内容，如果想了解更详细的内容，建议看一下《冬季杀人事件》（创元推理文库）卷末的日语版“推理小说二十准则”。

◎ **侦探小说二十准则（概要）**

1. 必须把所有解开事件谜题所需要的线索在文中写出来。
2. 除了登场人物设计的诡计，作者不得欺骗读者。
3. 侦探小说是智慧的较量，不需要只会成为阻碍的谈情说爱的情节。
4. 侦探或刑警等负责调查事件的人不得突然变成犯人。
5. 犯人不能在偶然的情况下自供或突然自供，必须建立在有理有据的推理上。
6. 侦探小说中必须有侦探，事件也应该通过侦探的推理和调查解决。
7. 长篇作品中必须有尸体，应该避免选择比杀人更轻微的事件。
8. 不能用占卜、心灵术等超自然的力量揭开事件真相。
9. 侦探最好只有一人。侦探多了会分散推理，对读者来说也不公平。
10. 作品中的犯人必须是主要人物，把龙套或突然出现的人物写成犯人是作者无能的表现。
11. 犯人不能是管家、女仆等这类轻而易举就能猜到的人。
12. 即便有共犯，真凶也必须是一个人。
13. 秘密结社或黑帮成员会受到组织的保护，所以不能让这样的人扮演犯人。因为以推理小说来说，这样不公平。
14. 杀人方法、诡计、侦探采取的调查手段必须科学且合理，不该使用未知的毒物或脱离现实的手段。
15. 在侦探进行最终推理前，必须把解决事件所需的所有线索都告诉读者。
16. 必须避免冗长的情景描写和大篇幅文学性较强的叙述。
17. 必须避免让杀手这类职业犯罪分子扮演犯人的角色，因为只有外行犯罪才有魅力。
18. 杀人事件的真相不能是意外死亡或自杀，这对读者来说是一种欺骗。
19. 犯罪动机最好是个人原因。如果是跨国阴谋或政治动机就不是侦探小说，而是间谍小说了。
20. 侦探小说的作者应该有较强的自尊心，避免使用那些已经被用过无数次的诡计。

公平原则

Fair Play

- 叙述性诡计
- 公平与不公平之争
- 本格推理小说的评价基准

公平的推理小说

在体育领域经常听到的公平竞赛原则是指双方都秉持堂堂正正、光明正大的态度进行比赛，这一原则也同样适用于推理小说。不过，这很难做到。推理小说的魅力很大程度上取决于最终的真相有多么出乎意料，它不像体育赛事那样有着明确的规则，所以在推理小说中，“光明正大”和“意外性”是无法并存的。“虽然很不可思议，但经过说明就能接受的诡计”是理想的诡计，可是，读者能否接受是一个极其微妙的问题，很难去定义。

推理作品中牵涉“公平”问题且比较有名的，就是阿加莎·克里斯蒂的《罗杰疑案》。这部作品是古典名作，在克里斯蒂的所有作品中也属于人气较高的那一类。也正是这部作品让人们认识到了“叙述性诡计”这个推理小说的技巧。

故事的开头，村子里的名流，同时也是财主的罗杰·艾克罗伊德，在把自己的秘密说给詹姆斯·谢泼德医生听的当晚，被人杀死在了自己的房间里。前一天神秘自杀的弗拉尔斯太太的信也被偷了。而事件发生后便下落不明的艾克罗伊德的养子拉尔夫·佩顿，与养父曾因财产问题发生过纠纷。警察怀疑拉尔夫是犯人，他的未婚妻弗洛拉·艾克罗伊德则委托逗留在村子里的神探赫尔克里·波洛对此事进行调查。

故事就像记录福尔摩斯精彩表现的约翰·H．华生医生那样，以谢泼德医生的记述的形式展开，而这里隐藏着一个巨大的诡计。

作品的最后，波洛将杀害艾克罗伊德的正是记述者谢泼德医生本人这一惊人的事实揭露在了阳光之下。也就是说，在这部作品问世之前，所有推理作品中的诡计都是犯人为了掩盖杀人等罪行针对同一部作品中的侦探所设，而在《罗杰疑案》中，诡计则是为读者所设。

公平与不公平之争

《罗杰疑案》发表后，人们针对该作品是否“公平”展开了争论。这场争论被称为**公平与不公平之争**。争论的其中一个点，就是是否承认叙述性诡计属于推理小说的范畴。

最先提出不公平的就是因神探菲洛·凡斯系列而大受欢迎的范·达因。他在那之后发表了推理小说公平规范“范·达因二十则”，并在其中对叙述性诡计进行了批判（第二则）。但说到底，那不过是个人的主观意见，会随着时代的发展而变化。在现代，推理小说作家很少会遵守“范·达因二十则”和更早的“诺克斯十诫”等规则，只当作过去的参考。《罗杰疑案》中的叙述性诡计是公平也好，不公平也罢，都和之前的诸多诡计一样，作为推理小说的一种文字技巧被人们接受，甚至渐渐整理出了使用叙述性诡计时的规则。这些规则也依然发生着变化。

使用叙述性诡计时需要注意的，就是如果叙述者不可信，那么作品本身就有可能不成立。极端点说，甚至存在“讲述者的记述都是谎言，实际上根本没有发生过这样的事件”的情况。《罗杰疑案》中，谢泼德医生所写的内容中不存在捏造，除了自己是犯人这一点，其他都是事实。但话又说回来，全篇都是谢泼德医生第一人称的记述，如果谢泼德医生是在说谎，在本书中也无法验证。这也是公平与不公平之争的最大争议点。

先不说该作品是否公平，在推理游戏中使用叙述性诡计时，如果能同时存在叙述者视角和客观事实视角，就相当公平了。

也有故意让视角存在矛盾，扰乱现实感的作品，这样的作品被划分为反推理小说。

炫学

Pedantry

- 博闻强识的侦探
- 知性文学
- 推理小说中的推理小说知识

炫学与天才

炫学（Pedantry）一词源自古意大利语 Pedant，有老师等意思。现在指强加于人的卖弄学问的态度，因此翻译成炫学。该词在推理小说中有着重要的意义。

推理小说和魔术类似，以诡计和解决诡计为中心。出色的表演能让诡计更加出彩。例如，魔术师从箱子里把狮子变出来，如果单单为了展现诡计，也可以换成狗，就算只是个球也无所谓，但换成狮子表演会变得更有趣。

大部分推理小说给人留下的印象都是知性。有巨大深奥的谜题，被选中的侦探最大限度利用自己天才的头脑解谜。这个时候，描写侦探的聪明才智，就能衬托出神探即将要认真面对的谜题是多么重大。就像魔术师把普通的狗换成凶猛的狮子，推理小说作家为了让侦探看起来更加天才，会采取各种各样的手段。侦探掌握犯罪相关知识很正常，但如果能从侧面展现其他方面的学问或艺术，展示其通晓无数知识，稍微卖弄一下学问，是非常适合推理小说演出性质的描写。

炫学不仅可以通过侦探体现，还可以通过全篇的行文来体现。在事件中加入各种各样的心思或主题，让故事看起来更加知性、神秘。其中具有代表性的有“比拟杀人”等。事件的样貌和古老的童谣或传说中的描述很相似，围绕事件，可以有无数种解释。

无论是什么情况，只要是以炫学为中心的诡计或故事，都能对推理小说的中心思想进行进一步剖析。

系谱与自我评价

侦探和登场人物有很多种炫学方式，此外，还有以推理作品本身为对象的炫学。例如，夏洛克·福尔摩斯在《血字的研究》中初次登场时，就提及了埃德加·爱伦·坡创造的神探奥古斯特·杜宾和埃米尔·加博里奥笔下的神探勒考克。

这其中包含了多重意义。首先是考虑到了喜欢推理小说的人的知识储备，排在首位的自然是推理小说相关的知识。卖弄与推理小说有关的学问，以此博得读者的共鸣，能收到取悦读者的效果。

其次，就是重视诡计的推理小说，建立在过去作品的诡计和其问题意识的积累之上。继承前人的诡计并加以改良，针对特定作品进行批评或致敬。通过炫学，能体现出该作品在推理小说系谱中占据怎样的位置，以及对前作有着怎样的敬意或认识。结合这两点，读者也能在享受作品的过程中，针对作品与作者进行交流。

遍地开花的炫学

炫学虽然能给作品带来知性、主题性和历史性，但偶尔作者会因过于专注炫学而本末倒置。小栗虫太郎的《黑死馆杀人事件》就是由于过度炫学，被列为日本三大奇书。该书讲述了侦探法水麟太郎向某个被谜团包裹的家族中发生的杀人事件发起挑战的故事。作者以歌德的《浮士德》为首，引用了无数经典，搭建了一座语言迷宫，对经典的情深意切，使得关键的事件都显得黯淡无光了。法水的其中一个原型，是范·达因创造的博闻强识的侦探菲洛·凡斯。菲洛·凡斯也经常在以《主教杀人事件》为代表的系列作品中卖弄自己的学问，可谓西有凡斯、东有法水。

推理小说的读者往往会追求神秘感，但无论是多么异想天开、出人意料的结局，只要解开谜题，神秘也会变得不再神秘。大概就是这种希望能将神秘永远神秘地封闭在语言迷宫中的想法催生出了这样的作品吧。

比拟杀人

Murder of Likening

- 比拟
- 夸大妄想的罪行
- 连环杀人的背后

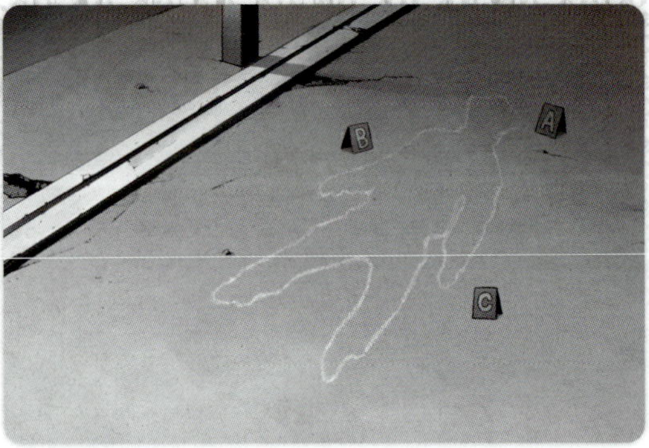

何谓比拟

和“密室杀人”一样，作为推理小说的常见手法而被人们所熟知的“**比拟**”，实际上在我们的日常生活中也经常会遇到。或许因为已经融入日常风景和生活而不易被发现，但我们身边的确存在诸多“比拟”。

例如，修学旅行时，在目的地经常看到的日本园林枯山水，就是在用“白沙和大石”比拟风景。还有把“人偶”比拟成人玩过家家，这就证明，这类想法早在孩提时代就已经陪伴我们左右了。只不过，对日本人来说，把“人偶”比拟成人的典型例子，还要数丑时参拜时用到的“稻草人”。把想诅咒之人的毛发夹在稻草人里，每天夜里用五寸钉把稻草人钉在神社的神木之上，这项诅咒仪式中的“稻草人”，就被比拟成了“想要诅咒的对象”。

所谓比拟，就和把庭院比拟成风景、把人偶比拟成人一样，让人们把某样东西联想成别的什么东西，并理解自己的意图。将这样的想法应用到杀人事件中，就是**比拟杀人**。比拟，就是靠仿照某样事物以残酷的手段杀死他人的奇妙想法。

普遍认为，第一部比拟杀人小说是范·达因的《主教杀人事件》。有人仿照英国童谣《谁杀死了知更鸟》中的内容，将乔瑟夫·科克伦·罗宾杀害了。第二起仿照歌词的杀人案也即将发生。这种比拟杀人的手法，被同样采用了童谣《十个印第安小男孩》的阿加莎·克里斯蒂的《无人生还》所继承，在那之后也有多部作品对这一手法进行了改编。

比拟杀人的目的和分类

范·达因创造的比拟杀人手法被众多推理小说作家继承。日本具有代表性的作品，就是让小说界知道什么是“凄惨的杀人图画”的横沟正史的《狱门岛》。该事件讲述了住在岛上的三姐妹被人仿照“雏莺头朝下，春来初鸣啭”这句有名的俳句接连杀害。在《无人生还》等作品中，童谣的作用除了能传达发生的事件都是连续的，同时还表现出了犯人夸大妄想的想法。《狱门岛》中对比拟俳句的理由进行了进一步的加工，是基于遗言的代理杀人。绫辻行人在《雾越邸事件》中，将比拟杀人的目的分为三类，分别是“示众等装饰尸体的行为包含另一层意义”“比拟的歌曲或诗词本身包含另一层意义”“比拟非常吸引人，是为了掩盖线索而制造的假象”。按照这个分类，《无人生还》属于第一种，《狱门岛》则属于第二种，也涉及第三种。有的时候，犯人会让人误以为自己是为了达到某个目的而进行的犯罪，实际上另有目的。其中比较极端的，是让人误以为是某种比拟，实际上比拟的是其他对象，甚至还有比拟小说的连环杀人案。

比拟杀人的变体

下表中是使用比拟杀人手法的作品。登场人物在不同的舞台上，出于各自的想法，比拟各类对象，实施了连环杀人计划。

比拟的对象	推理作品
约翰启示录	笠井洁《夏日启示录》
天主教教义中的七个原罪	电影《七宗罪》
禅学问答	京极夏彦《铁鼠之槛》
佛教六道	霞流一《六尊无头佛像》
义经传说	岛田一男《锦绘杀人事件》
四谷怪谈	高木彬光《大东京四谷怪谈》
童谣《橡子滚滚》	小川胜巳《爱上晕眩，沉浸在梦里》
童谣《雨》	绫辻行人《雾越邸事件》
童谣《狼和七只小羊》	今邑彩《金雀枝庄杀人事件》
埃勒里·奎因的“国名系列”	麻耶雄嵩《有翼之暗》

第一目击者

First Discoverer on the Scene

- 第一目击者=嫌疑人
- 案发现场
- 不会被怀疑的第一目击者

第一个发现事件

推理小说中的**第一目击者**是指第一个通过遗体、案发现场等确认事件发生的人。这里的“确认事件发生”是指，通过联系警察等第三者、采取发出悲鸣等行动通知周遭的人发生了事件，读者或玩家才能在已知的故事中得知第一起事件发生了。不过有些时候，从故事的时间线上来看，这个第一目击者或许并不是第一个确认事件发生的人。

严格来说，第一个确认事件发生并活着的登场人物，就是犯人。除了倒叙、犯罪小说等，犯人永远藏在读者或玩家的眼皮子底下，几乎不会主动站出来承认。虽说发现非正常死亡的尸体的人有通知警方的义务，但一般人都怕被卷进麻烦，或是出于不想被怀疑自己是犯人等理由，而选择不报警。第一目击者是重要的证人，需要协助警方做笔录，根据具体情况，甚至需要耗费大半天的时间。有时候为了确认联系不上的住户的情况，中介会在房东或亲戚同意的情况下，用备用钥匙进入住所，在房地产业甚至有这么一句谚语——“不要成为第一目击者”，所以，他们在进入可能会有非正常死亡尸体的房间时，一定会找警官陪同，并且让其在自己前面进入。

除此之外，还有使用公用电话等工具，匿名举报有事件发生的“第一目击者”，这样的人物也可以出现在推理小说中。这种情况就有必要找到那个第一目击者，因为他很有可能知道更多的情报。

怀疑第一目击者！

第一目击者经常被视作第一嫌疑人。如果对方在报警时说“突然发现这里死了人”，那么刚好在现场并有机会杀死被害人的人，很明显就是第一目击者。

现实罪案中，杀人犯在杀死被害人后报警说“某某被人杀了”的例子也有很多。在近年来急速增长的家庭内暴力、虐待儿童致死案中，也有“第一目击者 = 犯人”的情况。虐待者主动报警说“某某不知道为什么死了”，警方经过调查，发现死者是被虐待或暴力致死的。这样的事例频发。

缺点已经列举过了，但在推理小说中，“第一目击者 = 犯人”有着很多优点。首先，最初进入现场可以带走现场的证据，或是修改现场的状况。被害人如果留下了死亡信息，这个时候就可以修改。故意把现场弄得很乱，即便发现指纹或 DNA 也不会被怀疑。成为第一目击者，报警的时候就可以做伪证说犯人另有其人。现实中也的确发生过肇事逃逸的犯人伪装成第一目击者，报警说是别的车肇事逃逸的例子。

怎么才能成为“不会被怀疑的第一目击者”

要想让犯人成为不会被怀疑的第一目击者，有好几种方法，最关键的是“不要一个人发现”。有的时候，受犯罪手法的限制无法逃得太远，或是逃跑会显得很不自然。这种时候，在踏入现场前，先与朋友、附近的人、房东，可能的话甚至可以和警察等调查人员会合，再一起进入现场，并表演出发现尸体时受到惊吓的样子。通过增加第一目击者的人数，犯人就很难遭到怀疑了，同时也有了不在场证明。还可以通过“被尸体吓到”这一共同经历，让同行者站在自己这边。

当然，还可以让别人成为第一目击者，犯人在那之后抵达现场，就不易招致怀疑了。再让被害人和犯人共同的朋友，同时对被害人有着深厚感情的人物登场就更完美了。这个时候，还可以应用一些诡计，例如，利用被害人的名义发送邮件等信息，让对方在杀人现场碰头，等等。

事后从犯

Accessory After the Fact

- 善意的从犯
- 故意的从犯
- 趁机获利

事后从犯

事后从犯是指，在杀人、抢劫等罪案已经发生之后知晓，并为罪犯提供帮助的人。事后从犯与“共犯”中的帮助犯类似，但该节会对包括帮助罪犯继续杀人的情况进行说明。一般是目击了部分杀人等犯罪过程，或是在那之后才知晓当时的真相，而犯人又是与自己比较亲近的人，为此，在事后帮助其搬运尸体、准备逃走车辆等，这种情况就属于事后从犯。让事后从犯登场时，根据不同的目击 / 发现时机、事后从犯与犯人之间的关系以及协助的动机等设定，会有不同的展开。

首先，目击的时机是在刚刚做完案、正在做事后处理（掩藏尸体、逃亡等），还是犯案后，会影响从犯如何在事后与案件扯上关系。事后从犯与犯人之间的关系可以是夫妻、亲子、朋友、生意伙伴等。不过就算跟犯人关系不好，甚至是敌对的，有些人也会为了自己的利益暂时为其提供帮助。这些人际关系也会影响事后从犯为什么会协助的设定。大多数事后从犯，都是对犯人所犯下的罪行产生共情才决定协助，但也可以是帮助犯人掩盖罪行，自己就能方便达成其他目的（私吞、其他杀人事件）等情况。

事后从犯的设定与罪案和情节都有着紧密的联系。为此，必须与事件相关人员的设定和舞台设定等相结合，让时机和动机显得更加自然。

事后从犯的具体示例

推理作品中典型的“事后从犯”，就是不小心看到杀人现场的人刚好是杀人犯的好朋友，然后帮其藏匿尸体的情节。还有激情杀人的犯人，因为没有驾驶证，无法开车将尸体运到别的地方。偶然目击现场的朋友提出用自己的车帮忙搬运，把尸体遗弃到偏远之处。调查失踪案件时要想了解真相，必须在寻找尸体下落的同时，筛查有可能将尸体运到别处的嫌疑人。

同样的情况，除了用汽车搬运尸体，还可以做伪证或帮助犯人藏匿作案的凶器等。例如，为了藏匿凶器，事后从犯偷偷将凶器带走。极端的情况，事后从犯也有可能把凶器或物证吃掉。有的时候，事后从犯会更加积极地协助犯罪，如化妆成犯人制造不在场证明、假装成被害人到处走动、活用误导被害人遇害时间的心理诡计等。

还有一种情况，事后从犯没有跟罪犯商量，按照自己的想法给罪案增添了其他要素。作为推理小说的特色，横沟正史的《犬神家族》中就出现了这样的情节。在该作品中，目击杀人现场的人为了不让人们怀疑凶手，在尸体上做了“比拟”工作。除此之外，事后从犯还会把单纯的杀人事件变成密室杀人事件；其实是自杀，因为事后从犯的伪装而被误会成杀人事件 ；等等。如果是连环杀人案，通过将这样的要素组合，事件将变得更加错综复杂，同时也增加了调查人员推理事件全貌的难度。

不过，如果事后从犯与犯人之间的关系并不牢固，罪行暴露的可能性就会大大增加。为此，事后从犯往往会成为犯人的第二个杀害目标。如果情况逆转，事后从犯反杀凶手，就有可能成为故事中的第二个杀人犯。综上所述，“事后从犯”在把杀人事件变得更加复杂这一点上，作用非常大。

推理讲义

Mystery Lecture

- 约翰·迪克森·卡尔
- 公平原则
- 新本格运动

推理讲义的起源

普遍认为，第一份推理小说中的**讲义**，是约翰·迪克森·卡尔《三口棺材》中的“密室讲义”。在这部作品中，基甸·菲尔博士直接说出自己是小说中的登场人物，针对当下正在调查的密室杀人案展开了一段讲义。卡尔在密室讲义中对密室的分类，对后世的作品造成了不小的影响。例如，受该密室讲义的影响，江户川乱步将当时世界推理作品中的诡计进行归纳整理，编成《诡计集成》(收录于《续·幻影城》）一书。

卡尔还在《绿胶囊之谜》中展开了“毒杀讲义”。这样的分类工作，或者说侦探的科学推理，除了观察力和知识储备，还必须具备福尔摩斯式的分析精神——“当你排除一切不可能的情况，剩下的就是事实”。

向读者提出的诡计进行现场解说这一做法，展现了作者坚持公平原则的精神。同时，也证明作者有足够的自信，相信单单凭借这样的分类，读者是无法破解自己在作品中所采用的诡计的。侦探在事件最后进行的推理如果只是自以为是的想法，读者是不会接受的。为此，在科学公平的分类的基础上进行推理，能强调其正确性。虽然不属于推理小说中的讲义，范·达因笔下的神探菲洛·凡斯在《格林家杀人事件》中，针对事件制作了有 98 项内容的一览表，基于该表推理出了事件真相。这也是公平原则的表现。

诡计的分类与推理小说的规则

推理讲义诞生的背景是对诡计进行分类，不是就故事的内容，而是就具体的诡计在不同作品之间进行比较，供读者参考。在《三口棺材》问世前，在范·达因提出的“侦探小说二十准则”等论述中已经有了对诡计的比较。“侦探不会是凶手”等规则的提出，恐怕是为了让当时的读者提前知道诡计的变动范围，省去他们考虑这样简单的诡计做法的时间吧。不过，像卡尔这样喜剧风格的创作者，让主人公在杀人案的犯罪现场讲述推理讲义这样大胆的写法，在其他欧美作家的作品中基本上是没有的。

推理讲义的变容

就像是在和欧美推理小说作家唱反调一般，日本的新本格运动期间，多部钻研推理小说讲义的作品问世，而且不全是菲尔博士那样的喜剧似的表演，都是根据作品的内容而定的。可以说，是新本格推理运动使得日本读者变得能够接受推理小说讲义这种浮夸演绎的形式了。下表中是具有代表性的推理小说讲义（其中也包含严格上来说并不算讲义形式的作品）。

分类	作品名
密室讲义	我孙子武丸《8的杀戮》 二阶堂黎人《恶灵公馆》
死亡信息讲义	山口雅也《第十三位名侦探》 雾舍巧《拉谷那罗库洞》
不在场证明讲义	有栖川有栖《魔镜》
足迹讲义	有二阶堂黎人《吸血之家》
比拟杀人的分类	绫辻行人《雾越邸事件》
人体消失的分类	三津田信三《如凶鸟忌讳之物》
无头死尸的分类	三津田信三《如首无作祟之物》

其中比较有特色的，是鲸统一郎的《推理学园》，作品中除了上述提到的“密室讲义”“不在场证明讲义”，还对“本格推理小说的定义”进行了讲解。通过让侦探展开这样的推理小说讲义，即便是不习惯推理小说编排的人也能提高对事件的理解程度。

旅途中的谋杀案

Murder Happened on the Journey

- 名为列车的密室
- 旅情推理
- 推理之旅

密室杀人与旅游业

在推理小说的历史中，自古就有很多以去往名胜古迹的交通工具为舞台的作品。例如，背景设在铁路是欧美陆上交通王者的时代，阿加莎·克里斯蒂的名作《东方快车谋杀案》，因演员阵容豪华，并再现了二十世纪三十年代的豪华列车而被人们熟知。

这些作品还会给读者带来模拟观光体验，可以当作旅行指南来看。这些作品中的名胜古迹和交通工具，尤其是豪华宾馆和包房为主流的欧美长途列车、豪华客船的一等舱，或是飞机的特等舱都是能形成密室的场所，从这一点上来说，也非常适合在推理小说中登场。

之所以会将在交通工具上发生的密室杀人案写进推理小说中，其中一个原因应该是受到十八世纪三十年代欧洲旅行指南开始大众化，近代旅游业已然兴起的 1860 年 12 月 6 日这天，从米卢斯出发开往巴黎的列车上发生的密室杀人事件（普安索谋杀案）的影响。该事件刺激了当时的作家们，在同时期，有多部以列车内密室杀人为题材的作品问世。像这样在旅途中发生的杀人案——旅情推理，要以十九世纪末的社会状况为背景才能成立。

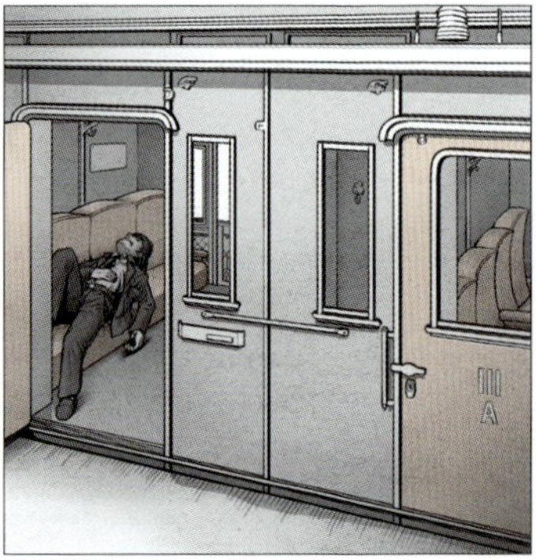

十九世纪三十年代
豪华列车上的包厢

旅情推理和西村京太郎

如果说，把**旅情推理**普及日本的第一人是西村京太郎，相信没有人会有意见吧。二十世纪六十年代中期，以本格推理和社会派小说出道的西村京太郎，在1978年因蓝色列车热而大受欢迎的《卧铺特快谋杀案》之后，接连发表了多部以列车、停靠站、终点站周边的景点为舞台，被分类为旅情推理的作品。西村的作品在车站的报摊上大卖特卖，也可以用来做旅行指南。朝日电视台的《星期六长篇剧场》等节目频繁播放以其原作改编的电视剧，也是其大受欢迎的原因之一。

因西村的作品会大大影响游客和乘客的数量，所以当时还留下了这样一段佳话。某铁路公司的董事为了宣传自家的新型观光电车，给西村写信，恳请他创作以该列车为舞台的作品，接受这一请求的西村的作品一经发行，果然如预期的那样，乘坐该列车的游客剧增（事后，铁路公司盛情款待了为取材前往该地区的西村，表达了感谢之情）。西村在商业方面取得的成功，应该归功于被评价为“有着旺盛的服务精神”的西村对景点和铁道丰富的描写，以及让这些描写充分发挥作用的充满魅力的诡计。旅情推理的成败，取决于如何将事件发生的地点和交通工具描写得更加有魅力。

“推理之旅”的登场

推理小说的成功和普及，是对成为其基础的近代旅游业的反馈，并由此诞生了新的旅游形态。以旅情推理的世界观为基础，前往故事中提到的名胜古迹，亲身去体验作品中的情景，被称为推理之旅的旅游形态诞生了。在日本，二十世纪七十年代末，以借用动画《银河铁道999》的世界观，国铁策划的目的地不明的团体列车游为契机，该类旅行团变得很普遍。进入九十年代，这样的旅行得到原作舞台地及交通运营商的协助，展现出了各种各样的形态。不仅如此，甚至还有人发表了以这样的旅行为背景的自嘲意味的推理作品。

反转

Reversing

- 令人惊讶的相反的结局
- 另外一个故事
- 意料之外的真相

何谓反转

反转，原是歌舞伎舞台术语，指用来换成下一场表演需要用到的大道具或背景设于舞台上的反转装置，后来引申为现在我们所熟知的反转，如果是小说梗概，就是用来形容故事发展到中途，作者始终引导着读者往一个方向设想，但到了后半段，出现了完全反方向的结局的情况。

例如，“犯罪组织的 BOSS 其实是警察厅长官”这样的逆转。不单单是推理小说，电影《楚门的世界》《第六感》，动画《小飞龙》等，都属于到了结局才揭开一直隐藏的惊愕真相的作品。反转关乎故事后半段能否将故事前半段变得出乎预料，但关键是能否与故事前半段保持一定的整体性。换句话来说，就是看作者能不能在前半段埋下读者不会发觉的伏笔，同时又不让读者发现后半段的故事。为此，在推理小说中，需要准备表面的故事和另外一张犯罪设计图。例如，表面上不让角色们左右事件，然后设计其中一个人准备杀下一个人。假设“犯罪组织的 BOSS 其实是警察厅长官”，这个时候，就要思考如何设定与犯罪组织有关的事件，以及负责调查的角色与长官之间具体存在着怎样的关系（过去的上司和下属等）。在调查过程中，让犯罪组织的 BOSS 一点一点给出暗示，最后解开长官接触犯罪组织的理由和其真正身份，很多推理作品都或多或少追求这种经典的反转。

古典推理作品中的反转

反转的诀窍在于如何以情节为基础，使用哪种诡计让读者误解，如何通过推翻前面的故事而让结局变得出乎意料。为此，需要掌握以“密室诡计”为首的各种诡计。首先，要确认每种诡计的铺设方法和优缺点，然后确认如何自然地将诡计融入故事中，以及思考应用哪种欺骗读者的反转。登场人物与情节、诡计的整体性也很重要。作家京极夏彦创作出了很多以神探京极堂为首、充满个性的角色，但这些角色都只是为情节服务的棋子罢了。

在埃德加·爱伦·坡的《莫格街杀人案》诞生的那个人们对密室杀人尚没有认知的年代，单单是想出新的诡计就足以令人震惊了。但在密室诡计、不在场证明诡计已经被人们熟知的现代，要想让读者感到震惊是一件很困难的事情。为此，作者就需要转换思维。

现代推理作品中的反转

在人人都用诡计，简单的反转已经无效的现代，创作者不应该再想着如何用诡计让读者吃惊，而是应该为了更精彩地演绎自己所选择的诡计，在情节方面下功夫。例如，阿加莎·克里斯蒂的《无人生还》，被邀请来到变成“孤岛模式”的岛上的客人接连遇害，途中已经被杀的某个人实际上是“假死”，那个人就是犯人。为了在现代复活这样的情节，绫辻行人在《十角馆事件》中加入了“叙述性诡计”，讲述了来到孤岛上的推理研究会成员接连遇害的故事，犯人使用了不在场证明诡计，让在孤岛上的朋友认为他一直在，让没有去孤岛上的人认为他没去。而且作者还针对读者加入了“叙述性诡计”，通过这样的双重诡计，让《无人生还》的情节于现代重现。

可以说，现代推理小说中的反转，关键就要看如何改编架构和诡计并加以运用。

给读者的挑战

Challenge to the Reader

- 埃勒里·奎因
- "猜出推理过程"的故事
- 公平原则

埃勒里·奎因的遗产

给读者的挑战是本格推理作品中常见的设计，指作品进入高潮，神探开始解说真相前，讲述者或作者对读者说的话，大多是以下内容。

◎到这里，神探已经看穿了所有真相。

◎神探需要用到的推理素材，也都已经告诉读者了。

◎读者能通过散落在文中的线索推理出理论上的真相。

◎不接受通过猜测猜出犯人的做法。

第一部插入"给读者的挑战"的作品，是家喻户晓的本格推理名作家埃勒里·奎因创作的《罗马帽子之谜》(1929 年发表)。以《罗马帽子之谜》为开端，以《西班牙披肩之谜》为结束的"国名系列"中，除了《暹罗连体人之谜》，所有作品中都有"给读者的挑战"。这样的设计并不是奎因的专利。例如，与奎因同时代的帕特里克·昆廷在《招来杀身之祸的海上之旅》(1933 年发表）中，插入了"我在特定页面隐藏了重要线索，相信各位读者已经发现了吧"这段话。不过，确立"给读者的挑战"这种形式的人毫无疑问是奎因。岛田庄司、东野圭吾、法月纶太郎等本格推理作家会使用"给读者的挑战"，与其说是因为这是本格推理的一种定式，不如说是为了向埃勒里·奎因致敬。同时也是推理小说杂志和文集编辑的奎因，还曾为编入选集的作品中添加"给读者的挑战"。

找出犯人身份？解开推理过程？

关于本格推理小说的主旨解谜，在“本格推理小说”这一章节中已经解释过了。为此，本格推理小说被称为“猜出犯人身份的小说”，这个时候就必须关注一下奎因在“给读者的挑战”中提到的“不接受通过猜测猜出犯人的做法”了。

奎因研究家饭城勇三指出，奎因“国名”系列作品的主旨，是神探如何找出作者隐藏的线索，如何组织推理，所以它们不是“找出犯人身份”的故事，而是“解开推理过程”的故事。

奎因以另外一个笔名写的“哲瑞·雷恩”四部长篇小说中，并没有把所有线索告诉读者，所以即便读者可以“猜出犯人身份”，也无法“解开推理过程”。如果奎因给这几部作品添加“给读者的挑战”，肯定跟“国名”系列中的内容不同吧。“给读者的挑战”强调作品中有着完美的逻辑，并严格秉持“公平原则”的态度，还能为高潮部分增添紧张感，但并不是适用所有作品的魔法咒语。例如，在开篇就将犯人和犯案手法曝光的倒叙推理中插入“给读者的挑战”就没什么效果了。

推理作者必须根据作品的内容思考，是否应该加入“给读者的挑战”，以及该发起怎样的挑战。

名侦探召集所有人聚到一起，说：“接下来……”

本格推理小说中，与“给读者的挑战”成对出现的，就是故事的高潮部分，以及名侦探解说真相。神探不能只是说出犯人的名字，必须说清楚自己是如何推理的，又是如何找到真相的，而且为了让登场人物和读者都能够接受，还必须从头开始说起。近年来，推理作品中偶尔会出现那种在周围的人的期待或请求下，才不情不愿担任侦探这一职务的主人公。这种消极的侦探一般只想直接说出犯人是谁就收工，直到登场人物不停追问，才会不耐烦地进行解说。先把这样处理的原委放在一边，从为读者解说真相这一点来说，这与传统的推理作品并没有什么区别。

参考文献

欧美作品

◎《红屋之谜》/ 艾伦·亚历山大·米尔恩 / 东京创元社

◎《梅森探案集》/ 厄尔·斯坦利·加德纳 / 早川书房

◎《飞行疑案》/ 弗里曼·威尔斯·克罗夫茨 / 早川书房

◎《布朗神父的丑闻 - 魔法之书》/ 吉尔伯特·基思·切斯特顿 / 东京创元社

◎《布朗神父的天真 - 飞星宝钻》《布朗神父的天真 - 隐身人》/ 吉尔伯特·基思·切斯特顿 / 东京创元社

◎《布朗神父探案全集 - 奇怪的脚步声 / 吉尔伯特·基思·切斯特顿 / 屿中书店

◎《世界短篇名作集 2》之《布罗茨基命案》/ 理查德·奥斯汀·弗里曼 / 东京创元社

◎《福尔摩斯的对手们 - 波特马克先生的疏忽》/ 理查德·奥斯汀·弗里曼 / 论创社

◎《冬季杀人事件》/ 范·达因 / 东京创元社

◎《格林家杀人事件》/ 范·达因 / 东京创元社

◎《主教杀人事件》/ 范·达因 / 东京创元社

◎《福尔摩斯探案集》/ 阿瑟·柯南·道尔 / 光文社

◎《福尔摩斯回忆录》之《海军协定》《证券经纪人的书记员》《最后一案》/ 阿瑟·柯南·道尔 / 光文社

◎《福尔摩斯冒险史新探案》之《三个同姓人》《皮肤变白的军人》《狮鬃毛》/ 阿瑟·柯南·道尔 / 光文社

◎《福尔摩斯冒险史归来记》之《跳舞的小人》《六座拿破仑半身像》/ 阿瑟·柯南·道尔 / 光文社

◎《福尔摩斯冒险史》之《红发会》《单身贵族》《身份案》《波西米亚丑闻》《斑点带子》/ 阿瑟·柯南·道尔 / 光文社

◎《柯南·道尔作品集 1》之《消失的特别列车》/ 阿瑟·柯南·道尔 / 东京创元社

◎《四个签名》/ 阿瑟·柯南·道尔 / 光文社

◎《血字的研究》/ 阿瑟·柯南·道尔 / 光文社

◎《黑鳏夫俱乐部》/ 艾萨克·阿西莫夫 / 东京创元社

◎《波洛探案集》/ 阿加莎·克里斯蒂 / 早川书房

◎《罗杰疑案》/ 阿加莎·克里斯蒂 / 早川书房

◎《东方快车谋杀案》/ 阿加莎·克里斯蒂 / 早川书房

◎《无人生还》/ 阿加莎·克里斯蒂 / 早川书房

◎《命案目睹记》/ 阿加莎·克里斯蒂 / 早川书房

◎《赫尔克里·波洛的丰功伟绩 - 斯廷法利湖怪鸟》/ 阿加莎·克里斯蒂 / 早川书房

◎波洛登场《“西方之星”历险记》《百万美元证券失窃案》《达文海姆先生失踪案》/ 阿加莎·克里斯蒂 / 早川书房

◎《死亡草 - 星期二晚间俱乐部》《死亡草 - 金锭》《潜艇图纸失窃案》《死亡草 - 机会与动机》/ 阿加莎·克里斯蒂 / 早川书房

◎《蓝色列车之谜》/ 阿加莎·克里斯蒂 / 早川书房

◎《灰马酒店》/ 阿加莎·克里斯蒂 / 早川书房

◎《三只瞎老鼠》/ 阿加莎·克里斯蒂 / 早川书房

◎《纳瓦隆大炮》/ 阿利斯泰尔·麦克林 / 早川书房

◎《被毁灭的人》/ 阿尔弗雷德·贝斯特 / 东京创元社

◎“詹姆斯·邦德”系列 / 伊恩·弗莱明 / 东京创元社、早川书房

◎《幻影女子》/ 威廉·艾利希（康奈尔·伍

尔里奇）/ 早川书房
◎《幽灵侦探》/ 威廉·霍奇森 / 东京创元社
◎《铁道之旅：19 世纪空间与时间的工业化》/ 沃尔夫冈·希弗尔布施 / 法政大学出版局
◎《玫瑰之名》/ 安伯托·艾柯 / 东京创元社
◎《爱伦·坡小说精品：黑猫》/ 埃德加·爱伦·坡 / 东京创元社
◎《爱伦·坡短篇小说集 2》推理篇《金甲虫》《失窃的信》《莫格街杀人案》/ 埃德加·爱伦·坡 / 新潮社
◎《爱伦·坡短篇小说集 1》心理篇《黑猫》/ 埃德加·爱伦·坡 / 新潮社
◎《不可能犯罪诊断书 2 － 八角房间》/ 爱德华·霍克 / 东京创元社
◎《Y 的悲剧》/ 埃勒里 · 奎因 / 东京创元社
◎《暹罗连体人之谜》/ 埃勒里 · 奎因 / 东京创元社
◎《西班牙披肩之谜》/ 埃勒里 · 奎因 / 东京创元社
◎《中国橘子之谜》/ 埃勒里 · 奎因 / 早川书房
◎《哲瑞·雷恩的最后一案》/ 埃勒里 · 奎因 / 角川书店
◎《罗马帽子之谜》/ 埃勒里 · 奎因 / 东京创元社
◎《九尾怪猫》/ 埃勒里 · 奎因 / 早川书房
◎《上帝之灯》/ 埃勒里 · 奎因 / 屿中书店
◎《午夜迷藏》/ 加文·莱尔 / 早川书房
◎《冲出地狱海》/ 克莱夫·卡斯勒 / 新潮社
◎《北村寻的本格推理藏书室》之《谋杀游戏》/ 克里斯蒂安娜·布兰德 / 角川书店
◎《杜鹃蛋：电脑间谍案曝光录》/ 克利福德·斯托尔 / 草思社
◎《死亡飞出大礼帽》/ 克莱顿·劳森 / 早川书房
◎《浮士德》/ 约翰·沃尔夫冈·冯·歌德 / 集英社
◎《最后的衣着》/ 柯林·德克斯特 / 早川书房
◎《密码故事 ： 人类智力的另类较量》/ 西蒙·辛格 / 新潮社
◎《麦克白》/ 威廉·莎士比亚 / 新潮社
◎《抓着彩虹的男人》/ 詹姆斯·瑟伯 / 早川书房
◎《最后的莫希干人》/ 詹姆斯·费尼莫尔·库柏 / 早川书房
◎《消失的人》/ 杰夫里·迪弗 / 文艺春秋
◎《地铁第三层》/ 杰克·芬尼 / 早川书房
◎《海底两万里》/ 儒勒·凡尔纳 / 角川书店
◎《护照的起源：监管、公民以及国家》/ 约翰·托尔佩 / 法政大学出版局
◎《燃烧的法庭》/ 约翰·迪克森·卡尔 / 早川书房
◎《扭曲的铰链》/ 约翰·迪克森·卡尔 / 东京创元社
◎《三口棺材》/ 约翰·迪克森·卡尔 / 早川书房
◎《红寡妇血案》/ 约翰·迪克森·卡尔 / 东京创元社
◎《绿胶囊之谜》/ 约翰·迪克森·卡尔 / 东京创元社
◎《柏林谍影》/ 约翰·勒卡雷 / 早川书房
◎《天使与魔鬼》/ 丹·布朗 / 角川书店
◎《达·芬奇密码》/ 丹·布朗 / 角川书店
◎《第一滴血》/ 戴维·默莱尔 / 早川书房
◎《冰岛迷雾》/ 戴斯蒙德·巴格利 / 早川书房
◎《沉默的羔羊》/ 托马斯·哈里斯 / 新潮社
◎《雷普利全集》/ 派翠西亚·海史密斯 / 河出书房新社
◎《怒海沉尸》/ 派翠西亚·海史密斯 / 河出书房新社
◎《招来杀身之祸的海上之旅》/ 帕特里克·昆廷 / 新树社
◎《九英里的步行》/ 哈利·凯莫曼 / 新树社
◎《角落里的老人》/ 奥希兹女男爵 / 东京创元社
◎《最后的衣着》/ 赫拉利·瓦渥 / 东京创元社
◎杂志 *Hitchcock Magazine* 1960 年 2 月 No.7《杀人通讯》/ 亨利·斯莱萨、哈兰·埃

里森 / 宝石社
◎《Enigma(谜)》/ 米迦勒・巴尔 - 祖海尔 / 早川书房
◎《骷髅岛的惨剧》/ 迈克尔・斯莱德 / 文艺春秋
◎《弗兰肯斯坦》/ 玛丽・雪莱 / 东京创元社
◎《睿智的阿伯纳大叔 – 天意》/ 梅里维尔・戴维森・卜斯特 / 早川书房
◎《亚森・罗平探案全集》/ 莫里斯・勒布朗 / 东京创元社
◎《侠盗亚森・罗平》之《亚森・罗平越狱》《亚森・罗平在狱中》/ 莫里斯・勒布朗 / 东京创元社
◎《亚森・罗平智斗福尔摩斯》/ 莫里斯・勒布朗 / 东京创元社
◎《奇岩城》/ 莫里斯・勒布朗 / 东京创元社
◎“达西勋爵”系列 / 兰德尔・加勒特 / 早川书房
◎《太多的魔术师》/ 兰德尔・加勒特 / 早川书房
◎“帕克”系列 / 理查德・斯塔克（唐纳德・维斯雷克）/ 早川书房
◎《密码传奇》/ 鲁道夫・基彭哈恩 / 文艺春秋社
◎《钱德勒的短篇小说集》之《简单的谋杀艺术》/ 雷蒙德・钱德勒 / 东京创元社
◎《十二怒汉》/ 雷基纳德・罗斯 / 剧书房
◎《安吉尔家谋杀案》/ 罗杰・斯卡利特 / 东京创元社
◎《大赌局》/ 罗纳德・A. 诺克斯 / 早川书房
◎《世界短篇杰作集 3》之《密室里的行者》/ 罗纳德・A. 诺克斯 / 东京创元社
◎《推理小说十诫》/ 罗纳德・A. 诺克斯 / 晶文社
◎《陆桥谋杀案》/ 罗纳德・A. 诺克斯 / 东京创元社
◎《惊魂记》/ 罗伯特・布洛克 / 东京创元社
◎《祖国》/ 罗伯特・哈里斯 / 文艺春秋
◎ *Blood Runs Cold – The Gloating Place* / 罗伯特・布洛克 / 早川书房
◎《金银岛》/ 罗伯特・路易斯・史蒂文森 / 光文社
◎《战火屠城》/ 华纳兄弟
◎ *THRILLERS:100 MUST READS* / DAVID MORRELL AND HANK WAGNER. / Oceanview Publishing

日本小说

◎《十角馆事件》/ 绫辻行人 / 讲谈社
◎《雾越邸事件》/ 绫辻行人 / 新潮社
◎《迷宫馆事件》/ 绫辻行人 / 讲谈社
◎《黑色皮箱》/ 鲇川哲也 / 东京创元社
◎《踩高跷的人》/ 井上雅彦 / 讲谈社
◎《本阵杀人事件》《蝴蝶杀人事件》/ 横沟正史 / 出版艺术社
◎《犬神家族》/ 横沟正史 / 出版艺术社
◎《狱门岛》/ 横沟正史 / 出版艺术社
◎《八墓村》/ 横沟正史 / 出版艺术社
◎《然后，门被关上了》/ 冈岛二人 / 讲谈社
◎《七岁小孩》/ 加纳朋子 / 东京创元社
◎《想被拐走的女人》/ 歌野晶午 / 角川书店
◎《六尊无头佛像》/ 霞流一 / 光文社
◎《夏日启示录》/ 笠井洁 / 东京创元社
◎《二手书店侦探事件簿》/ 纪田顺一郎 / 东京创元社
◎《火车》/ 宫部美雪 / 新潮社
◎《模仿犯》/ 宫部美雪 / 新潮社
◎“京极堂”系列 / 京极夏彦 / 讲谈社
◎《铁鼠之槛》/ 京极夏彦 / 讲谈社
◎《未知世界侦探物语》/ 镜明 / 东京创元社
◎《柔嫩的脸颊》/ 桐野夏生 / 文艺春秋
◎《蛇舌》/ 金原瞳 / 集英社
◎“我们的时代”系列 / 栗本薰 / 讲谈社
◎《推理学园》/ 鲸统一郎 / 光文社
◎“少年侦探团”系列 / 江户川乱步 / 白杨社
◎《D 坂杀人事件》/ 江户川乱步 / 东京创元社
◎《恶魔的纹章》/ 江户川乱步 / 光文社
◎《幻影城》/ 江户川乱步 / 光文社
◎《孤岛之鬼》/ 江户川乱步 / 光文社
◎《埃舍尔宇宙杀人案》/ 荒卷义雄 / 中央

公论社

◎《大逃杀》/ 高见广春 / 幻冬舍

◎《马克斯之山》/ 高村薰 / 讲谈社

◎ “QED”系列 / 高田崇史 / 讲谈社

◎《永别了，假面》/ 高木彬光 / 光文社

◎《大东京四谷怪谈》/ 高木彬光 / 角川书店

◎《不道德的手术刀》/ 黑岩重吾 / 新潮社

◎《金雀枝庄杀人事件》/ 今邑彩 / 讲谈社

◎《晴转杀人 – 无证》/ 佐野洋 / 文艺春秋社

◎ *D-BRIDGE・TAPE* / 沙藤一树 / 角川书店

◎ “GOSICK”系列 / 樱庭一树 / 富士见书房

◎ “刀城言耶”系列 / 三津田信三 / 讲谈社

◎《如凶鸟忌讳之物》/ 三津田信三 / 讲谈社

◎《如首无作祟之物》/ 三津田信三 / 讲谈社

◎《第十三位名侦探》/ 山口雅也 / 讲谈社

◎《亚细亚的曙光》/ 山中峰太郎 / 讲谈社

◎《竞作：二十枚五十日元硬币之谜》/ 若竹七海等 / 东京创元社

◎《黑死馆杀人事件》/ 小栗虫太郎 / 社会思想社

◎《洛威尔城堡里的密室》/ 小森健太郎 / 角川春树事务所

◎《爱上晕眩，沉浸在梦里》/ 小川胜巳 / 角川书店

◎《东京异闻》/ 小野不由美 / 新潮社

◎《巴伦城杀人事件》/ 松尾由美 / 东京创元社

◎《安乐椅侦探阿尔奇》/ 松尾由美 / 东京创元社

◎《黑色画集凶器》/ 松本清张 / 新潮社

◎《黑地之绘》/ 松本清张 / 新潮社

◎《砂器》/ 松本清张 / 新潮社

◎《点与线》/ 松本清张 / 文艺春秋

◎ “S&M”系列 / 森博嗣 / 讲谈社

◎《全部成为 F》/ 森博嗣 / 讲谈社

◎《冰冷密室与博士们》/ 森博嗣 / 讲谈社

◎《雾与影》/ 水上勉 / 中央公论新设

◎《饥饿海峡》/ 水上勉 / 新潮社

◎《彩纹家事件》/ 清凉院流水 / 讲谈社

◎《卧铺特快谋杀案》/ 西村京太郎 / 光文社

◎《斩首循环 - 蓝色学者与戏言跟班》/ 西尾维新 / 讲谈社

◎ “神麻嗣子”系列 / 西泽保彦 / 讲谈社

◎《完美无缺的神探》/ 西泽保彦 / 讲谈社

◎《人格转移杀人》/ 西泽保彦 / 讲谈社

◎《名侦探柯南》/ 青山刚昌 / 小学馆

◎《爱尔兰的蔷薇》/ 石持浅海 / 光文社

◎《月之扉》/ 石池浅海 / 光文社

◎《帝都侦探物语》系列 / 赤城毅 / 光文社

◎《新宿鲛》/ 大泽在昌 / 光文社

◎《天亮前不要跑》/ 大泽在昌 / 讲谈社

◎《不夜城》/ 驰星周 / 角川书店

◎《献给虚无的供物》/ 中井英夫 / 讲谈社

◎《吵闹的恶灵们》/ 都筑道夫 / 讲谈社

◎《锦绘杀人事件》/ 岛田一男 / 德间书店

◎《黑暗坡的食人树》/ 岛田庄司 / 讲谈社

◎《异邦骑士》/ 岛田庄司 / 讲谈社

◎《斜屋犯罪》/ 岛田庄司 / 讲谈社

◎《占星术杀人魔法》/ 岛田庄司 / 讲谈社

◎《眩晕》/ 岛田庄司 / 讲谈社

◎《嫌疑人 X 的献身》/ 东野圭吾 / 文艺春秋

◎《沃野的传说》/ 内田康夫 / 德间书店

◎ “二阶堂兰子”系列 / 二阶堂黎人 / 讲谈社

◎《恶灵公馆》/ 二阶堂黎人 / 讲谈社

◎《吸血之家》/ 二阶堂黎人 / 讲谈社

◎《恐怖的人狼城》/ 二阶堂黎人 / 讲谈社

◎《算计》/ 米泽穗信 / 文艺春秋

◎《为了赖子》/ 法月纶太郎 / 讲谈社

◎《法月纶太郎的冒险 – 死囚之谜》/ 法月纶太郎 / 讲谈社

◎《密闭教室》/ 法月纶太郎 / 讲谈社

◎《亚爱一郎的慌乱 – 消失的砂蛾家》/ 泡坂妻夫 / 东京创元社

◎《我们偷走星座的理由 – 谎言绅士》/ 北山猛邦 / 讲谈社

◎《空中飞马 – 砂糖大战》/ 北村薰 / 东京创元社

◎《有翼之暗 - 麦卡托鲇最后的事件》/ 麻耶雄嵩 / 讲谈社

◎《瓶装地狱》/ 梦野久作 / 角川书店

◎《拉谷那罗库洞》/ 雾舍巧 / 讲谈社

◎《魔镜》/ 有栖川有栖 / 讲谈社

◎《死在有海的奈良》/ 有栖川有栖 / 角川书店
◎《纪戊》/ 誉田哲也 / 中央公论新社
◎《红芜菁检事》/ 和久峻三 / 光文社
◎《电车马上出现》/ 似鸟鸡 / 东京创元社

解说资料、事典等

◎《美国精神疾病诊断与统计手册》第四版修订版 / 美国精神病协会 / 医学书院
◎《FBI 心理分析术》/ 罗伯特 · K. 雷斯勒 / 早川书房
◎《骗人高手：阿加莎 · 克里斯蒂创作的秘密》/ 罗伯特 · 伯纳德 / 秀文国际
◎《关键时刻的手续指南》/ PHP 研究所 / PHP 研究所
◎《埃勒里 · 奎因论》/ 饭城勇三 / 论创社
◎《为了不想埋入坟墓、无法埋入坟墓的人——撒放骨灰 · 树葬 · 家中供奉等除坟墓以外的所有去处》/ 德留佳之 / 浜野出版
◎ "格力高 · 森永事件" / 朝日新闻大班社会部 / 朝日新闻社
◎《夏洛克 · 福尔摩斯和贝克街小分队》/ 森濑缭（编）/ Enterbrain
◎《美国硬汉小说》/ 小鹰信光 / 河出书房新社
◎《口袋六法》平成 23 年版 / 江头宪治郎等（编）/ 有斐阁
◎《推理手册》/ 早川书房编辑部 / 早川书房
◎《为推理迷介绍日本犯罪》/ 北芝健（监修），相乐总一（文案）/ 双叶社
◎《推理的十字路口》/ 日下三藏 / 书杂志社
◎《推理百科事典》/ 间羊太郎 / 文艺春秋社
◎《科学搜查：那个案件的犯人就此浮出水面！》/ 法科学鉴定研究所 / 主妇之友社
◎《海外推理事典》/ 权田万治监修 / 新潮社
◎《死因调查手册》修订 2 版 / 场梁次（编）/ 金芳堂
◎《图解杂学警察机构》/ 北芝健（监修）/ 夏目社
◎《世界推理作家事典 本格派篇》/ 森英俊 / 国书刊行会
◎《续 · 幻影城》之《诡计集成》/ 江户川乱步 / 光文社
◎《侦探小说之谜》/ 江户川乱步 / 社会思想社
◎《侦探小说的关键性转折》/ 限界小说研究会（编）/ 南云堂
◎《侦探小说四十年》/ 江户川乱步 / 光文社
◎《侦探小说论 I 》/ 笠井洁 / 东京创元社
◎《侦探小说论 II 》/ 笠井洁 / 东京创元社
◎《东西推理 BEST100》/ 权田万治 · 新保博久（监修）/ 新潮社
◎《罪犯不知晓的科学搜查最前线！》/ 法科学鉴定研究所 / Media Factory
◎《冒险 · 间谍小说手册》/ 早川书房编辑部 / 早川书房
◎《警察术语事典》/ 警察文化协会
◎《本格推理 · 编年史 300》/ 侦探小说研究会编著 / 原书房
◎《本格推理 BEST100》/ 侦探小说研究会编著 / 东京创元社
◎《当今本格推理》/ 笠井洁（编）/ 国书刊行会
◎《神探事典 海外篇》/ 乡原宏 / 东京书籍
◎《神探事典 日本篇》/ 乡原宏 / 东京书
◎《黎明前的睡魔 海外推理新浪潮》/ 濑户川猛资 / 东京创元社
◎《硬汉小说杂学》/ 小鹰信光 / GRAPH 社
◎《铁道史资料保存会会报 铁道史料 第 1 号》/ 铁道史资料保存会
◎《实录完全犯罪 被揭穿的诡计和意料之外的真凶》/ 宝岛社
◎《推理迷宫读本》/ 洋泉社
◎《平成神探 50》/ 洋泉社
◎《格力高 · 森永事件：最重要的知情人 M》/ 宫崎学，大谷昭宏 / 幻冬舍
◎《尸体会说话》/ 上野正彦 / 文艺春秋
◎《神探登场》/ 新保博久 / 筑摩书房
◎《奇怪的毒 剧毒 偷偷告诉你的毒药学入门》/ 田中真知 / 技术评论社
◎《黄屋是如何改装的？》之《我的推理小

说创作方法》/ 都筑道夫 / 晶文社

漫画单行本

◎《铁人 28 号》/ 横山光辉 / 潮出版社
◎《乔乔的奇妙冒险》第四部 / 荒木飞吕彦 / 集英社
◎《魔术快斗》/ 青山刚昌 / 小学馆
◎《名侦探柯南》/ 青山刚昌 / 小学馆
◎《猫眼三姐妹》/ 北条司 / 集英社
◎《暗之盾》/ 原作：七月镜一　漫画：藤原芳秀 / 小学馆
◎《金田一少年事件簿》/ 原作：天树征丸　漫画：佐藤文也 / 讲谈社

电视剧

◎《染血将军的凯旋》/ 富士电视台
◎《没有蔷薇的花店》/ 富士电视台
◎“古畑任三郎”系列 / 富士电视台
◎《外交官黑田康作》/ 富士电视台
◎“识骨寻踪”系列 / 二十世纪福克斯
◎《变脸师》/ 读卖电视台
◎《纪戊警视厅特殊犯搜查系》/ 朝日电视台
◎《犯罪心理分析官》/ 日本电视台
◎《沙妆妙子 最后的事件》/ 富士电视台
◎《神探伽利略》/ 富士电视台
◎《暴走法医》/ 日本电视台
◎《神探可伦坡》/ABC

电影

◎《楚门的世界》/ 派拉蒙影业公司
◎《七宗罪》/ 新线电影公司
◎《灵异第六感》/ 博伟电影公司
◎《战火屠城》/ 华纳兄弟娱乐公司
◎《骗中骗》/ 美国环球影片公司
◎《猫鼠游戏》/ 梦工厂家庭娱乐
◎《非常嫌疑犯》/ 派拉蒙影业公司
◎《十一罗汉》/ 华纳兄弟娱乐公司
◎《致命魔术》/ 华纳兄弟娱乐公司
◎《怒海沉尸》/ Titanus Distribuzion
◎《惊魂记》/ 派拉蒙影业公司
◎《目击者》/ 派拉蒙影业公司
◎《圈套》/ 东宝株式会社

动画

◎《银河铁道 999》/ 富士电视台・东映动画
◎《小飞龙》/ 东映
◎《攻壳机动队 STAND ALONE COMPLEX》/ 攻壳机动队制作委员会
◎《鲁邦三世》/ 东京 movie 新社

游戏

◎《波多比亚连续杀人事件》/ 史克威尔・艾尼克斯
◎“刑警 J. B. 哈罗德”系列 / Riverhill Soft
◎“逆转裁判”系列 / CAPCOM
◎《恐怖惊魂夜》/ Chunsoft
◎《蓬莱学园的冒险！》/ 游演体

索引

监修·执笔人介绍

监修

森濑缭

写手，编辑。热爱古典推理作品，最喜欢的作家是埃勒里·奎因和小栗虫太郎，偏爱福尔摩斯仿作。2008年，参与策划并制作导读类图书《夏洛克·福尔摩斯与贝克街小分队》。他还有一个身份，大学时期曾是早稻田推理协会的“幽灵会员”。

执笔人

海法纪光

写手，游戏玩家，翻译。现居横滨市。喜欢各种类型的推理作品，一定要说一个最喜欢的作品的话，那就是小学时代看过的江户川乱步的“少年侦探团”系列。

尾张甲

编辑，翻译，写手。曾在出版社工作，现在是自由职业者。以别的笔名翻译过多部推理、恐怖小说。发表多部恐怖、科幻短篇作品，还曾为文库作品撰写解说。

蔓叶信博

推理小说评论家。曾为*GIALLO*、*Mystery Magazine*、*Eureka*等杂志撰稿。参与过《值得推荐的近代推理小说》《次文化战争》等著作的创作。

小田牧央

1976年生人。推理小说评论家。隶属于侦探小说研究会。

川井贤二

来自爱媛县的一名微不足道的推理写手。作品曾入选2007年第一届侦探小说评论大赛优秀奖。本格推理作家协会会员。

靖间诚

隐匿在抬头能望见矗立于墨东地区高耸入云的信号塔的破旧杂乱商店街一隅的写手。尤其热爱铁路和电脑。常年求职。

静川龙宗

涉猎广泛的写手。曾执笔过游戏剧本、攻略书、动漫游戏相关的杂志、幻想作品导读、小说等。

草薙秀介

从历史到克鲁苏神话，撰写过许多领域文章的写手兼派遣工。说起推理小说的话，喜欢古老而美好的黄金时代本格巨匠及在日本《新青年》上活跃的作家的作品。

魅依梦

7岁就爱上了夏洛克·福尔摩斯。上大学之后，在学习专业课程之余，会出席尸体解剖相关的聚会，沉迷毒药、农药相关的知识。

穗波卫一

主要从事面向成年男性的游戏的剧本创作。杂食系写手。平时接到的大部分工作是创作面向大众的书籍，用的是笔名，这次用的也是这个笔名。

小村大介

心情好就会写点东西的写手。SEVEN GEAR法人。想把语言、乐典、外交、历史当成词典或数据库的人。组织结构图、贵族都是属下该关心的事。推理小说方面，喜欢御手洗洁登场的作品。

朱鹭田祐介

TRPG（桌上角色扮演游戏）设计师。代表作是暗黑系幻想作品《深渊第二版》。推理小说的启蒙是乱步，正在挑战《灵障都市调查档案 罪恶之城新宿》里的超自然刑事案件。

古河切夏

自由写手，主要参与游戏剧本的创作。欢迎随时洽谈合作。曾参与创作《共济会 失落的符号》。

图书在版编目（CIP）数据

推理事典 / 日本《推理事典》编辑委员会著 ；赵滢译. — 北京 ：文化发展出版社，2023.12（2024.7重印）
ISBN 978-7-5142-4074-0

Ⅰ. ①推… Ⅱ. ①日… ②赵… Ⅲ. ①推理小说－小说创作－创作方法 Ⅳ. ①I04

中国国家版本馆CIP数据核字(2023)第169304号

推理事典

著　　者：日本《推理事典》编辑委员会
译　　者：赵　滢

出 版 人：宋　娜　　出版统筹：贾　骥　宋　凯
责任编辑：范　炜　谢心言　　出版监制：张泰亚
责任印制：杨　骏　　特约编辑：王　凯
责任校对：岳智勇　　美术编辑：姚　芳
出版发行：文化发展出版社（北京市翠微路 2 号　邮编：100036）
发行电话：010-88275993　010-88275711
网　　址：www.wenhuafazhan.com
经　　销：全国新华书店
印　　刷：固安兰星球彩色印刷有限公司

开　　本：880mm × 1230mm　1/32
字　　数：150 千字
印　　张：6
版　　次：2023 年 12 月第 1 版
印　　次：2024 年 7 月第 2 次印刷

定　　价：78.00 元
I S B N：978-7-5142-4074-0

◆ 如有印装质量问题，请与我社印制部联系　电话：010-88275720